수필과 에세이의 산책

수필과 에세이의 산책

초판인쇄일 2024년 1월 25일
초판발행일 2024년 1월 25일

지 은 이 ㅣ 안영환
펴 낸 이 ㅣ 박종래
펴 낸 곳 ㅣ 도서출판 명성서림

등록번호 ㅣ 301-2014-013
주   소 ㅣ 04625 서울시 중구 필동로 6 (2, 3층)
대표전화 ㅣ 02)2277-2800
팩   스 ㅣ 02)2277-8945
이 메 일 ㅣ ms8944@chol.com

값 15,000원
ISBN 979-11-93543-31-3

수필과 에세이의 산책

안영환

도서출판 명성서림

책을 펴내면서

30여 년 전에 〈국경 없는 무역 전쟁의 도전과 기회〉라는 국제 무역 관련 전문 서적을 펴낸 적이 있다. 대한무역투자진흥공사KOTRA를 퇴직한 다음 데이터를 정리해 줄 보조원을 두는 연구소 같은 걸 설립할 경제적 능력이 안 돼 피천득 선생이 "수필은 붓 가는 대로 쓰는 거"라고 하셔서 수필과 에세이를 쓰기 시작해서 수필가로의 등단은 늦었다(2008년 한국수필). 한데 이 〈국경 없는 무역 전쟁의 도전과 기회〉라는 저서는 유명 도서관의 베스트 대출 도서 목록에 포함돼 있다. 포털 네이버나 구글 검색창에 이 도서를 검색하면 확인이 가능하다. 여기 에세이 선집에는 이 도서의 글들이 포함돼 있지 않으나, 그 글들의 의미와 에피소드들은 여기 선집에 녹아 있음을 밝힌다.

지금까지 수필과 에세이라고 써서 출간한 단행본은 한 6권 정도 된다. 작가의 생각과 정서를 담은 주제의 카테고리는 다음과 같이 정리된다.

1. 유럽에서 살 때의 이야기; 이제 역사가 됐다.

유럽인들이 일구어 낸 문화와 문명은 나에겐 감동 그 자체였다. 경탄을 자아내는 도시의 미관과 빼어난 건축물들, 그리고 진한 감동을 솟구치게 하는 예술품들 앞에서 나는 '유럽 문명은 위대한가'를 골똘히 생각하곤 했다. 아직도 결론이 내려지지 못한 유럽 통합은 여전히 현재 진행형이다. 사람들은 다른 사람의 현장 경험을 보다 친근하게 공유할 수 있다고 믿는다. 1970~1990년대 이야기들이니 이제 역사가 되었다.

2. 비극의 샘

예수, 링컨, 간디 그리고 이 땅의 김구 선생과 같이 인류 평화를 갈구하는 대서사시로 생을 마감한 위인들의 비극적 삶에서뿐만 아니라 장삼이사張三李四의 평범한 개인이 겪는 비극도 인간의 눈물샘을 하염없이 자극해 그 흐르는 눈물로 영혼에 덕지덕지 끼는 독극물들을 씻어 내면서 우리는 살아가고 있다고 믿는다. 불합리한 사회에서 인간이 겪는 투쟁, 불운, 허무, 절망, 전쟁, 죽음의 비극에서 고인 샘물이 역설적으로 우리 영혼을 맑게 씻어 줘 문명이 그나마 망하지 않고 지탱되는 거라고 생각한다. 그리움의 여울목에서 여울지는 물을 바라보면 기쁨이 솟아오르면서 누굴 위해 뭔가 하고 싶다는 마음도 생긴다. (안영환 문학정신)

3. 문화에 관하여

나는 '사익 추구의 문화가 충만한 한반도 문명에 공화주의적 문화 요소가 충전되지 않는 한 통일은 불가능할 것'으로 보고 있다. 유럽에서 이곳저곳 주재원 생활을 오래 하지 못했더라면 문화을 그렇게 생각하면서 살지는 못했을 듯싶다.

2024년 1월 저자 안영환

차 례

3장 필자가 뽑은 좋은 수필과 에세이

1장

국경없는 무역전쟁의
도전과 기회

추천의 글

필자 安永煥씨는 오랫동안 다자간 무역체제의 통상협상과 관련된 실무작업을 수행해 온 통상 전문가입니다. 필자가 그의 오랜 현장경험을 통해 축적해 온 다자간 무역에 관한 지식과 경륜을 이번에 한권의 책으로 묶어서 발간한다는 소식은 현재 세계무역기구WTO에 직접 몸담고 새로운 세계 무역질서가 형성되어 가는 역사적 현장에서 일하고 있는 저에게는 매우 반가운 것이었습니다. 저는 필자의 수십년 경험의 결정체라고 할 수 있는 본저에 대해 두 가지 특별한 의미를 부여해 보고 싶습니다.

첫째, 과거 GATT나 현재 WTO의 제반규범 형성과정과 그 내용에 관해 이론적으로 기술한 저술들은 이미 몇가지가 나와있는 것으로 알고 있습니다만, 필자의 저서는 상아탑에서 연구 분석한 유형의 책들과는 달리 실제 무역현장에서의 풍부한 경험을 토대로 하여 보다 현실적이고 실용적인 측면에서 접근하고 있습니다. 그뿐 아니라 필자의 책은 W TO의 현 규범 외에 소위 차기 라운드라고도 불리우는 새로운 협상의제들에 대한 설명까지 곁들이고 있어 세계무역규범과 관련되는 내용을 포괄적으로 망라하고 있는 점도 평가하고 싶습니다.

둘째, 필자는 무역규범 설명에만 주안점이 두어지는 다른 유사한 책들과는 달리 오랜 기간 협상의 현장에서 체험하고 직접 몸으로 부딪치면서 얻어진 세계무역규범의 주요 쟁점들에 대한 소회와 견해들을 隨想의 형태로 제1부와 제3부에서 다루고 있습니다. 바로 이 부분이야말로 필자가 아니고서는 쉽게 기술하기 어려운 내용이라고 생각합니다. 물론 이중의 일부는 필자의 주관적 견해로 볼 수도 있겠습니다만, 독자들이 통상문제의 본질을 이해하고 대처해 나가는 지혜를 얻는데 도움이 될 수 있는 매우 의미있는 시도라고 평가합니다.

우리는 이미 국경 없는 세계경제니 무한경쟁의 시대니 하는 말이 오히려 진부하게 들릴 정도의 시대에 살고 있습니다. 다자간 무역체제는 이러한 시대를 규율하는 범세계적 질서를 형성하는 큰 축 중의 하나입니다. 이에 대한 이해는 이제 더이상 이 분야를 연구하는 몇몇 학자나 직접적으로 협상의 현장에서 부딪치는 정부 통상관련부처의 공무원들, 사업상 필요로 활용해야 하는 기업가들에게만 요구되는 것이 아닙니다. 우리 국민이 세계시민으로의 자질을 갖추고 그런 기반 위에서 국력신장을 도모하자면 전국민이 어느 정도 다자간 무역 체제의 본질을 이해하고 그 주요내용에 관해서도 기본적인 지식은 갖추어야 할 시기가 되었습니다. 이런 관점에서 필자의 저서가 독자들이 WTO를 중심으로 한 세계무역질서 형성과정과 그 의미를 이해하는 데 하나의 좋은 지침서가 될 것으로 믿습니다.

1997년 7월

현 세계무역기구WTO 사무차장

전 통상산업부장관

金 喆 壽

『국경 없는 무역 전쟁의 도전과 기회』에서 발췌

"도전을 기회삼아야 성공"

『21세기에는 환경문제(그린라운드)가 국가와 기업의 흥망을 좌우할 것입니다. 우루과이라운드에서의 기초농산물 수입자유화 경험을 교훈삼아 중장기대책을 마련해야 합니다』

『국경없는 무역전쟁의 도전과 기회』(21세기북스)를 펴낸 안영환(55) 대한무역투자진흥공사KOTRA 수석연구위원, 세계무역 현장에서 25년 동안 일한 그는 도전을 기회로 활용할 줄 아는 사람만이 경쟁에서 이길 수 있다고 강조했다.

「무역전쟁의···」 펴낸
안영환 KOTRA 수석연구위원

『유럽에서는 감자를 이용한 1회용 스푼과 포크등 「그린상품」이 인기를 끌고 있습니다. 사용 후에는 가축 사료로 쓰여 환경보호와 실용성을 동시에 충족시켜 주죠』

정부대표단 자문역으로 20여회나 무역협상 테이블에 앉았던 그는 『TOECD 회원국으로서 우리나라는 과중한 환경보호의무와 무역자유화 개발도상국 지원등 많은 짐을 짊어지고 있다』며 이같은 요인이 무역성장의 족쇄로 작용할 수도 있지만 체질개선에 성공하면 새로운 도약의 발판이 될수도 있다』고 말했다.

그는 또 한국과 일본에 대한 선진국들의 제재가 더욱 심해질 것으로 보고 『차기 경쟁라운드CR는 GATT와 WTO에서 손대지 못했던 민간무역장벽 수술로 옮겨갈 전망이다』고 밝혔다. 그러면서 통상마찰 해결책은 양국간 불균형무역의 축소조정보다 「동일산업내 협력확대」에서 찾아야 한다고 역설했다. 반덤핑과 보조금문제도 통상분규의 불씨. 통상대국을 꿈꾸는 나라는 국가간 무역전쟁의 뇌관인 보조금문제를 제1의 연구과제로 삼아야 한다는 주장이다.

『세계화의 의미도 무한경쟁이라는 말보다 공정하면서도 보호막 없는 자유경쟁이라는 개념으로 받아들여야 합니다』

그는 특히 유럽통합 과정에 주목하고 『99년 유럽의 단일통화가 유통되기 시작하면 국가주의적 고정 관념은 엄청나게 흔들릴 것』이라고 단언했다.

『통합과 분열의 이율배반적인 시대가 펼쳐질 21세기에는 유럽이 세계시장을 주도할 것이 틀림없습니다』

그는 올해 초 동남아 자본시장의 혼란을 예견하기도 했다. 자본은 방랑자 같아서 이익이 날 만한 곳에 머물며 이윤을 챙기다가 상황이 나빠지면 곧장 떠나버려 94년 멕시코 페소화 폭락으로 빚어진 자본시장 붕괴가 방콕과 콸라룸푸르 홍콩 베이징 서울에서도 재연될 것이라는 예측이 그것. 그는 국경이 없어질수록 자본의 투기성은 더욱 기승을 부릴 것이라고 말했다.

전북정읍 태생인 안씨는 연세대 사학과를 나와 73년 대한무역투자 진흥공사에 입사, 국제경제부장과 취리히 함부르크 부다페스트무역관장을 지냈다.

한국경제신문 「책마을글동네-이 책 이 사람」란에서 발췌

2장

1970~1990년간
유럽 생활기
(이제 역사가 되었다)

유럽과 공화주의

◇◇◇

　유럽 지역을 여러 번 들른 사람들 중에는 내게 종종 묻는 말이 있다. 어떻게 도시나 농촌의 건물과 집 하나하나가 마치 한 소유주가 지은 것처럼 이웃 건물과 집들 그리고 주변 환경과 그렇게 균형과 조화를 이룰 수 있느냐는 질문이다. 유럽이 중세에는 중국이나 아랍 세계보다 못 살았다는데 언제부터 이렇게 변모했는지도 그들의 궁금증 중 하나다.

　나의 대답은 유럽이 다른 지역보다 못 살던 때가 있었는지는 모르겠으나, 내가 아는 바로는 아주 옛날부터 마을, 소읍, 소도시, 대도시들 모두 균형과 조화를 바탕으로 건설되어 온 전통이 있어서 그렇다고 했다.

　한여름 석양 녘에 황금색으로 물들여지는 파리 센 강변의 조각품 같은 석조 건축물이 보여주는 조형미의 섬세, 장엄함, 규격이 똑같은 커다란 흰색 창문이 달린 벽돌 건축물들이 방사선 도로와 운하 변에 가지런히 균형 있게 서 있는 암스테르담의 아름다움, 튼튼하고 실용적인 독일

풍의 건물들이 지방과 도시에 따라 베이지색, 흰색 혹은 자주색으로 단장돼 있는 독일적 조화미의 차별성 등, 이 모든 것이 한국에서 온 여행객들에겐 그 실현 가능성이 수수께끼 같은 것이다.

내가 1980년대 초 스위스에 주재할 때 한 방문객은 취리히 호수를 둘러본 다음 "이렇게 절경의 호반에 호화로운 고층 호텔 하나도 없는 것이 신기하다"라고 말했다. 나는 "그 문제로 수년간 시 전체가 논쟁을 계속하다가 결국 주민투표에서 부결된 것"이라고 일러 줬다. 스위스에는 알프스의 만년 빙하설이 녹아내려 만들어진 드넓은 호수가 많은데, 호반에는 높은 건축물이 없다.

1990년대 중반 헝가리에서 일할 때 한국에서 온 한 농업 관련 사절단 일행을 부다페스트 근교 축산 농촌 마을로 안내한 적이 있었다. 지금도 그렇지만, 그 당시 헝가리는 우리보다 1인당 국민 소득이 낮았고, 공산주의 붕괴 후 극심한 고통을 겪던 시기였다. 사절단은 우리 농촌의 볼품없는 집들보다 잘 지어진 주택들이 도로와 숲의 조화 속에서 일정한 간격을 두고 질서 있게 서 있는 전경을 보며 그림 같다고 말하면서 동구 밖에서 사진들을 찍었다. 한 단원은 내게 "서울 강남구 청담동 아시죠? 고급 주택지인데, 골목이 말이 아니어요. 지저분하기 짝이 없고, 고급 주택들이 제 멋대로 지어져 이 농촌 마을보다도 보기 싫어요"라면서, "그러나 그 청담동 고급 저택 안에 들어가면 이곳 집에 비하면 궁궐 같죠"라고 말했다.

헝가리의 농촌 마을이 이렇게 조화롭게 이어져 온 것은 공산주의와는 관계가 없다. 오히려 공산정권 통치 시절 부다페스트 외곽에 지어진 아파트들은 한국의 단지처럼 흉물스럽기 짝이 없다. 서유럽과 동유럽의 농촌 마을이나 도시 외관의 차이는 거의 없다. 서쪽이 보다 고급스럽고 정갈하다는 것 이외에는 유사점이 더 많다.

유럽의 도시와 농촌이 질서, 조화, 균형의 미관을 유지해 올 수 있었던 것은 고대 그리스·로마 시대 문화의 한 축인 공화주의의 정신적 유산 때문이다. 공화주의를 새삼스럽게 이론으로 설명할 필요는 없다. 어원으로 살펴보면, 영어의 '바보idiot'는 고대 그리스어 '자기 자신idion'에서 유래됐으며, '남의 눈을 피하는 사적인 것privat'과 '빼앗기고 부자유하다는 것 privative'은 같은 어원에서 파생된 말이다.

우리가 더불어 사는 공동체에서 사욕에 눈이 먼 사람을 바보로 보고, 자기의 것만을 향유하려 들다가는 되레 자유를 박탈당하거나 빼앗기는 신세가 된다는 점을 암시한다. 진정한 자유는 공동체적 가치를 추구하는 법에서 보호될 때 실현될 수 있다는 견해다.

이때 법은 추상적이긴 하지만 인위법이 아닌 자연법에 근거한 것이다. '만인은 법 앞에 평등하다'든지, '제왕이라도 죄를 지으면 합당한 벌을 받아야 한다'는 개념이 자연법의 핵심이다. 따라서 인위적 악법은 자연법에 반하는 것이다.

우리의 정신에 유교적 전통이 이어져 오는 것처럼 유럽인들에는 공화주의적 전통이 계승돼 오고 있다. 동양의 정신문화에는 공화주의적 요소가 내재돼 있지 않다. 유교 경전에서 말하는 "백성이 하늘이다"라는 것도 지배자 내지 통치자의 관점에서 본 것이므로 공화주의로 해석될 수 없다.

우리가 21세기 더불어 사는 선진 사회로 도약하기 위해서는 우리 정신문화에 빈약한 공화주의적 요소를 광범위하게 수용, 실천하는 일이 가장 중요하다. 유럽에서 사기죄 고소 사건이 세계에서 가장 적게 발생한다거나, 도시와 농촌에서 난개발이 거의 이루어지지 않고 있고, 대도시의 부촌일수록 추모와 사색의 공원으로 가꾼 공동묘지가 자리 잡고 있다는 것을 우리는 알아야 한다.

분쟁과 갈등을 뛰어넘은 유럽 統合

◇◇◇

1951년 유럽석탄철강공동체ECSC 창설과 더불어 개시된 유럽 통합 운동은 반세기가 훨씬 지난 지금도 미완성인 채 계속되고 있다. 2004년 헝가리, 체크, 폴란드, 슬로바키아, 키프로스 및 발틱 3국 등 동남구東南歐 10개국 그리고 2007년 루마니아와 불가리아가 유럽 연합EU에 가입, 이제 EU는 초기 6개국에서 29개국으로 확대돼 4억 9천여만 명의 인구와 연간 GDP 규모가 20조 달러에 달하는 세계 최대 공동 시장이 됐다.

지구상에서 냉전 체제가 붕괴된 이후 여태껏 유일한 분단국가로 남아 있는 한반도의 지식인과 민중은 유럽 통합 과정을 지켜보면서 일말의 통한이나 부끄러움조차 느끼지 못한 채 분열의 방향으로 나아가고 있지 않은지 염려된다. 분열하는 자에겐 21세기에 희망이 없을 것이다. 21세기는 통합과 분열의 이율배반적 시대로서 통합 지역엔 평화와 행복이 넘쳐나고 분열 지역엔 분쟁과 불행이 들끓게 될 것이다.

1950년대 세계 국가 수는 100여 개국 남짓이었으나, 오늘날에는 200여 개국을 상회한다. 선진 지역에서는 통합이 진행되고 있는 데 반하여 다른 지역에서는 분열을 거듭해 오고 있다. 아프리카와 중동 및 아시아 지역 이외에도 구소련 연방 해체 이후 러시아의 체첸분쟁과 발칸반도의 구 유고 연방 사태는 매우 심각한 분열상으로 기억된다. 1990년대 인종과 종교 문제가 맞부딪혔던 발칸지역에서는 '인종청소ethnic cleansing'라는 반인간적 신조어가 생겨날 만큼 과거 한 나라의 국민 간 골육상쟁骨肉相爭이 처참했었다. 발칸의 최북단 슬로베니아는 이런 발칸의 화약고를 탈출하여 유럽 연합에 가장 먼저 가입했다.

혹자는 유럽 통합이 이념이나 지역 간 갈등의 골이 깊지 않아 가능한 것으로 착각할지 모르겠으나, 사실은 유럽만큼 충돌이 격했던 지역이 없었다는 것은 지난 역사가 증명한다.

2차 대전의 폐허에서 통합이 시동된 지 70여 년이 지난 오늘날에도 유럽의 보통 사람들에겐 국가주의적 혹은 민족주의적 정서가 공유되고 있다.

필자가 1990년대 중반 독일에서 일할 때 만났던 한 50대 독일인 실업가 부인은 영국인이었다. 어느 날 필자는 그의 부인이 영국 여권 연장을 위하여 잠시 영국으로 귀국한다는 말을 우연히 듣고 놀랐었다. 당시 결혼한 지 20여 년이 훨씬 지났는데도 이 귀부인은 독일 국적으로 바꾸지 않았다. 이 귀부인은 독일 남자와의 결혼과 관계없이 그냥 영구히 대영 제국의 시민으로 남아 있고 싶어 했던 것이다.

이처럼 회원국마다 보통 사람들 간에는 아직도 '대영 제국의 유니언 잭 깃발'이라든지 '프랑스의 영광' 혹은 '우월한 게르만인'과 같은 정서가 흐르고 있는 것이다. 소국들은 상대적으로 많은 비용을 들여 그들의 왕실을 유지하면서 그들 나름대로의 긍지가 더 강하다. 어떤 회원국이든 통합에 관한 사항을 놓고 국민 투표를 실시할 때, 초반엔 반대 여론이 우세한 경우가 많다.

유럽 통합은 전후 비전 있고 결단력 있는 정치 지도자들과 현명하고 식견 높은 지식인들이 국경과 지역을 초월한 합작으로 난관을 극복하며 추진해 오고 있는, 완성하는 데 1백 년, 아니 수백 년이 걸리게 될지도 모르는 역사적 대드라마이다.

1989년 가을 베를린 장벽이 무너졌을 때, 독일의 권위 있는 일간지 디벨트世界에 기고된 한 칼럼이 인상적이다. "1960년대 초 냉전이 극에 달해 베를린에서는 일촉즉발의 전운이 감돌고 있을 때임에도 사르르 드골이 대서양 연안에서 우랄까지 유럽은 통합되어야 하고, 우리가 그렇게 할 수 있다고 말했을 때, 우리는 한 거인巨人 몽상가의 부질없는 잠꼬대로 들었지만, 그의 비전이 오늘 현실로 다가오고 있다"라는 글귀가 지금도 새롭다.

1999년 1월 1일 유럽 연합의 12개 회원국이 가맹한 단일 통화 유로화가 예정대로 금융권에서 제한적으로 유통되기 시작했다. 점차 더 많은 회원국이 참여케 될 이 국적 없는 통화의 전면적 유통 확대는 세계인들의 국가주의적 고정관념을 흔들어 놓을 것이 틀림없다. 유럽의 국적 없는 이 통화는 이제 19개 회원국에서 통용되고 있으며, 21세기 중에는 동유럽 전역과 터키(튀르키예의 전 이름), 이스라엘 및 이집트 등 지중해 연안 지역에까지 파급되어질 것으로 예견되기도 한다.

폐허에서 꽃핀 유럽인의 꿈

◇◇◇

　　20세기 세계사적 큰 사건이라면 1, 2차 대전과 유럽 통합 그리고 구소
련의 붕괴를 들 수 있겠다. 전반기에 인류사상 유례를 찾아볼 수 없는 가
장 참혹한 전쟁이 두 번 있었다. 첫 번째 전쟁의 와중에서 러시아의 볼셰
비키 혁명이 성공해 공포의 붉은 공산주의 소비에트가 탄생했다. 두 번
째 전쟁의 폐허에서는 1648년 유럽 30년 전쟁을 종료시킨 베스트팔렌
강화 조약에서 300년 넘게 유럽을 지배해 온 국가주의 체제의 근본적
변화를 시도하는 경제 통합 운동이 시동됐다. 이 같은 후반기의 유럽 통
합 운동은 최대 폭력의 폭발 잔해에서 마치 쓰러진 고목의 그루터기에서
새싹이 돋아나듯 그렇게 태동돼 인류에게 희망을 주고 있다. 20세기가
끝나갈 무렵 이상과 현실 간 괴리와 전체주의의 자기모순으로 냉전의 한
축인 소련이 몰락하고, 해체됐다. 21세기 중엔 구소련에서 독립한 많은
공화국이 유럽 연합EU에 가입하게 될지도 모른다.

20세기는 인류사상 가장 폭력적인 세기이다. 그럼에도 그것의 근원인 국가주의를 극복하고자 하는 새 꿈이 그 무서웠던 폭력의 한복판인 유럽에서 구현되고 있는 것이다. 생존의 토대인 경제 분야에서의 통합은 타 분야와의 상호 의존성으로 말미암아 궁극적으로는 사회·정치·안보 부문으로 심화될 것이다. 나는 이번 21세기 세계 대사건 중의 하나는 유럽 통합의 완성으로 본다. 회원국별 국민 주권을 포기하고 EU를 정치 동맹으로 완결할 수 있을 것이냐에 회의적인 전문가들이 적지 않으나, 나는 그것이 완결되기를 희망하는 사람이다. 한국의 지속되는 남북 분단에 절망과 분노를 느끼고 있을 뿐 아니라, 한국 사람, 일본 사람, 중국 사람 등 국가주의적 고정관념이 소멸돼 가기를 기대하는 사람인 까닭이다. 21세기 세계사의 대 드라마인 유럽 통합이 완성돼 가는 것을 무대 아래 한 관객으로서 지켜보고 싶은 심정이다. 한국과 일본과 중국은 그들 역사에서 단 한 건의 드라마와 같은 사건을 만들어 낸 적이 없다.

1991년 말 유럽 통합을 관세 동맹(시장 통합)에서 경제 동맹(통화 통합)으로 심화시키는 마스트리히트 조약이 체결됐을 때 국내에서는 유럽이 요새화된다고 소란을 피웠다. 당시 나는 유럽 통합이 블록으로서의 배타적 차별주의가 철폐되지 못한 측면이 없지 않으나, 다자주의적 세계 무역 체제(GATT/WTO) 내에서 극복될 수 있다는 주장을 폈다. 그들의 소수 차별적 규정과 조치들은 농산물, 서비스 및 항공기 부문에 집중돼 있어 우리와의 이해관계를 따져 UR에 대비, 우리 농업을 보호 육성할 방안들을 유럽 공동 농업 정책에서 배워 시행할 것을 주문했으나 메아리 없는 외침에 불과했었다.

결국 유럽은 요새화되지 않았다. 그동안 역내 회원국 간 거래 못지않게 역외와의 무역도 확대돼 왔기 때문이다. EU가 구소련처럼 와해된다면 세계시장에 대재앙이 될 것이다.

상상해 보라. 오늘 당장 미국의 50개 주가 각각의 관세율과 각각의 통화를 가진 경제 주권 국가로 독립하게 된다면 어떻게 되겠는가. 구소련의 해체가 정치적으로 공산주의를 붕괴시켰을 때보다도 훨씬 더 비참하게 자본주의를 경제적으로 몰락하게 할 것이다. 세계 GDP의 1/3을 차지하는 미 50개 주의 독립된 국경을 상품이 통과할 때마다 관세를 물고 결재할 때마다 환전을 해야 한다면, 자전거처럼 앞으로 나아가지 못할 때, 즉 성장해 가지 못하면 붕괴될 수밖에 없는 자본주의는 종말을 맞게 될 것이기 때문이다.

EU의 심화와 확대 정책은 순탄치는 못할 것이다. 100년, 아니 200년 이상이 걸릴 인류사의 대실험이다. 회원국 정부 간 갈등은 물론 대다수 주민의 국가주의적 정서도 걸림돌이다. EU의 중요 정책에 대한 국민 투표를 실시할 때 부결되는 회원국들이 있었다. 그럼에도 EU의 완성이 결국 성공할 수도 있을 것으로 보는 것은 위대한 유럽 지도자들의 확고한 신념과 그들의 행적 때문이다.

유럽 통합의 창안자 장 모네는 애초 코냑 도매상이었다. 그러나 1차 대

전 중 그는 국제조정자로 변신했으며, 2차 대전 중에도 그의 이러한 역할
은 계속되었다. 20세기를 대표하는 경제학자 케인스는 조정자로서의 그
의 역할이 2차 대전을 1년 이상 단축시켰다고 극찬한 바 있다. 모네와 슈
만의 통합 이상을 앞장서 실천한 드골은 1916년 프랑스와 독일의 국경 격
전지 베르됭Verdun 전투에서 3차례나 부상했었다. 독일 통일의 위업을 달
성한 헬무트 콜의 선친도 80여만 명의 독불 사상자를 낸 이 전투에 참전
했었고, 유럽 단일 통화의 창시자 자크 들로르의 선친 역시 21세 나이로
이 전투에 뛰어들었었다. 1984년 당시 콜 독일 수상과 1940년대 프랑스
레지스탕스의 영웅 미테랑 대통령은 손을 잡고 함께 이 격전장을 묵묵히
걸었던 것으로 전해진다. 그들은 무엇을 생각하며 걸었을까? 이들의 이
상과 지도력이 계승되는 한 EU의 미래는 어두워지지 않을 것으로 본다.
언제 이 한반도에서도 남북의 지도자가 손을 맞잡고 뜨거운 참회의 눈물
을 흘리며 판문점에서 만나 평화 협정에 서명할 날이 올 것인가.

유럽, 분열이냐, 통합이냐

◇◇◇

브렉시트Brexit, 영국의 유럽 연합EU 탈퇴를 묻는 세기적 국민 투표는 2016년 6월 23일 찬성으로 끝났다. 영국은 개방보다는 폐쇄, 통합보다는 분열을 선택했다. 대영 제국의 헛된 꿈 때문인가. 회원국들의 국경 개방에 따른 이민자 유입으로 유럽 연합EU의 와해 원심력이 커질 거라는 견해가 횡행한다. 다른 회원국들의 탈퇴 도미노 현상이 벌어질지도 모른다는 웅성거림이다.

인류 역사상 가장 참혹한 사건, 1, 2차 대전을 20세기에만 집중적으로 일으켰던 땅 유럽은 그 가공할 폭력의 한복판에서 방향을 틀어 평화와 통합을 향해 어려운 길을 가는 중이다. 그런데 그 발걸음을 멈추고 만 것인가. 아일랜드가 유럽 정치 통합의 설립 조약인 리스본 협약에 회원국 중 마지막으로 2차 국민 투표(1차 부결)에서 찬성함으로써 느슨하게나마 유럽 합중국은 2010년 출범했었으나 앞길은 이제 더 험난해 보인다.

13, 4세기 르네상스의 태동에서부터 유럽의 역사는 뭐랄까, 마치 드라마와 같이 전개돼 오고 있다는 느낌이 든다. 신을 대체하는 이성logos이 힘을 발휘하여 유럽은 프랑스의 대혁명과 영국의 산업 혁명을 거치면서 '보다 살기 좋은 인간다운 세상'을 만들고자 하는 꿈을 꾸었다. 대혁명의 아들인 나폴레옹은 유럽의 시민과 농민을 봉건적 절대 권력의 압제로부터 해방시키는 위업을 달성하여 자유天賦人權, 평등民主主義, 박애共和主義에 기초한 근대 시민 국가를 서유럽에 탄생시켰다. 데카르트가 신보다도 신봉했던 이성은 프랑스 대혁명의 정신적 토대가 된 계몽사상을 일으켰을 뿐 아니라 과학의 발달을 촉발시켜 영국에서는 산업 혁명의 불을 지폈었다. 19세기에 들어서 유럽 전체가 열정과 사랑과 꿈에 들떠 낭만주의를 꽃피웠던 시절도 있었다.

유럽의 발전은 근대 시민 국가로서의 경쟁적 기반에 의존했다. 민족 국가는 루터의 종교 개혁 운동이 도화선이 돼 17세기 초엽 발발한 30년 전쟁의 결과물이다. 독일 전역을 전쟁터로 삼아 신·구교로 편을 가른 군주들이 벌인 이 살육전은 당시 독일 인구의 1/3을 죽이고 끝났었다. 가톨릭이라는 절대 종교 세력이 약화되고 군주의 지배력이 커져 지배 계급 중심의 국가주의가 전개됐다. 그러나 일반 시민과 민중은 군주를 중심으로 한 국가주의에 동조하지 않았다.

나폴레옹이 출현, 대혁명의 자유, 평등, 박애의 삼색기를 휘날리며 기존 세습 군주들을 굴복시키자 헤겔은 고향에서 백마를 탄 나폴레옹에게 경배하고 베토벤은 영웅의 표제 심포니를 작곡하는 등 유럽 민중에게는 앙시앵 레짐 타파가 국가주의보다 더 절실한 과제였다. 나폴레옹이 그 일을 해내자 민중은 열광했다. 하지만 후에 그가 황제에 즉위하여 프랑스 패권의 야욕을 드러내자 민중은 그에게 등을 돌리고 저항하며 민족주의자로 변신, 그를 멸망시키는 연합군에 합류했다. 그러면서 민중은 패권적 국가주의를 맹목적으로 신봉하며 20세기 초 대재앙인 제국주의의 전사가 되었다.

1, 2차 대전을 겪으면서 유럽의 지성인들 중에는 근대 유럽 문명의 버팀목이던 이성의 허구에 절망한 나머지 해체주의 철학과 문학을 태동시킨 자들도 있었다. 허나 유럽 문명 자체를 해체한 후 대안을 찾았다는 얘기는 아직 듣지 못한다. 혹자는 유럽 지식인들이 그 대안을 동양의 노자 사상에서 찾고 있다고 주장하나, 아전인수적 해석으로 본다. 노자의 사상이 유럽의 기독교와 르네상스 운동의 경우처럼 문명을 주도하지도 못했을 뿐 아니라, 도대체 동양인은 서양인들처럼 감동적 드라마와 같은 역사를 한 번도 만들어 낸 적이 없다.

20세기 양차 대전은 과거 유럽에서 3백여 년에 걸쳐 견고한 국가주의의 아성을 쌓으며 내편 네편 패를 갈라 사활을 건 패권 쟁투를 벌인 결과 수천여만 명을 도륙한 참사였다. 유럽 통합 운동은 국가주의의 해체에 다름없다.

해체주의자들이 이 통합 과정을 어떻게 평가하고 있는지는 모르겠으나, 나는 해체의 대안으로 본다. 물론 이 통합 운동이 언제 다시 분출하는 국가주의적 집단 욕망과 분노에 함몰될지 불안하기도 하다. 영국은 그 길을 선택했다.

1차 대전 발발 전 장 조레스 그리고 2차 대전 종료 후 장 모네—파멸의 먹구름을 걷어 내기 위한 예언자로서 유럽인들에게 통합의 영감을 불어넣었던 이 위대한 현자들을 배출한 프랑스의 후예들마저도 보다 완벽한 유럽 통합 헌법을 국민 투표에서 부결시킨 전례 또한 있었다. 그 대안으로 마련된 것이 정치 통합을 위한 개정 조약, 즉 리스본 협약이었다. 그 체제가 지금 무너지고 있는 것이다.

지난 반세기를 넘어 공동 시장이라는 관세 동맹을 거쳐 단일 통화 유통이라는 경제 동맹 단계에 진입했으나 그것은 아직 미완의 상태에 있는데도 브렉시트 사달이 터졌다. 29개 회원국 중 19개국만이 단일 통화인 유로화를 도입했고, 서비스의 내국민 대우도 완벽하게 시행하지 못하고 있는 실정이다. 이 경우 내국민 대우란 폴란드 국적의 노동자가 프랑스의 파리나 영국의 런던에서 제약 없이 취업할 수 있는 걸 뜻한다.

2011-12년 그리스, 포르투갈, 스페인 및 이탈리아 등 유로존 남부 주변국의 재정 위기로 유럽 통합이 와해될지도 모른다는 위기감이 팽배했었다. 금융 재정 통합 없는 단일 통화는 허상이라는 게 증명됐다고 회의론자들은 주장했다.

유럽 통합 운동의 갈 길은 멀다. 회원국들의 국가 이기주의를 극복해 내는 일이 어디 쉬운 과제인가. 금융 재정 통합을 이룩하고, 나아가 정치 통합까지 달성하는 데는 앞으로도 백 년 이상이 더 걸리게 될지도 모른다. 18세기 말 프랑스 대혁명 이후 삼색기 아래 그 씨앗이 뿌려졌던 '자유 민주 공화 체제'가 서유럽에 정착되는 데도 우여곡절을 겪으며 20세기 중반에 이르러서야 가능하지 않았던가. 샤를 드골이 동서 냉전 대결이 극에 달했던 1960년대 영국을 배제한 '대서양 연안에서 우랄까지의 유럽 통합'의 영감을 불어넣었을 때, 당시 유럽의 식자들은 '한 거인 몽상가의 부질없는 잠꼬대'로 치부했던 기억이 되살아난다.(드골은 1963년 당시 유럽 경제 공동체에 가입 신청서를 낸 영국에 거부권 행사. 영국은 드골 사후인 1973년 가입)

끊임없이 충돌하는 국가 이기주의와 정치 이념을 조정할 그 무엇이 없을까? 그것이 보인다면 유럽의 통합, 나아가서는 한반도의 통일을 담은 세계의 통합이 달성되는 날이 수백 년 후에라도 반드시 도래할 것이라는 꿈을 갖는다. 그 통합은 차별과 전쟁이 없는 세상을 만드는 것이어야 한다.

대영 제국과 언어적 유머

◇◇◇

1만여 년 전까지만 하더라도 영국은 유럽 대륙에 붙어 있었다. 템스강은 라인강의 지류였고, 빙하기가 끝나는 중석기 시대 말엽 경인 이때 최초의 수렵인들이 유럽 대륙으로부터 걸어 들어오기 시작했다. 그러던 것이 8천여 년 전부터 이 땅덩어리는 대륙으로부터 분리되어 오늘날의 도버 해협이 생겨났다. 상전벽해桑田碧海가 헛말이 아니라는 걸 고고학자들이 밝혀낸 셈이다.

고대에는 켈트족이 먼저 해협을 건너 영국과 아일랜드에 진출했고, 그후 게르만계인 앵글로·색슨족이 떼지어 대규모로 이곳으로 와 세력을 잡았다. 켈트족은 스코틀랜드와 웨일스의 외진 곳으로 밀려났다. 로마에게 서남부가 점령당해 영광스러운 브리튼Britain이라는 지명을 얻었고, 중세에는 덴마크의 바이킹과 그 후 프랑스의 노르망디 공국의 침략으로 나라를 잃은 적도 있었다. 특히 불어를 사용하는 노르망디의 통치 2백여 년간 영국은 대륙의 선진문물을 받아들여 근세 잠룡으로서의 힘을 길렀다. 영어에 불어적인 단자가 많이 포함돼 있고, 우리가 품격 있는 수사修辭를 할 때 한문을 도입하는 것처럼 고급 영어에서 불어 단자가 그대로 사용되는 것은 이 시기의 노르망디 통치와 프랑스의 선진 문화 영향 때문이다.

근세 해군력의 강국이 된 이후로는 외세의 침략을 받지 않았다. 나폴레옹의 기세등등한 위협도 해군력으로 막아 냈고, 끝내 대륙 열강들의 연합군을 지휘하여 브뤼셀 북쪽 워털루 결전에서 나폴레옹 군을 패망시킴으로써 유럽 열강 대열의 윗자리를 차지했다. 대륙에서 프랑스, 프로이센, 오스트리아 및 러시아 등 열강들의 패권 다툼이 계속되는 동안 무기와 그 밖의 군수 물자를 팔아 부를 축적했을 뿐 아니라 해외에서 손쉽게 식민지를 개척하여 해가 지지 않는 대제국이 됐다. 영국에서 산업 혁명이 발동된 것이나, 인도와 북미를 손아귀에 넣을 수 있었던 것도, 대륙에서 열강들이 패권 전쟁에 정신이 팔려있지 않았더라면 어찌 되었을지 모를 일이다.

대영 제국을 건설한 앵글로·색슨족은 로마인처럼 탁월한 인종인지도 모른다. 섬에 갇혀 살던 그들은 대륙으로부터 선진 문물은 받아들이되, 그들만의 독특한 폐쇄적 문화를 일구며 살았다. 프랑스 대혁명 이후 미터법이 대륙에서는 일반화되었으나, 영국은 아직도 야드법을 버리지 않고 있는 걸 보면, 매우 고집스러운 보수주의 집단으로 보인다. 관습을 법률보다 우선시하고, 혁명을 용인하지 않는다. 14세기 왕위 계승권을 둘러싼 30여 년간 장미 전쟁이라는 내전을 겪은 사건을 제외하고는 국내에서 피비린내 나는 싸움이 없었다.

그러나 영국의 보수주의에는 다른 나라와는 다르게 '융합'과 '변화'라는 특이한 면이 있다. 로마인의 문화적 유전 인자 중 가장 고귀한 것이 영국인에게 전이된 듯싶기도 하다. 영국인들이 인용하기를 좋아하는 속담은 "변화 없이 영구적인 것은 없다There is nothing permanent except change"라는 평범한 경구다. 가장 보수적인 나라에서 제트기가 세계 최초로 날았고, 원자력의 평화 이용이 세계 최초로 시도됐으며, 미니스커트와 펑크Punk 패션이 세계 최초로 런던 거리에서 퍼져나갔다는 것도 이와 관련지어 유추해 볼 수 있다.

이 같은 변화의 힘은 언어의 마력에서 솟아나는 것으로 나는 단언한다. 문명은 언어를 통해서 만들어지고 성장하는 것이다. 영어는 본래 앵글로·색슨족의 방언으로부터 유래되었으나, 문명을 만들어 가는 과정에서 모든 것을 융합시켰다. 영어는 독일어와 유사하면서도, 불어적인 것을 수용하여 품격을 높였으며, 유대, 아랍, 인도 그리고 심지어 아프리카와 아메리카의 토어까지 품에 안았다. 그래서 어법이 무질서하고, 낱말이 한자 수를 능가할 만큼 복잡한 언어가 됐다. 사실 영어를 속속들이 익히기는 한자를 익히기보다 더 어렵다고 말하는 이들도 있다. 언어가 어렵다 보니, 의사소통 과정에서 수시로 오해가 생기지 않을 수 없었다. 소통되지 못하는 뜻과 감정을 솔직하게 소통시키는 방법으로서 유머적 표현이 발달했다.

영국이 문화적으로 대륙에 역수출한 것이 있다면, 쇠고기 먹는 법과 유머적 언어 표현이라고 생각한다. 유럽인들은 당초 쇠고기를 먹지 않았다. 영국인들이 전파한 쇠고기는 유럽인들의 체력을 튼튼히 하는 데 기여했다. 지금도 서양 음식 메뉴판을 보면, 쇠고기 요리 이외에는 불어나 이탈리아어로 식단이 표기돼 있다. 유머의 어원은 인간의 체액體液을 뜻하는 라틴어 의학용어 '후모르Humor'에서 유래된 것이다. 유독 영어에서만 '적정한 체액 분비에 따른 웃음을 일으키는 언어적 표현'으로 자리 잡았다. 불어에 기지에 해당하는 '에스프리esprit'라는 말이 없는 것은 아니지만, 그것은 유머와 다르게 이지적인 웃음으로서 1차 대전 후 '에스프리 누보Esprit Nouveau'와 같은 전위 예술 운동을 일으키는 심미적 언어표현이다.

유머는 하층민의 애환이 담긴 우리 조선 시대의 제한된 해학과 다르게, 귀족도, 평민도, 농노도, 모두 감정의 응어리를 풀며 웃음으로 상대를 감싸 안는 문화를 만들었다. 유머를 가장 많이 생산해 낸 계층은 중인에 해당하는 젠트리 계급the Gentry의 상인들이다. 그들은 유머를 구사함으로써 상생의 품위 있는 협상을 이끌어 내는 등 오늘날 신사로 번역되는 젠틀맨Gentlemen이라는 말을 만들어 냈다. 당시 대영 제국의 정치인과, 상인과, 소시민과, 농민들은 함께 유머를 '굿 모닝'과 같은 아침 인사처럼 생산하여 세계를 제패한 것으로 나는 믿는다.

내가 2001년 지방 무역 공사인 경북통상 대표로서 런던 호텔에서 한 바이어와 아침을 들며 상담을 시작할 때 내 말과 발음이 정확지 못한 걸 지적하는데, "당신은 지금 화장실에 가고 싶으냐"라고 엉뚱하게 물어 함께 폭소한 적이 있었다. 웨이터에게 "두 조각의 토스트를 달라I want two piece"라고 내가 말했을 때, 그는 나의 발음이 "오줌 누기를 원하는 것I want to piss"으로 들렸던 모양이다. 두 조각을 단수로 말하고 모음 발음이 짧아 오해가 생겼던 것 같다. 그는 순간적으로 아침을 드는데 기분이 상했을 수도 있었을 것이다. 그러나 그는 기발한 유머로 나와의 친근감을 만들어 냈을 뿐 아니라 내 서툰 발음과 어법 교정의 멘토 구실까지도 했던 것이다.

1970년대 말이던가, 내가 당시 국제섬유 협상 정부 대표단의 일원으로 제네바 회의장에 참가했을 때의 일화이다. 섬유 수입국인 구미 선진국과 강경 수출국인 인도, 이집트, 브라질 등이 첨예하게 부딪혔을 때, 영국계 유럽 공동 시장 대표는 "이러다가는 수출국들이 사 달라는 대로 안 사 준다고 홧김에 섬유 수출을 전면 중단해 버려 전쟁이라도 나면 우리 병사들은 벌거벗은 채 무기를 들고 전쟁터에 나가야 할 판"이라고 회의장을 웃음바다로 만들어 회담 분위기를 일신시킨 적도 있었다. 이 유머에는 유사시 자국민과 군대에게 옷을 입힐 수 있는 최소한의 섬유 생산 능력은 보호돼야 한다는 무서운 협상 전략이 숨어 있기도 했다.

오늘날에도 영국 정치인들은 이렇게 의도와 전략이 숨은 기지에 찬 유머를 말하는데, 우리의 정치인들은 위선적이고 거친 말만 쏟아 내며 근엄하기만 해 사회 갈등이 더 치유되지 못하는 것은 아닌지 모르겠다.

프랑스의 風光과 문화

◇◇◇

　세계 여러 곳에서 장기간 체류하거나 상담을 위해 방방곡곡을 다니면서 살아온 지난 세월을 돌아볼 때, 이 지구상에서 가장 복 받은 나라는 프랑스가 아닐까 하는 생각이 든다. 우선 지리적 조건과 기후가 매우 다양한 데다 사람 살기에 최상의 지역이기 때문이다.

　미국 면적의 5.7%에 불과한 국토이나, 프랑스는 미국보다 더 아름답고 특징 있는 산야와 풍광과 다양한 기후를 갖고 있다. 뉴요커(뉴욕 시민)보다 자부심이 강한 파리지엥(파리 시민)들은 춥고 음산한 겨울날 최남단 지중해변 칸느와 니스에서 따뜻한 햇볕 아래 해수욕을 즐기는가 하면, 폭염의 한여름에는 세계의 절경으로 일컬어지는 알프스의 몽블랑에서 스키를 만끽하기도 한다. 또 태초부터 프랑스와 이태리(이탈리아) 쪽 알프스에만 대리석이 유난히도 많아 인류 역사상 빼어난 석조 건축물의 도시들이 양국에 건설될 수 있었다. 인상주의 화가들의 화폭에서 볼 수 있는 강렬한 태양볕 아래의 해바라기꽃과 어우러진 그로테스크한 남프랑스의 산야는 여행객의 탄성을 절로 자아내게 한다.

빼어난 풍광과 경이로운 기후가 감싸 안은 국토는 문화재로 가득 차 있다. 도시의 수많은 박물관과 노르망디 해변의 몽생미셸Mont-st-Michel 수도원과 같은 전설적인 고성古城들은 수준 높은 문화의 향기를 발산한다. 파리 시내에만 수백 개의 박물관이 있을 뿐 아니라 이 수도에서 연중 공연되는 문화 예술 행사만도 1만 4천여 회를 상회하는 것으로 전해진다. 남프랑스 아비뇽Avignon의 여름 거리 연극 축제와 님Nimes의 부서진 로마 원형 경기장에서 별빛 쏟아져 내리는 여름밤 공연되는 오페라의 아리아 울림은 관중들의 열광과 함께 포도주 잔을 부딪히게 한다.

프랑스의 융합적融合的 문화는 포도주에서 빚어진 것은 아닐까? 주 종족인 켈트족, 프랑크족 및 노르망족과 그 밖의 수많은 소수 종족은 그들이 만드는 문화에 용해되어 프랑스 민족으로 탈바꿈됐다. 이들이 함께 사용한 프랑스어는 섬세한 감성과 세밀한 추상적 사고의 표현 도구로서 사람들을 융합시키는 데 어떤 힘을 발휘해 온 것은 아닐까?

수만 가지 오묘한 맛을 내는 포도주는 어울려 식사하는 사람들의 미각을 돋워주며 함께 있는 기쁨을 나누게 한다. 포도주 자체가 예술품으로 취급되어 포도주 맛을 가리는 감식가는 품격 있는 예술가로 대우받는다. 우리나라에서도 포도주를 마신 다음 노래방으로 향하는 사람은 거의 없을 것으로 여겨진다. 포도주와 떼려야 뗄 수 없는 프랑스 문화는 고급문화와 대중문화의 구분이 확연치 않다. 샹송 가사는 아름다운 시가 많고, 캉캉처럼 관능적인 쇼도 예술성을 발산한다.

프랑스의 융합적 문화의 뿌리에는 톨레랑스tolerance 정신이 있다는 주장이 있다. 나와 다른 생각과 감정을 가진 사람들을 관용하고 포용한다는 톨레랑스 정신이 처음으로 프랑스 역사에 나타난 것은 1598년 앙리 4세가 포고한 낭트 칙령이다. 개신교인 유그노Huguenots에게 제한적이나마 종교의 자유를 허용한 이 칙령은 톨레랑스 정신을 정치·사회 전반에 확산시켜 1789년 프랑스 혁명 전야의 계몽주의 사상을 꽃피우게 했다. 특히 계몽주의 사상가 중에서도 볼테르는 톨레랑스의 전도사였다.

프랑스 혁명과 관련지어 볼 때, 톨레랑스 정신에는 타협할 수 없는 원칙이 있는 듯하다. 그것은 혁명 정신인 자유, 평등 및 박애의 보편적 가치에 반하는 구시대적 봉건주의 정신이다. 대혁명의 아들인 나폴레옹은 유럽 대륙에서 앙시앵 레짐Ancien Regime(구제도)을 타도한 불세출의 영웅이었다. 후에 그가 황제에 즉위하여 유럽의 민족주의를 촉발시킨 과오를 범한 것은 역사의 아이러니이기도 하다.

나폴레옹이 프랑스 본토 출신이 아니듯이 프랑스 문화에 혁혁한 공적을 남긴 위대한 인물 중에는 타국 출신이 적지 않다. 프랑스 혁명의 사상적 불씨를 당긴 루소는 스위스 제네바 태생이며, 세기의 피아니스트이자 작곡가인 쇼팽과 과학자 퀴리 부인은 폴란드 출신이다. 파리의 가르니에 오페라 극장 내 천장화를 그린 샤갈은 러시아로부터 귀화했고, 20세기 전위 문학의 준봉인 사뮈엘 베케트(프랑스 名, 본명은 사뮈엘 바클레이 베켓)는 아일랜드 출신 작가이다. 20세기 불멸의 상송 가수 이브 몽땅도 이태리(이탈리아)로부터의 이민자이다. 한국인으로서 최고의 동양화가로 평가받는 이응노李應魯도 1983년 프랑스에 귀화했다.

무엇이 이들과 그 밖의 피카소 같은 수많은 천재를 프랑스로 불러들였는가? 포도주와 음식 그리고 언어의 매력 때문인가? 혹은 매료되는 풍광의 아름다움 때문인가? 고대 로마나 현대 미국과 같은 부와 강력한 힘을 갖지 못한 나라에겐 불가능한 일이 프랑스에서는 진행돼 왔다. 그것은, 자연환경과 음식 문화가 복합적으로 작용됐겠으나, 톨레랑스 정신의 기초 위에서 프랑스인들이 만들어 온 향기 짙은 문화의 매력 때문임이 분명하다.

냉전이 종식된 지 30여 년이 지난 이 시점에서도 남북 분단의 벽은 여전한 채 남한에서조차 갈등이 증폭되고 있는 우리에겐 프랑스의 융합적 문화가 신기루처럼 보이기만 한다.

에펠탑과 짚신

◇◇◇

에펠탑은 1889년 프랑스 혁명 100주년을 기념키 위하여 개최된 세계 최초의 만국 박람회EXPO의 상징물로 건축된 것이다. 당시 구스타브 에펠이 설계한 이 탑은 무려 7천 5백 톤의 강철만을 사용하여 317미터 높이로 쌓아진 것이다.

탑이라면 석탑이요, 건물이라면 석조를 최고로 치던 시대에 파리 시내 어느 곳에서든지 고개만 들면 이 거대하고 드높은 철탑이 눈에 들어와 매우 흉물스럽게 느껴졌던지 이것을 싫어하는 명사가 꽤 있었던 것 같다. 작가 모파상은 파리에서 에펠탑이 보이지 않는 곳이란 에펠탑 안밖에 없다고 생각하여 에펠탑 내 식당에서의 식사를 가장 즐겼던 것으로 전해진다.

그러나 오늘날엔 에펠탑이 파리의 대표적 상징물로 간주돼 연간 파리를 찾는 1억 5천여만 명의 관광객 대다수가 이 탑에 올라 파리 전경을 굽어본다. 특히 날씨 좋은 여름 석양 녘 황금색으로 물들여지는 센강변의 조각품 같은 석조 건축물들의 조형미는 환상적인 것이라고 감탄하는 사람들이 많다.

대혁명 100주년 기념식과 만국 박람회에는 조선 왕조 말 고종 때 우리나라도 초청됐다. 갓을 쓰고 흰 두루마기를 입은 세 사람이 참가한 것으로 프랑스 정부가 보관하고 있는 대혁명 100주년 기념사업 관련 문서에 기록돼 있다는 것이다. 이 사실은 1993년 "대전 EXPO" 유치를 위해 현지에서 활동하던 대한무역투자진흥공사KOTRA 파리무역관의 허상진 許祥鎭 관장이 프랑스 무역부 직원을 통해 확인한 것이다.

현재 에펠탑 주변의 공터엔 참가국들의 전시용 가건물이 세워지고, 영구전시관으로서는 에펠탑 맞은 편의 인류 박물관이 축조됐다. 국력이 약한 나라들은 아마 가건물 내 공동관에 배치된 듯싶다. 세계 최초로 만국의 상품과 문화의 경연장이 된 이 박람회는 당시로서는 상상할 수 없는 수십만 명의 인파가 세계 각지로부터 몰려 국제적 축제의 장이 됐다. 이후 세계 부국 정부가 주최하는 만국 박람회 개최는 정례화되었고, 이 같은 대규모 종합 박람회의 순번과 절차를 관장하는 국제 박람회 사무국이 파리에 설치됐다. 전후에는 선진국뿐 아니라 문화와 경제에 자신이 있는 개도국들도 이 같은 EXPO의 주최국이 될 수 있어 한국도 1988년 하계 올림픽 개최 후 유치할 수 있었다.

프랑스 혁명 100주년 기념 EXPO에 출품된 조선 전시품들은 짚신과 갓과 새끼와 가마니 그리고 운반 용구로서의 지게 등이었다. 관람객들이 용도를 몰라 통역사를 통해 묻기도 하고 신기한 듯 짚신을 신어보기도 했다. 그러나 현장에서 팔리거나 구매 계약이 체결된 사례는 없었다. 갓을 쓰고 흰 두루마기를 입은 세 사람의 조선 참가자들은 박람회 기간이 끝나자 출품된 물건을 그대로 놔두고 임차료도 지불하지 않은 채 홀연히 떠나버렸다. 대혁명 기념사업 관련 보존 문서엔 당시 조선 정부의 참가 임차료 미납이 표기돼 있다고 프랑스 무역부 직원은 전하면서, "이번 한국 정부가 개최하는 EXPO에 프랑스가 참가한다면 임차료를 징수할 수 없는 것 아니냐"라고 우스갯소리를 했다고 한다.

한국의 출품된 전시 물품들은 대부분 폐기됐으나, 일부 관람객이 짚신과 가마니를 가져가 여름 해수욕장에서 사용했다는 기록이 남아 있다고 하니 프랑스 사람들의 기록과 역사 정신은 놀랍기만 하다. 우리나라에서는 이에 관련된 단 한 줄의 기록도 발견되지 않는다.

격세지감隔世之感은 이 같은 현실을 두고 만들어진 말일까. 1백여 년이 지난 오늘날의 현실에서 프랑스 혁명 100주년 기념 EXPO를 생각하면 격세지감을 아니 느낄 수 없다. 1970-1980년대 세계 유명 전시회에서 직물과 의류 및 가전제품 분야에서 한국 제품은 세계 소비자들의 주목을 끌었다. 특히 1990년대부터는 가전제품의 성능과 실용성을 테스트하는 세계 최고의 경연장이 되는 미국의 '라스베이거스 가전제품 전시회CES, Consumer Electronics Show'에서 매년 한국의 대표적 메이커인 LG와 삼성은 혁신 제품상 중 무려 10%에 해당하는 29개 상을 거머쥐고 한국이 전자 기술 강국임을 입증했다.

일제 식민 통치와 남북 분단을 겪으면서 우리는 끝없는 좌절을 겪어 왔으나, 그래도 강대국 틈에서 연연히 민족의 생명력을 유지해 올 수 있는 것은 19세기 말 짚신과 가마니를 들고 프랑스 혁명 100주년 기념 만국 박람회에 참가한 선조들의 기개氣槪와 진취성 때문이 아닐까 한다. 그 기개와 진취성을 이어받은 우리는 20세기 중에 한강변의 경제 기적을 이룩해 냈고, 21세기에는 통일과 번영의 위업을 달성하는 역사의 주역이 되기를 기대한다.

치유의 美學, 샤크레쾨르 사원

◇◇◇

순백 대리석의 샤크레쾨르 사원Basilique de Sacre-Coeur은 파리 시내 북쪽 몽마르트르 언덕에 있다. 아래 무명 화가촌이 있는 테르트르 광장에서 올려다보면 하얗게 솟은 비잔틴 양식의 돔 3개를 떠받친 교회의 위풍당당함이 시야를 점령한다. 높이 83m, 폭 50m인 중앙의 돔은 장엄미莊嚴美의 절정을 이룬다. 이 돔에 오르면 평지인 파리 시내 빼어난 석조 건축물들의 전경이 한 눈에 들어온다. 파리가 얼마나 아름다운 도시인가, 인류사상 재건될 수 없는 문명의 걸작품이라는 걸 느끼며 감탄케 된다.

테르트르 광장에서 무명 시절 그림을 그렸던 세기의 화가들이 많다. 19세기 말 인상주의의 정점에 섰던 비운의 천재 고흐가 이곳을 거쳐 갔고, 20세기를 대표하는 입체파 피카소도 이곳에서 그의 예술을 실험했다. 세계 미술사에 족적을 남긴 거장 중 이곳에서 습작했던 화가들이 적지 않으나, 그들은 몇 년 후 이곳을 떠났다. 그러나 죽음이 화필을 멈추게 할 때까지 이곳에서 예술에 몰두했던 화가도 있었다. 드가와 로트레크가 바로 그런 화가이다.

몽마르트의 술집, 무희, 창녀촌의 정경을 소재로 삼았던 중세 프랑스 왕가의 혈통 귀족인 로트레크는 인생의 통찰과 깊은 우수를 담은 소묘 화가로서 캉캉 쇼의 빨간 풍차 술집 물랭루주의 포스터를 예술로 승화시켰다. 30년 일찍 태어나 로트레크의 화풍에 영향을 미쳤던 드가는 신선하고 화려한 색채로 몽마르트의 무희와 욕탕을 드나드는 여인들의 한순간 동작을 인상 깊게 화폭에 담았다. 그는 1870년 보불 전쟁普佛戰爭 당시 36세의 나이에 포병으로 참전했고, 사후엔 몽마르트 기슭의 묘지에 묻혔다.

몽마르트 묘지엔 가난한 서민과 애환을 함께 했던 수많은 문인, 음악가 그리고 화가들이 잠들어 있다. 이를테면, 에밀 졸라, 스탕달, 베를리오즈, 밀레 및 드가가 이곳에 묻혀 있는가 하면, 자유를 찾아 망명한 독일의 시인 하이네의 무덤도 있고, 소설과 오페라로서 오늘날에도 만인의 심금을 울리고 있는 춘희의 주인공인 비련의 실제 인물 알퐁신 프레시스 여인도 이곳에 안장돼 있다.

이곳에 묻힌 예술가들을 사랑했던 일반 시민, 농부, 군인, 학생, 무희 그리고 창녀들까지도 보불 전쟁 참패 후 한 푼 두 푼 성금을 모아 순교자의 언덕인 몽마르트에 샤크레쾨르 사원을 건립한 것이다. 드가와 로트레크의 소묘에 등장하는 인물들은 슬픔에 젖은 웃음을 보이는 하찮은 사람들이었으나, 그들이 왜 열렬히 이 사원 건립에 동참했는지는 모른다. 프랑스에 대한 애국심에서일까, 혹은 좌절 건너편 피안의 동경에서일까.

몽마르트라는 지명은 로마 신화 중 전쟁의 신 마르스에서 유래됐다는 설도 있으나, 19세기 이래 이곳에서 살아온 시인과 화가들은 파리 초기 한 성자가 순교한 땅의 이름인 것으로 믿고 있다. 패전과 순교와 부흥의 개념적 앙상블이 이 언덕과 사원의 분위기를 감싼다.

1870년 여름 한순간에 비스마르크의 프러시아군에게 파리가 포위된 후 4개월 만에 함락당해 나폴레옹 1세의 조카 루이 나폴레옹 3세는 퇴위했다. 이듬해 1월 비스마르크는 과거 태양왕 루이 14세가 독일 제후들의 알현을 받았던 베르사유궁의 가장 화려한 면경전面鏡殿에서 통일 독일 제국을 선포했다. 이로써 1630년 종교 개혁 이래 프랑스가 유지해 온 독일 분열책은 종말을 맞았다.

나폴레옹 3세의 폐위와 함께 프랑스의 제2제국은 몰락했고, 제3공화국이 태동되는 과정에서 파리 코뮌(혁명 자치 회의)의 내전을 겪는 등 파리 시민들은 극심한 시련과 좌절을 겪었다. 그들은 다시 일어서기 위하여 성금을 거두기 시작했다. 그들은 왜 복수하기 위해 군수 공장 건설을 택하지 않고 사랑과 평화의 전당인 대사원의 건립을 택했을까. 오랜 세월 모은 성금으로 이 대사원은 1876년 착공돼 40여 년이 지난 1919년 드디어 완공됐다. 바로 1차 대전이 종료된 직후인 것이다. 당시 성금 총액 4천만 프랑은 오늘날 통화가치로 환산하면 수조 원에 달하는 액수이다.

건립 초기엔 점잖은 귀족과 보수 계층에서 도시의 미관을 해칠 우려가 있다는 반론이 없지 않았으나, 민중들의 절대적 염원으로 이 대사원이 완성된 것이다.

관광 안내원인 대학생은 자신을 "루이 나폴레옹을 국민의 황제로 옹립하는 데 투표한 한 늙은 농부의 증손자"라고 소개하면서, "할아버지와 아버지는 농사로 얻는 모든 이득을 이 사원 건립에 희사했었다"라고 자랑스럽게 말했다.

샤크레쾨르 사원 정면 계단에서 우리 가족사진을 찍어 주었던 프랑스인 의사는 "보불 전쟁의 참패란 프랑스에겐 문명사적 대외상大外傷, trauma이었으나, 우리는 문화와 도덕의 힘으로 그것을 극복하고자 했다"라고 말했다. 몽마르트 언덕의 샤크레쾨르 사원은 프랑스인들이 역사를 통해 긍지를 갖는 '위대한 프랑스'의 정신이 배어 있는 곳이기도 하다.

노트르담 사원과 낭만주의

◇◇◇

《외신은 이 대성당의 화재가 프랑스 문화의 뿌리를 불태운 거라고 전했다. 나는 경북통상 대표 6년을 마치고, 경북일보의 사외 편집위원으로 10여 년 봉사하면서 여러 색깔의 산문을 발표하고, 그로 말미암아 수필가로 등단할 수 있었다. 이 글은 2007년 6월에 기고한 건데 상당한 호평을 받았던 기억이 있어 여기에 싣는다. 아마 이 대성당이 옛 모습으로 복원되는 데는 수십 년이 걸릴 것으로 예상한다.》

 파리 중심부 센강의 시테섬에 있는 노트르담Notre-dame 사원은 파리의 심장으로 불린다. 우선 역사적으로 시테섬은 기원전 3세기경 파리의 발상지이다. 프랑스가 유럽에서 로마 문명의 제1 적자로 부상하던 12~14세기에 170여 년이라는 장구한 세월에 걸쳐 이곳에 지어진 노트르담 사원은 프랑스인들의 종교적, 문화적 상징물이 되었다. 오늘날에도 파리와 다른 도시 간 거리를 잴 때는 노트르담 광장을 기준으로 삼는다. 대성당 맞은 편 길바닥에 새겨진 청동별이 프랑스 도로의 시발점Zero Point이 되는 것이다.

백 년 전쟁의 영웅이었으나, 마녀로서 화형당한 잔 다르크의 명예 회복 심판이 내려진 곳, 자유, 평등, 박애를 상징하는 삼색 깃발 아래 대혁명 정신을 전 유럽에 전파한 나폴레옹의 대관식이 거행된 곳, 그리고 20세기엔 자유 프랑스의 쟁취와 유럽 통합 비전의 영웅 드골과 사회주의자로서 유럽 통합을 추진한 영웅 미테랑의 장례식이 또한 치러진 곳이 바로 이 노트르담 사원이다. 종교와 역사와 문화가 이곳에 저장돼 있다.

성모 마리아의 이미지는 자애로움이다. 귀부인이라는 의미의 노트르담은 성모 마리아를 상징하는 것이므로 이곳은 애당초부터 박애와 평화의 전당이었다. 그러나 절대 왕권과 결탁하여 박애에 등을 돌리고 부패해진 가톨릭 교단에 분노가 18세기 말 대혁명기에 폭발하여 민중들은 이 사원을 황폐화시켰다. 첨탑도 부서졌다. 일부 내부는 한동안 포도주 저장고로 사용됐다는 기록도 있다. 나폴레옹의 대관식 때도 완벽하게 복원되지 못했었다.

노트르담 사원이 오늘날의 모습을 갖춘 것은 19세기 전반 낭만주의 시대 때였다. 차가운 이성과 합리주의를 제1의 가치로 삼았던 고전주의에서 계몽사상이 꽃피었고, 그것이 대혁명의 정신적 지주가 되었으나, 혁명 후 도래한 자유의 물결을 타고 낭만주의가 프랑스에서 태동되어 전 유럽에 퍼졌다. 이성보다는 감성, 합리주의보다는 꿈과 공상이 사람들을 희망에 불타게 했다. 절대 왕권이 몰락한 폐허에서 군중들은 재건의 함성을 쏟아냈다. 이 시대 자유주의자와 낙천주의자가 주류를 이뤘던 군중들은 꿈의 낭만주의 사조를 창조한 것이다.

12~13세기 풍의 웅장한 고딕식 건축물에 낭만주의 시대의 꿈과 섬세함이 가미되어 노트르담 사원은 오늘날과 같이 아름답게 재생했다. 사람들은 장엄한 2개의 종탑과 왼쪽의 성모 마리아 문, 가운데 최후의 심판의 문, 그리고 오른쪽의 성녀 안나의 문이 시야를 점령하는 정면에 압도되지만, 측면과 뒷면이 더 아름답다는 것은 대성당이 9천여 명을 수용할 수 있을 만큼 크기 때문에 잘 살피지 못한다. 센강에서 배를 타고 이 대성당 주변을 가깝게 배회할 때, 측면과 뒷면이 얼마나 섬세하게 조각되었는지를 보고 감탄하게 된다. 낭만주의 시대 꿈꾸던 건축가와 예술가들이 표현해 낸 걸작이다. 대성당 내부의 조각상들과 화려한 스테인드글라스, 그리고 직경이 13m나 되는 꽃무늬가 현란한 장미창에서도 그들의 예술혼을 느낄 수 있다.

낭만주의는 인간의 심성에 뿌리를 둔 문학에서 가장 두드러졌던 사조이다. 희곡에 고전주의 시대 셰익스피어가 있었다면, 소설에는 낭만주의 시대 빅토르 위고가 있다고 회자된다. 그 위고가 29세에 집필한 '파리의 노트르담'은 낭만 문학의 최고의 걸작으로 꼽힌다. 우리나라에서는 '노트르담의 꼽추'로 번역된 작품이다. 이 같은 별칭은 우리나라에만 있는 것은 아니다. 내가 독일에 있었을 때 그곳 백과사전에서도 이 별칭을 확인한 기억이 있다. 1956년 안소니 퀸이 열연한 프랑스 영화의 영향 때문에 이렇게 된 걸까?

〈대성당 앞마당에서 거지 떼에 섞여 배회하는 여주인공인 집시 소녀 에스메랄다는 가련하다. 흉측한 꼽추 종지기 카지모도의 순애를 받아들이지 못하고 잘생긴 경비대장 페뷔스에 속절없이 반한다. 부주교 프롤로는 에스메랄다를 범하고자 끊임없이 괴롭힌다. 욕망의 화신인 프롤로부터 자신을 구해 준 페뷔스가 그녀에게는 '백마 탄 기사'로 보였지만, 기실은 그는 난봉꾼이었다. 프롤로는 연적 페뷔스를 죽이고, 에스메랄다에게 그 죄를 뒤집어씌워 끝내 그녀는 교수형을 당한다. 이 장면을 종탑에서 내려다보던 프롤로를 꼽추 카지모도가 뒤에서 그를 떠밀어 떨어져 죽게 하고 종적을 감춘다. 세월이 흐른 뒤 한 교회 공동묘지에서 카지모도의 유해가 발견되는데, 그의 잔해가 에스메랄다의 유골을 꼭 껴안고 있었다는 것이 소설의 대미이다.〉

계층이 다르며 심성에 선악이 혼재된 사람들의 극적인 얘기가 노트르담 사원을 무대로 펼쳐지는 이 낭만 소설과 이를 각색한 영화 및 뮤지컬은 세계에서 이 대성당을 모르는 사람이 없도록 만들었다. 대성당 앞에 서면, 역사와 문화와 예술의 위대함을 아니 느낄 수 없게 된다. 또한 산업화로 찌든 우리 사회에 신낭만주의가 다시 도래하기를 꿈꾸게 한다.

팡테옹의 영웅들

◇◇◇

　파리의 소르본 대학가에 위치한 팡테옹Pantheon은 로마의 고색창연한 그것처럼 웅장한 코린트식 대리석 원주와 장엄한 돔으로 돼 있으나, 대학 상징 건물 같기도 하고, 주변 건물과 잘 어울려 보인다. 프랑스 국기인 대혁명 정신을 상징하는 삼색기 장식이 요란해 눈에는 잘 띈다. 이곳에서 콩코르드 광장과 루브르궁으로 이어지는 전경이 매우 아름답다.

　로마의 판테온은 기원전 건립된 로마 제신을 모신 만신전萬神殿이었다. 로마 최고의 원개圓蓋 건축물로서 후세 미켈란젤로가 '천사의 설계'라고 극찬한 역사적 기념물이다. 7세기 초에는 소유권이 교황에게 이양돼 가톨릭 사원이 됐다. 이태리(이탈리아) 통일 후에는 통일에 기여한 임마누엘 2세를 비롯한 국왕과 왕비가 안치된 종묘宗廟로서의 구실도 했다.

　파리의 팡테옹이 이 로마의 유서 깊은 만신전을 모방하여 지어진 것으로 전해진다. 1744년 루이 15세가 5세기 중엽 훈족의 내습으로부터 파리를 지켜 낸 수호 성녀 주느비에브에게 봉헌키 위하여 착공한 성당이다. 당시 이름은 생 마들렌 사원이었다. 그 후 대혁명 정부는 이 사원의 완공과 더불어 팡테옹으로 개칭하고, 위인들의 묘당廟堂으로 삼았다.

파리의 수호 성녀 주느비에브 생애를 그린 벽화가 돋보이고, 로마의 판테온처럼 종교적 신비감보다는 치열하게 살다 간 민중 영웅들의 꿈과 열정과 사랑의 세속적 향기가 감돈다. 이곳엔 프랑스의 영광을 가져다준 제왕도, 제왕 같은 권력을 행사한 대통령과 권세가도 묻혀 있지 않다. 널리 알려진 대로 루소와 볼테르와 미라보 같은 계몽 사상가들과 빅토르 위고와 에밀 졸라[1] 같은 문인들 그리고 퀴리 부인과 장 페랑 같은 과학자들이 주로 묻혀 있다. 대통령으로서는 유일하게 19세기 말 제3공화국의 수반이었던 인문주의자 사디 카르노의 유해가 이곳에 있다. 그 후 1차 대전의 전운이 감돌던 시기에 평화주의자로서 독불 간 화해와 제국주의의 척결을 고독하게 외치다가 처참하게 죽임을 당한 장 조레스 의원도 여기에 잠들어 있다.

호국 묘지가 따로 있는 탓일 수도 있겠으나, 군인들의 이름은 눈에 잘 띄지 않는다. 그러나 19세기 말 보불 전쟁 때 프로이센의 비스마르크 군대에 패한 후 항복 대신 자결한 보레페르 장군의 심장은 이곳에 있다. 2

---

1 그가 1902년 죽었을 때는 몽마르트 묘지에 묻혔으나, 그의 불굴의 자유 정신의 추앙으로 1908년 팡테옹으로 이장. 그러나 몽마르트 묘지엔 묘비 등 그의 흔적이 남아 있음.

차 대전 중 전설적인 레지스탕스의 영웅 장 물랭도 이곳에 묻혔다.

그런가 하면 대혁명 시 살벌한 법정에서 생명의 위협을 무릅쓰고 루이 16세를 변호했던 법률가 트롱쉐도 이곳에 안장돼 있다. 있을 수 없는 일이다. 이곳은 혁명 영웅들의 무덤이 아니던가. 그러나 이 때문에 팡테옹은 더 빛을 발한다.

폴란드 태생 퀴리 부인뿐 아니라 외국인으로서 프랑스에 귀화한 적지 않은 사람들이 눈에 띈다. 이탈리아 태생 천문학자 조세프루이와 과학자이자 내과 의사인 스위스 출신 장폴 마라가 있다. 장폴 마라는 주로 영국에서 지내면서 대혁명에 뛰어든 사람이다. 더 특이한 경우는 남미 오지인 기아나 출신으로서 2차 대전 중 자유 프랑스 전사였던 펠릭스 에부에(본명-아돌프 실베스트로 펠릭스 에부에)의 심장도 이곳에 있다는 점이다. 퀴리 부인이 유일한 여성으로서 이곳에 묻혔다면, 에부에는 유일한 흑인으로서 이곳에 잠들어 있다.

인류 보편적 인권 선언을 세계 최초로 기초한 판사 르네 카상도 이곳에 묻혔고(1948년 12월 유엔총회 채택), 시각 장애인용 점자 체계를 개발한 루이 브라이도 이곳에 안장돼 있다. 사회 민주주의의 선구자 장 레옹과 공산주의자로서 인권 운동가인 물리학자 렁즈방의 영혼도 이곳에 잠들어 있다.

사후 132년이 지난 뒤에야 이곳으로 온 사람도 있다. 우리에게 너무 유명한 작가 알렉산더 뒤마이다. 대혁명 200주년이 되는 1989년에는 혁명기 박애주의자 3명(주교, 기하학자, 철학자)의 유해가 이곳으로 옮겨졌다.

1970년 11월 드골이 서거했을 때, 뉴욕 타임스는 영웅이 만들어지기 어려운 20세기에 출현한 한 영웅을 추모하는 '큰 별이 지다'라는 제하의 사설을 실었는데, 그 주인공인 그는 그의 유언에 따라 고향 땅에 묻혔다. 그도 먼 훗날 이곳으로 옮겨질까?

1960년대 초 어느 날 드골이 당시 문화부 장관이던 작가 앙드레 말로와 함께 차를 타고 팡테옹을 지나칠 때의 일화이다. 말로가 팡테옹을 가리키며, "각하, 먼 훗날 각하께서 쉴 곳입니다"라고 말했을 때, 드골은 "나는 아니야, 위대한 프랑스의 정신을 만들어 가는 자네 같은 사람이 쉴 곳이지"라며 웃었다는 것이다. 드골의 말대로 사후 말로는 이곳에 잠들어 있다.

이보다 더 감동적인 것은 오늘날 '유럽 통합'의 창안자 장 모네[2]도 사후 이곳에 안장됐다는 점이다. 그로 말미암아 1950년대 이후 유럽의 역사가 새로 시작돼 21세기까지 통합이 추진 중이다. 이렇다 할 관직도 갖지 않은 사람으로서 유럽의 총성을 영구히 멎게 한 영웅이다.

지하 묘당에 73명[3]의 영웅들이 잠들어 있는 팡테옹은 오늘도 자유와 평등과 박애의 대혁명 정신의 향기가 솟아나고 있는 곳이다. 이곳이 이

---

2   그는 1988년 그의 탄생 100주년이 되는 날 팡테옹으로 이장(1979년 사망).
3   2007년 말 현재

땅의 젊은이들의 역사 교당敎堂이 될 수만 있다면, 그래서 그들이 우리 사회의 주역이 되는 날, 남북한도 통일될 수 있을 것 같은 환상에 빠진다.

(2010년 현재)

튤립과 화란(네덜란드) 商人

◇◇◇

1975년 5월 초 영국에서 화란(네덜란드)의 암스테르담으로 가는 비행기에 탑승했던 때로 기억된다. 그날은 매우 쾌청했었다. 점차 비행기 고도가 낮아지면서 호수가 하나둘 파랗게 보이고, 실같이 뻗은 운하들도 하얗게 눈에 들어왔다. 그러던 참에 색깔이 보이기 시작했다. 울긋불긋한 색깔이었다.

비행기 고도가 더 낮아지자 그 색깔은 붉고, 노랗고, 하얗고, 그리고 다른 많은 것으로 구분되었다. 광활한 풀밭 사이에 넓은 튤립밭들이 북쪽 하늘 끝닿는 듯한 데까지 뻗어 있었다. 그 튤립밭들은 햇빛을 받아 찬란하게 반짝이고 있었는데, 바람결에 따라 그것들은 마치 현란한 초대형 카펫들이 푸른 대지 위에서 너울거리고 있는 것처럼 보였다. 푸른 대지 위에서 춤추는 듯한 웅대한 페르시아 카펫을 연상시키는 꽃의 군락을 내려다보는 것은 장관이었다.

나중에 알게 됐지만, 필자가 공중에서 아래로 봤던 곳은 암스테르담 공항 남쪽 쾨켄호프Keukenhof 주변의 튤립밭들이었다. 4월과 5월 중엔 이곳에서 화려한 꽃의 축제가 열리는가 하면, 세계 방방곡곡으로부터 수백만 명의 관광객들이 몰려든다. 오늘날 화란(네덜란드)은 튤립을 비롯한 화훼류의 세계 최대 공급국으로서 생화와 구근球根을 합쳐 연간 100억 불 이상을 수출하고 있다.

튤립이 화란(네덜란드)의 국화이기는 하지만, 원산지는 화란(네덜란드)이 아니다. 화란인(네덜란드인) 중에는 튤립이 중동 해안 지대의 황량한 모래땅에 피었던 야생화인 것으로 믿고 있는 사람도 적지 않다. 비련의 아픔을 견디지 못해 스스로의 심장에 비수를 꽂았던 페르샤 왕자의 분출된 피가 모래땅에 피어 있는 이름 없는 야생화에 물들여져 핏빛보다 더 진한 영롱한 진홍빛을 발하는 튤립으로 변종됐다는 전설 같은 얘기도 전해진다.

그러나 화훼학자들이 조사한 바에 따르면, 튤립의 원산지는 파미르고원 일대와 중국의 서쪽 국경 텐산天山산맥의 구릉지 및 계곡이었을 것으로 추정된다. 그곳에 거주하던 터키(튀르키예) 유목민들의 이동에 따라 페르샤 지역을 거쳐 오늘날의 터키(튀르키예) 지역에까지 전수되었다는 것이다.

16세기 중엽 이후 유럽에서는 튤립의 열풍이 불기 시작했다. 당시 암스테르담 항구를 기지로 아프리카 최남단 희망봉을 돌아 인도에 진출했던 화란 상인들에게서 이식되었다는 설이 있고, 오스트리아와 오스만 제국과의 거래에서 전수되었다는 설도 있는데, 점차 화란을 비롯한 서유럽 전역에서 튤립은 투기의 대상이 되었다.

17세기 초, 튤립 일정량의 종자와 구근 가격은 오늘날 돈 가치로 환산하면 2만 5천에서 5만 불에 달해 당시 집 한 채 값과 맞먹을 정도였다고 존 케네드 갤브레이드 박사는 1993년 그의 저서 "금융 도취 小史"에서 추산한 바 있다. 자본주의 사상 최초의 가격 거품이 1630년 튤립 거래에서 나타났던 것이다.

이처럼 당시 투기의 대상인 튤립을 유럽에서 경쟁자를 물리치고 화란(네덜란드)이 유일하게 대량 재배종 개발로 성공할 수 있었던 것은 화란(네덜란드) 상인들의 부와 끈기와 자연환경 때문인 듯싶다.

16세기는 화란(네덜란드) 상인들이 대서양 무역 시대를 열던 때이다. 그들은 인도 동인도 회사를 건설하고 북미 동부 지역을 개척한 주역들이었다. 오늘날 뉴욕의 지명이 당시 뉴암스테르담이었다는 사실을 기억하고 있는 사람들은 그리 많지 않다. 후에 무력에서 양 지역이 영국에 양도되었지만, 화란(네덜란드) 상인들은 무역을 통해 막대한 부를 축적할 수 있었다. 그들은 튤립의 1,200여 가지 다양한 색깔을 내는 재배종 개발을 위해 수 세기 동안 일관되게 투자를 집중했다. 화란(네덜란드)의 서쪽 해안 지대는 애초 바다 밑 땅으로서 모래 성분이 많아 중동의 모래땅과 흡사하여 이 같은 토양 조건이 화란(네덜란드) 상인들의 튤립 재배를 성공시키는 데 일조했다.

툴립은 한마디로 자본주의의 꽃이다. 약육강식의 자본주의적 살벌한 토양에서도 툴립처럼 영롱하고 아름다운 꽃을 피워 낼 수 있었다는 것은 우리에게 시사하는 바가 적지 않다.

세계화 시대 지구촌의 빈부 격차는 미국과 한국을 비롯한 모든 나라의 계층 간 그리고 부국과 빈국 간 더 확대될 것으로 보인다. 경제 문제에 관한 한 정부보다 자본가의 영향력이 더 커질지도 모른다. 부국의 대기업들이 꿀을 채취하는 양봉업자의 정신으로 깨어나 빈자들의 생활 터전이 사냥터로 개발되기보다는 향기로운 과수원으로 가꾸어지도록 배려해야 할 것이다. 양봉업자와 과수원의 관계는 전 세계 방방곡곡에 20여만 개 이상의 자회사를 거느리고 세계 무역 중 1/3을 차지하고 있는 수만 개의 다국적 기업에 경종이요 기대이기도 하다.

간호사 키 큰 앨리

◇◇◇

50여 년 전 몇 차례 만났던 사람을 지금도 기억하고 있다고 말한다면 누구나 특별한 것이 있었겠다고 생각할 것이다. 그러나 특별한 것은 없었다. 머리 색깔이 갈색이었는지조차 희미한데, 다만 키가 크고 뺨에 주근깨가 꽤 있었던 것으로 기억된다. 아마 어디서 다시 만나게 된다면 틀림없이 알아보지 못할 듯싶다. 성은 발음하기 어려웠으나 이름은 쉬워서 앨리라는 그 이름만은 아직도 기억하고 있다.

그녀는 간호사였으나 백의의 천사 이미지로 기억 속에 각인돼 있지도 않다. 병실에서 봤던 그녀는 평상복 차림이었다. TV나 신문에서 화란(네덜란드)에 관한 보도가 있게 되면 불현듯 생각나는 사람이고, 병원에 갔을 때 문득문득 뇌리에 스쳐 가는 그런 사람이다.

내가 1976년 3년 근무 기한으로 첫 해외 발령을 받았던 곳은 화란(네덜란드)의 암스테르담이었다. 도착 후 거주할 아파트를 구한 지 얼마 안

돼 둘째 아이가 귀밑 림프선의 병이 재발돼 심하게 아팠다. 출국 한 달 전 발병됐을 때 의사는 수술하는 것이 좋겠다고 말했으나, 시일이 촉박해 강한 항생제를 투입, 병세를 가라앉혔다. 그런데 이역만리 여행의 후유증 탓인지 다시 도졌던 것이다. 이번엔 림프선의 부기가 온몸에 퍼지더니 열이 40도에 달해 혼수상태에 빠졌다. 동네 의원은 검진하자마자 두 살배기 사내아이를 한 대학병원의 응급실로 보냈다. 화란어(네덜란드어) 대신 유창한 영어로 말하는 의사의 설명도 제대로 알아듣지 못한 채 그 애를 소아과 병동의 한 병실에 입원시킨 후 우리 부부는 귀가했다.

입원실에서의 엄마의 간병을 간청했으나 병원 측은 치료를 이유로 하루 1시간 문병 이외에는 허락하지 않았다. 우리는 한동안 공포의 나날을 보냈다. 엄마는 매일 1시간씩 아이를 보러 갔으나 아빠는 일 때문에 그렇게 하지 못했다.

그러나 일주일이 지난 다음 병세가 호전되기 시작해 우리 부부도 마음의 평정을 찾아 전담 간호사 앨리와 대화를 나누기도 했다. 한번은 그녀의 평상복 차림에 관심을 보이자, 그녀는 주변의 장난감을 만지며 아이의 심리적 안정, 아이가 집에 편안하게 있는 것처럼 느끼도록 만들기 위한 것이라면서 엄마 쪽으로 얼굴을 돌리며 웃었다.

보름 만에 퇴원한 후 아이의 건강이 나날이 회복돼 우리 부부는 입원에 관련된 일들을 잊어갔다. 3개월쯤 지났을 무렵, 편지 한 통이 간호사 앨리로부터 송달됐다. 병상에서 찍은 아이의 사진 한 장도 동봉돼 있었다.

우리 부부의 간단한 안부와 함께 아이가 매우 귀엽고 영리한 아이로 기억된다고 말하면서 이젠 건강하게 잘 지내고 있을 것으로 믿는다는 내용이었다. 고마운 마음에 우리 부부는 즉시 감사의 답장을 보냈다.

주재한 지 1년이 지나 현지 생활에 익숙해졌을 때, 친숙해진 화란인(네덜란드인)들에게 이 편지 건에 관해 물어봤다. 그들은 화란(네덜란드) 의료계의 관행은 아니라고 말했다. 그러나 아이가 정말 사랑스러웠던 것 같다거나 외국 태생 아이였기 때문에 특별한 관심을 보였던 것 같다고 그 동기에는 의견이 갈렸다.

시간이 흐를수록 아이가 외국 태생이었기 때문에 관심을 보였던 것으로 믿어졌다. 화란인(네덜란드인)의 생존 방식이 외국인과 더불어 사는 공존 방식이기 때문이다.

외국과의 교역 없이는 살 수 없다는 것을 국민이 잘 알고 있다. 그들은 스스로 깨닫고, 영어, 독일어, 불어 및 스페인어를 익힌다. 영어의 경우 화란인(네덜란드인)들이 평균적으로는 영국 사람들보다 표준 발음과 어법에 더 능숙하다고 말하는 사람들도 있다. 총인구 중 20%가 외국인이지만 유럽에서 외국인의 배타성이 가장 약한 나라이다.

간호사 앨리에게 동양에서 당시 신흥공업국으로 부상하던 한국의 한 가정을 친화란화(친네덜란드화)하고자 하는 의도는 없었을까? 그런 의도가 계획적으로 있었다고는 생각되지 않는다. 직업 윤리와 자기 나라를 생각하는 마음의 무의식적 표출로 이해된다.

아무튼 우리 가족은 화란(네덜란드)을 매우 좋아하게 됐다. 후에 유럽의 고속도로에서 화란(네덜란드) 번호판을 단 차를 보면 모두 손을 흔들고, 월드컵이나 올림픽 축구 시합에서는 화란(네덜란드) 팀을 한국 팀 못지않게 열렬히 응원한다.

요즘 국내에서 자기들이 개발해 내지도 못한 낡은 이념의 틀 안에 갇혀, 보수다 진보다 정체성으로 다투며, 서로 자기 쪽이 애국이라고 주장하는 사람들을 볼 때마다 더욱 앨리의 실루엣이 눈앞에 아른거린다. 앨리와 같은 다수 화란인(네덜란드인)들의 애국심은 그들의 생활과 직업윤리에 녹아 있어 본인들도 그것을 느끼지 못한 채 살아가는 까닭이다.

독일의 숲과 번영

◇◇◇

변호사와 의사는 세계 어느 나라에서든 젊은이들이 선호하는 전문직이다. 직업군 중에서 평균 소득이 가장 높을 뿐 아니라 사회에서 존경받을 수 있는 일을 수행할 수 있는 직업이기 때문이다.

유럽의 나라들도 그렇다. 그런데 1980년대 독일에서 살던 중 어느 해이던가 특이한 것이 발견되었다. 해마다 직업별 최고의 평균 소득과 젊은이들의 인기 직종이 발표되는데, 변호사와 엔지니어 및 의사가 상층부를 차지하는 것이 일반적인 추세인 시기에, 임무사林務士, Foerster라는 생경한 직업이 상위권 소득과 함께 최고의 인기 직종으로 뽑힌 것이다. 독일의 부강을 일으킨 기계 공업과 자동차 등으로 독일에서만큼 엔지니어가 대우받는 나라가 없는 것은 알고 있었지만, 조림造林과 영림營林을 주업으로 하는 산림 관리 및 감시 직종인 임무사가 이렇게 소득이 높고 젊은이들의 선망의 대상이 되는 직업인 줄은 몰랐다. 이후 관심을 갖고 알아

본 바로는 1970~1980년대 임무사는 독일에서 항상 젊은이들이 선호하는 상위급 전문 직종이었다는 사실이다. 아마 지금도 그럴 것으로 짐작된다. 임무사가 의사와 변호사를 능가할 만큼의 인기를 누리는 나라는 독일 말고는 없을 듯싶다.

독일의 숲은 장엄하고, 신비로우며, 그 속의 나무 한 그루 한 그루가 빼어나게 조화롭다. 독일에는 국화國花라는 것이 없다. 나라꽃 대신 참나무계통의 오크oak 나무가 독일을 상징한다. 예부터 오늘날의 독일과 오스트리아에 퍼져 살던 게르만인들의 숲이 이렇게 아름답지 못했더라면 18세기 말 태동돼 19세기 중엽 전성기를 이룬 낭만주의 시대에 베토벤과 슈베르트와 브람스 같은 악성樂聖이 출현하지 못했을지도 모른다고 말하는 이들도 있다. 미국인 관광객조차도 "독일은 세계에서 숲을 가장 잘 가꾸는 나라"라고 찬탄하는 말을 곁에서 들은 적이 있다. 임무사라는 전문 직종이 생기기 전에도 독일인들은 꽃보다도 나무를 더 사랑해 온 사람들이기에 그들 모두가 임무사 역할을 수행해 왔던 셈이다.

독일은 우리나라처럼 국토보다 숲의 면적이 넓지는 않다. 전 국토 36만km^2 중 숲이 차지하는 면적은 30%가량이다. 그러나 도시와 농지 사이사이에 숲은 넉넉히 자리잡고 있다. 남쪽 바이에른 주의 알프스 산자락을 제외하고는 중원의 구릉 지대의 숲이 대부분이다. 3백 년 이상 자란 우람한 활엽수와 쭉쭉 뻗은 침엽수들이 늠름하고 웅장하다.

임무사들은 숲의 조경을 아름답게 할 뿐 아니라 영림에도 뛰어난 실력을 발휘하고 있는 것으로 정평이 나 있다. 독일 숲의 경제성은 비단 임산물의 부가 가치를 창출하는 데 그치지 않고, 치수와 농지의 토질 개선 그리고 도시와 마을에 신선한 공기 공급까지 이어진다. 평지인 이웃 나라 프랑스와 네덜란드와의 농업 경쟁에서 비록 불리한 여건이지만, 치수와 토질 개선의 혜택으로 감자와 밀과 보리농사가 잘 되고, 숲가의 낙농업이 번창해오고 있다.

임무사인 로베르트 뮐러의 집은 함부르크시 교외 숲속에 있었다. 물방앗간 주인Mueller이라는 성을 가진 그는 진짜 집 앞 개울가에 물레방아를 설치해 놨다. 애들 간 친구여서 간혹 그의 집을 방문할 수 있었는데, 문간에 들어설 때 가을엔 브람스의 교향곡이, 그리고 겨울엔 슈베르트의 겨울 나그네 등의 가곡들이 흘러나왔다. 특히 어느 추운 겨울날 그 집 현관에 들어설 때 겨울 나그네 중 "눈물방울이 얼어 뺨에 떨어지고 있음에도 울고 있다는 걸 모르는..." 실연한 한 청년의 '얼어붙은 눈물'이라는 가곡의 선율이 잊히지 않는다.

당시 40대 말의 뮐러는 자기 직업 선택의 동기에 관해 묻는 질문에 책상에 놓여 있던 책 한 권을 집어 보여줬다. 하이데거Martin Heidegger의 저서인 듯싶었다. 저명한 실존주의 철학자라는 것 이외에는 아는 것이 없었다. 그는 멍하니 바라보기만 하는 나에게 "우리는 기술문명 속에서 존재의 의미를 상실하고 기계의 한 부품이 돼버려 불안과 공허에서 벗어나지 못하고 있지 않은가"라는 자문을 하고, 하이데거가 추구하는 존재의 고향에 귀환하여 일하고 싶었을 뿐이라고 말했다. 독일 사람들은 모두 당신처럼 철학자냐고 물으면서 우리는 함께 웃었다.

뮐러처럼 산업 사회에 염증을 느낀 사람들이 젊어서 임무사의 직종을 선호케 되었다는 것을 알 수 있었다. 그들의 소득은 매년 이익이 창출되는 덕분에 많아진 것이지 그가 처음 일을 시작할 때부터 그랬던 것은 아니라고 일러 줬다. 공해가 없는 자연 속에서 자연과 더불어 일하면서 철학 서적을 읽거나 음악을 들으며 여가를 보내는 독일의 산림 관리인 생활은 생산적이며 행복해 보인다. 그들이 있기에 1950년대 독일 경제의 기적은 가능했을지도 모른다.

독일의 숲은 게르만인들의 생명과 번영의 원천이다. 인류사상 두 번의 대전에서 처참하게 패전한 나라가 다시 일어선 전례는 없다. 전쟁에서 모든 문명의 것들이 파괴되었으나, 숲은 보존되었고, 그 숲에서 독일인의 생명력이 다시 솟아오른 것이다. 숲은 공장과 같이 그렇게 개발되어질 수는 없는 것이다. 적어도 수백 년간 그곳에서 사는 사람들의 정성과 인내와 창조의 힘이 모아지지 않고는 불가능한 일이다.

매해 우리나라의 식목일을 맞이할 때마다 나무는 심기보다 가꾸는 일이 더 중요하다는 생각을 떨쳐버릴 수 없다. 우리나라에서도 농촌을 살리는 한 방법으로써 독일의 임무사 같은 직종을 활성화시켜 철학자와 같이 사유하는 창조적 젊은이들을 농촌으로 불러들일 수는 없을까 상상해 본다. 우리 전 국토의 70%가 산악 지대이므로 조림과 영림은 농촌 부흥의 백년대계의 주 전략이 될 수도 있을 것이다. 치수와 토질 개선은 물론 낙농의 개발도 산림개발과 무관치 않다. 우리 정신의 고향인 산야와 농촌은 반드시 부흥되어야 한다.

독일 바이에른주를 생각한다

◇◇◇

  태고에 프랑스의 지중해 모나코 해안 지대에서부터 바다 밑바닥이 솟아올라 만들어진 아름답고 험준한 알프스산맥이 남프랑스를 지나 스위스 전역과 이탈리아 북쪽에 걸터앉은 다음 오스트리아를 가로지르기 전 멈춘 산자락에 펼쳐져 있는 곳이 바로 바이에른Bayern 지방이다. 우리 남한 면적만 한 지방으로서 현재 독일에서는 가장 넓은 주이다. 뮌헨이 주 수도인 이 지방은 옛 로마 시대엔 바바리아Bavaria로 불려졌었다.

  바바리아라는 지명이 야만이라는 뜻은 아니지만, 로마인이 이민족을 모두 야만인barbarian으로 칭했던 탓으로 로마 국경에서 근접한 바바리아 지역은 야만인이 살던 대표적 지역으로 꼽혔다. 습지의 수렁 밭 돼지 우리에서 돼지와 함께 뒹굴며 사는 바바리아인들은 로마 시민에게 야만인의 모습으로 투영됐던 것 같다.

  바이에른주가 독일에서 부유한 지역으로 일어선 것은 그리 오래되지 않는다. 1970년대부터였을까. 로마 시대엔 야만인의 땅이었고, 중세 시대에도 오지의 땅이었다. 근세에 접어들면서도 산업 혁명의 혜택을 거의 받지 못했던 지역이었다.

1차 대전에서 독일이 패망한 다음엔 1920~1930년대 히틀러의 나치가 태동돼 발호했던 그야말로 나치의 본고장으로서 2차 대전 중 많은 유대인들이 뮌헨 근교 수용소에서 죽었다. 독일에서 가난한 낙후된 지역에 불과했었다.

그러나 2차 대전 후 닫힌 사회에서 열린 사회로 체제가 전환된 다음부터는 어느 지방보다도 빠르게 변하기 시작했다. 개인의 인권과 권리가 보장된 열린 사회의 적은 갈색 셔츠단으로 대표되는 나치와 붉은 공산주의 등의 전체주의 사회라고 규정한 '열린 사회와 그 적들The open society and its enemies'의 저자는 공교롭게도 유대계 독일인 철학자 칼 포퍼Karl Popper였다. 1945년 런던에서 그의 이 수작이 출간된 이후 열린 사회의 개념은 전 세계적으로 파급되어졌다.

전후 기독사회당CSU이 지방 정부를 구성한 뒤 나치의 악몽을 털어 내면서 주민들의 의식 개혁을 주도했다. 기독사회당은 전국 단위의 정당이 아닌 지역당으로서 오늘날까지 바이에른주를 통치해 오면서 연방 정부에서는 보수당인 기독민주당CDU과 연합해 오고 있다.

지방 정부와 경제계 그리고 교육계와 주민들이 한마음이 되어 전쟁의 폐허에 공장을 세우기 위하여 국내외를 막론하고 투자 유치에 발 벗고 나섰다. 타 지역 사람들을 배척했던 주민들의 마음은 정치와 교육계의 주도로 누구와도 더불어 사는 의식으로 빠르게 변화되어 갔다. 지방 정부는 파격적인 가격이나 장기 임대 조건으로 주 소유 땅을 투자가들에게 내놨으며, 경제계 인사들은 저돌적일 만큼 왕성한 사업가 정신을 발휘했다. 교육계는 주민 의식 개혁과 함께 양질의 노동력을 양성할 수 있는 제도를 개발했다. 20여 년간의 피땀어린 노력으로 바이에른주는 독일에서 가장 부유한 지역으로 일어서게 된 것이다. 오늘날에도 바이에른주에는 남녀노소를 불문하고 땀 흘리지 않고 무위도식하는 사람은 외지인 이외에는 찾아보기 힘들다는 귀엣말이 있다.

내가 1980년대 중반이던가, 가족과 함께 바이에른 지방을 여행하던 때의 일이다. 한 촌락에서 하룻밤 민박을 했었는데, 집주인은 70이 훨씬 넘어 뵈는 노부부였다. 나그네 가족을 위해 준비된 4인용 방은 일류호텔보다도 더 깨끗하고 아담했다. 맛있는 우유와 버터 그리고 치즈와 함께 푸짐한 빵을 아침으로 들고 식사를 포함한 숙박비를 물었더니 40마르크(당시 환율로 2만 원)라고 해서 10마르크를 더 주었으나 받지 않았다. 단돈 40마르크를 손에 쥔 노부인의 눈자위에 기쁨으로 땀이 밴 주름살이 물결처럼 퍼져 나가던 모습을 지금도 기억한다.

내 고장을 찾는 관광객과 아무리 소액 투자가라 하더라도 그에게 보이는 주민들의 정성과 따뜻한 마음이 오늘도 바이에른주를 풍요롭게 만드는 비결로 믿어진다.

세계화 시대에서 이제 자본은 규제가 있는 곳에서 규제가 없는 곳으로 그리고 이익이 나지 않는 곳에서 이익이 나는 곳으로 이동하고 있다.

외국인이든 내국인이든 투자가의 국적을 따져서는 안 된다. 보다 나은 일자리를 마련해 주고, 그 일자리에서 생산되는 상품과 서비스를 보다 많이 수출할 수 있는 자본을 끌어들이기 위하여 우리나라에서도 어느 지역이든 앞다투어 정성을 쏟아야 할 것이다. 보다 열려 있는 지역 사회가 앞으로 10년 후 국내 승자로 부상할 것으로 예견된다.

悲運의 미학 백조의 성

◇◇◇

독일 바이에른주 퓌센 지방 알프스 산자락의 골짜기 위에 솟아 있는 '백조의 성Schloss Neuschwanstein'은 멀리서 보면 백옥으로 빚어진 듯한 수많은 원형 망루와 첨탑들의 앙상블로 우리를 중세 시대 비운의 백조 기사 로엔그린Lohengrin이 머물다 떠난 전설의 고성으로 착각하게 만든다. 월트 디즈니가 이 성을 보고 영감을 얻어 디즈니랜드를 착상했다는 일화가 헛말이 아님이 실감난다.

이 동화 속의 성을 건축한 바바리아 왕국의 루드비히 2세는 실러의 시와 바그너의 음악에 심취한 몽상가로서 평생 독신으로 중세의 영웅이나 숲속의 요정과 대화했다. 이 성에서 몇 개월 살았으나, 완공을 보지 못한 채 유폐되었다가 인근 호숫가에서 변시체로 발견된 수수께끼 같은 생을 마감한 비운의 탐미주의자이다. 1868년 이 성이 착공된 후 17년간이나 건축되는 동안 왕실 재정은 탕진되고 중세로 백성의 원성이 높아지자 왕실과 권력자들은 결국 그를 유폐시키고 만 것이다.

오스트리아 제국의 황후 자매인 그의 사촌과 약혼했다가 파혼했다. 그는 바그너의 낭만 가극 로엔그린 중에서 신분이 밝혀지자 여주인공 엘자에 대한 사랑을 접고 비둘기가 끄는 배를 타고 호수를 건너 성배聖杯를 지키는 기사로서의 역할을 할 수 있는 곳으로 떠나 되돌아오지 않는다는 로엔그린처럼 그렇게 이 세상에서 사라진 것일까. 그가 심취했던 바그너의 로엔그린에서 영감을 얻어 이 성의 축조를 직접 기획하고, 실행했다는 것은 정설로 전해진다.

우리 가족이 처음 이 성을 찾은 1986년 5월은 유난히도 화창했다. 멀리 짙푸른 깊은 골짜기의 암반 위에 솟아 있는 이 성으로 가는 들녘에는 이름 모를 노란 꽃들이 피어 있었는데, 그 속에서 한 쌍의 남녀가 포옹한 채로 앉아 전설의 고성을 바라보고 있었다. 나는 그들의 모습이 하도 아름답게 보여서 몰래 그들의 뒷모습을 넣어 멀리 보이는 고성의 사진 한 컷을 찍었다.

사진 찍기에는 마리엔 다리가 최적의 장소이다. 성 뒤편으로 가파른 산비탈을 타고 올라가면 절벽과 절벽 사이를 아슬아슬하게 잇는 흔들거리는 다리가 나온다. 폭포가 천 길 아래로 떨어지는 것이 시원스럽다. 사람들은 흔들다리 난간에서 중심을 잡아가며 카메라 셔터를 눌러대기에 바쁘다.

엽서나 화보에 실린 노이슈반슈타인의 전경은 이 다리에서 찍은 것들이 많다. 산골짜기가 단풍으로 물든 가을의 모습이 가장 아름답다. 그러나 낙엽이 진 겨울의 모습이 가장 선명하며, 특히 골짜기에 흰 눈이 덮인 날의 노이슈반슈타인의 모습은 은빛 갑옷을 입은 로엔그린이 수 개월 머물다가 떠난 슬픈 백조의 이미지로 다가온다. 가을과 겨울철에 사진작가들이 더 몰려온다고 퓌센에 사는 한 늙은 농부는 말한다. 그는 사철 찾아오는 관광객을 자기 집에 재우고 숙박료를 받는다. 이곳엔 민박뿐 아니라 호텔업과 다른 관광업이 매우 성하다. 성 건축으로 백성의 원성을 사 쫓겨났던 루드비히 2세는 이제는 관광업의 번창으로 이곳 사람들의 삶을 풍요롭게 한다. 아이러니로 가득 찬 세상사의 일면이 이곳에서도 드러나는 것이다.

5개 건물로 구성된 성 내부 공간은 수공예적 작업을 통해 섬세하고 화려하게 장식되었는데, 벽은 로엔그린을 비롯한 바그너 가극의 모태가 되는 중세 독일 설화의 그림으로 가득하다. 방을 들어설 때마다 문의 손잡이가 백조 모양을 하고 있는 것이 특이하다. 수도꼭지까지 대부분의 실내 손잡이와 문고리들이 백조 형상으로 만들어져 백조의 성으로 불린다는 일화도 있다.

내가 1990년대 초 독일에서 살 때 여러 차례 이곳을 찾았던 것은, 일상생활에서 심성이 피폐해짐을 느낄 때, 숭고한 것, 아름다운 것, 그리고 슬픈 것에 대한 갈구 때문이었던 것 같다. 슬픔은 내 마음을 정화시켜 주고, 그 마음속에서 아름다움을 볼 때, 숭고한 것에 대한 경외감이 새 희망을 열어준다.

바그너는 자기의 열렬한 후원자이던 루드비히 2세를 가리켜 "불행하게도 너무나 멋지고 감성적이며, 너무나 총명하고 고결한 그의 삶이 이 조악 粗惡한 세상에서 쏜살같이 지나가는 한 줄기 물살처럼 사라질까 두렵다" 라고 걱정했었는데, 그의 걱정은 몇 년이 안 돼 현실이되었다. 인생은 짧고, 예술은 길다고 했던가? 그의 탐미주의의 걸작품은 오늘도 그렇게 사라진 그의 넋을 간직한 채 사람들의 아름다움에 대한 갈증을 풀어준다.

사랑과 알코올

◇◇◇

북미와 유럽에 이민한 우리 동포 중 독일에서 살고 있는 교민들이 그래도 현지에서 가장 인정받고 있지 않을까 생각된다. 40여 년 전 간호사와 광부로서의 취업을 위해 고국을 떠났다가 현지에 정착한 1세대들은 매우 우수한 인재들이어서 독일인들도 감탄하는 경우가 적지 않았다. 간호사와 광부 일을 각각 수행하면서 주야로 공부하여 박사학위를 취득한 사람들도 있었다. 1960~1970년대 독일로 향했던 젊은 여성과 남성 중에는 좋은 대학 중퇴자나 졸업자가 많아 당시 한국 사회의 상층 두뇌 집단에 속한 사람들이었으나, 독일인들에겐 한국인의 평균 수준으로 투영돼 놀라웠던 듯싶다.

특히 여성들의 근면과 총명함이 두드러져 독일 남성들에게 결혼 상대자로서의 인기가 있었다. 많은 여성이 독일인 의사나 다른 직종 남성들과 결혼했다. 개중에는 후에 이혼을 당하는 등 불행해진 경우도 없지 않았으나, 대다수는 현지 문화에 적응하며 행복하게 사는 것 같았다.

필자가 거주하던 동네에서 개업한 내과의원 부부는 의사가 독일인이고, 간호사는 한국 여성이었다. 의사는 갈색 머리칼에 넓은 이마가 시원해 뵈는 전형적 게르만계 호남형 50대 신사였다. 간호사는 40대였지만 소녀 같은 청순함과 환자를 편안케 하는 다정다감한 부인이었는데, 의사는 자기가 실력이 부족한 데도 병원이 유지될 수 있는 것은 부인 덕분이라고 종종 말했다.

그는 술을 좋아했다. 자주 마시는 편이나 과음은 하지 않아 애주가로 보였지만, 부인은 알코올 중독이라고 걱정하기도 했다. 그는 주말 저녁 잔잔하게 술에 취한 상태에서 클래식 음악을 주로 듣는데, 그가 좋아하는 곡 중에는 윤이상尹伊桑이 작곡한 첼로 협주곡 계통이 많은 듯싶었다. 부인에 따르면, 그는 한국인 아내도 인식하지 못하는 동양, 그중에서도 한국 고유 정서의 신비함 같은 걸 윤이상 음악의 선율을 통해 느낀다는 것이다.

한번은 그에게 일이 끝난 다음 저녁에 습관처럼 술 마시는 버릇이 왜 언제부터 생겼는지를 물어봤다. 그는 한참 생각하다가 농담처럼 처가 쪽 때문에 그렇게 된 것 같다고 말했다. 신혼이 지난 다음 한국에서 장모가 와서 몇 달씩 묵고 가고, 또 그 후엔 젊은 처남이 유학 와 몇 년간 집에 머무는 동안 무료해 술을 마시기 시작했던 것이 버릇이 됐다는 거다.

그는 젊었을 때 주위에서 결혼 상대자로서의 한국 여성의 질문을 받게 되면, 매우 좋으나 한 가지 친정 식구들을 장기간 집에 머물게 해서는 안 된다는 점을 다짐받아야 한다는 걸 귀띔해 주었다고 했다. 서양 사회에서는 이혼 사유도 될 만한 일이겠으나, 이 독일인 의사는 술로서 불편한 마음을 달랬을까.

그러나 부인의 말은 또 달랐다. "저이는 그런 일이 없었다 하더라도 다른 핑계로 술을 마시게 됐을 것"이라는 견해이다. 그는 빙그레 웃기만 했다. 부인의 설명은 사전에 출가외인出嫁外人이라는 한국의 전통적 관습에도 불구하고 부득이 그렇게 할 수밖에 없었던 사정을 간곡히 말해 남편으로부터 승낙을 받았었다는 것이다. 승낙은 했으되, 불편하기는 마찬가지였을까. 부득이한 사정이 무엇인지는 알지 못한다. 상상컨대, 편모슬하의 장녀인 이 부인의 친정 가족사의 사연과 그녀의 헌신에 관한 것이었을 듯싶다.

그녀의 헌신은 실제로 알 수 없는 것이었으나, 남편의 태도와 말에서도 문득문득 묻어났다. 기분이 좋을 때, 그는 자기가 아플 수 없는 이유로서 열병을 앓은 적이 있었는데 수척해지는 아내의 모습을 보고 벌떡 일어나 곧 회복되었다든지 혹은 아무리 술을 마셔도 아내의 염원heart's desire으로 위와 간을 상하게 하는 알코올의 독소가 빠져나가 항상 괜찮을 것 같다든지 하는 농담에서 그녀의 헌신과 그의 사랑을 느낄 수 있었다.

의사인 그가 비과학적인 농담을 스스럼없이 할 수 있는 것은 윤이상 음악을 통해 동양의 정서에 젖어들기 때문은 아닐까. 윤이상 첼로 선율에서 아내의 신비로움을 찾는 독일인 남편, 그는 필자에게는 가장 멋진 외국인 남성으로 각인돼 있다. 독일에서 귀국하기 전 그에게 "당신 부인과 처음 다시 만나게 된다면 친정 식구 문제로 결혼을 포기할 수밖에 없지 않았겠느냐"라고 질문을 던지자, 그는 빙그레 웃으면서 "나는 예외"라고 대답했다.

브장송과 장 발장

◇◇◇

유럽에서 로마식 성채城砦, Citadelle의 원형이 보존된 도시는 매우 드물다. 스위스 국경에서 멀지 않은 프랑스의 브장송Besancon이 그런 곳이다. 5월 끝없는 밀밭이 하늘 닿는 데까지 펼쳐지고, 드문드문 언덕배기에는 푸른 커튼이 하늘에서 떨어져 펄럭이는 듯한 풍광의 프랑쉬 콩테 지방의 주도州都이다.

강이 거대한 말발굽형U으로 휘돌아 지나는 서울 남산만 한 언덕 위에 도시가 있고, 그 주변을 드높은 성곽이 위압적으로 둘러싸고 있다. 성곽 앞에는 바깥쪽과 안쪽으로 각각 또한 깊은 해 자壕字가 겹으로 둘러쳐져 있다. 해자에는 물이 없는데, 예전에는 물이 가득 차 있었을 것이다.

이 요새는 로마 초기 골Gaul(현재 프랑스, 독일 라인강 서쪽 및 벨기에, 네덜란드) 지방을 정복한 장군 율리우스 시저의 정복 일지에 베송티오라는 지명으로 등장하는데, 요새가 예리한 높은 방책으로 둘러싸여 있었다는 기록이 있다는 것이다. 우리 가족이 1980년대 중반 스위스에서 살 때, 큰아이가 다니던 초등학교의 담임 교사로부터 들은 얘기다. 50대의 이 여교사는 역사에 해박한 지식을 가진 분이었다. 그녀의 말에 따르면, 오늘날의 브장송 성채는 17세기에 예술 감각이 뛰어난 프랑스 공병 건축가 보방 S. Vauban이 로마식으로 설계한 걸작이라는 것이다. 2차 대전 중 나치 독일군이 이 요새에 주둔했었으나, 연합군은 도시 외곽 철로를 파괴하는 것 이외에는 폭격하지 않았고, 나치군도 진격해 오는 연합군에게 저항 없이 나흘 만에 항복하여, 이 도시가 고대와 중세와 근대의 원형대로 보존될 수 있었다고 한다.

스위스 취리히에서 승용차로 파리를 왕래할 때, 브장송은 파리 쪽으로 가는 고속도로 교차점에 있었으나, 그곳에서 집이 멀지 않아 들르지 않고 곧장 내려오곤 했다. 그러던 중 큰아이가 아동용으로 편찬된 장 발장을 읽고, 장 발장의 유령을 보기 위해 브장송에 가자고 졸라 처음엔 어리둥절했으나, 장 발장이 주인공인 '레 미제라블'의 저자 빅토르 위고의 출생지인 줄 알게 되어, 초가을 어느 날 가족과 함께 그곳에 가게 됐다. 위고는 서양에서 호메로스, 단테 및 셰익스피어를 잇는 4대 시성으로 평가되기도 한다. 그러나 그는 레 미제라블과 같은 소설로 더 유명하다.

장 발장의 활동 무대는 파리였으나, 10세의 큰아이는 소설의 주인공과 저자를 혼동하고 있었다. 이를 일깨워 줄 때는 자기도 안다고 하면서도 이내 혼동하여 장 발장의 영혼이나 유령을 만나기 위해서는 브장송에 가야 한다고 주장하는 것이다.

성채로 둘러싸인 구시가지엔 로마 유적과 중세 시대 사원과 근세 예술품의 갤러리 그리고 중세풍의 석조 주택들이 정신을 빼앗는다. 특히 12세기에 건축된 장 대성당Jean Cathedral의 제단 뒤쪽 휘황한 회화는 르네상스기 대가 바르톨로메오[4]의 작품이다.

하루 종일 구시가지를 쏘다니다가 석양 무렵 피곤해져 호텔로 가자고 했으나, 큰아이는 거부하고, 조약돌이 촘촘히 박힌 넓은 길 가운데 가스등을 배회하며 해가 지기를 기다렸다. 캄캄해지면, 장 발장이 나타나더라도 알아볼 수 없을 것 같고, 어둑어둑해질 때, 장 발장은 어슴푸레 자기 앞에 다가올 것이 틀림없다고 그는 말했다. 그러면서 그는 다리가 아파서인지 커다란 가스등 기단에 앉아 턱을 고인 채 기다리고 있었다. 인적이 없는, 유령이 나올 것도 같은 중세 고옥의 거리 가스등 밑동에 앉아 막연히 기다리고 있는 아이의 표정이 붉게 물드는 석양을 배경으로 선명해져 나는 사진 한 컷을 찍었다.

어둠이 내리고 가스등에 불이 켜지기 시작해도 큰아이는 그대로 앉아 있었다. 그러다가 그는 일어서 내 손을 잡고 호텔로 가자고 말했다. 내가 장 발장의 영혼이나 유령을 봤냐고 묻자, 그는 고개를 저었다. 나는 다시

---

4 Fra Bartolomeo는 르네상스 시대 피렌체 화가(1472-1517). 대성당 제단 장식 회화에 뛰어난 화가로서 피렌체에 St. Mark 및 St. Sebastian에 대작이 있다.

이곳은 장 발장의 얘기를 지은 사람의 고향임을 일러 주면서, 위고뿐 아니라 사상가와 과학자와 건축가 등 천재들이 많이 태어난 곳이라고 알려 주었다. 이곳에 오기 전 조사해 보니, 19세기 유토피아적 사회주의 철학의 대가인 샤를 푸리에 그리고 센강에 연애시를 흐르게 한 미라보 다리[5]를 설계, 건축한 장 레잘도 이곳 태생이었다. 유서 깊은 곳에서는 인재가 많이 나는 걸까— 브장송이 배출한 인걸 중에는 공상가와 예술가들이 많다.

나는 내 아이가 어렸을 때 무엇에 관해 묻고자 장 발장의 유령을 보기를 원했는지 모른다. 그가 이에 한 마디도 말한 적이 없었기 때문이다. 어쩌면 그냥 장 발장을 실체로 보고자 했을지도 모른다. 장 발장과의 영혼의 교감이 있었을 이때의 그 애가 가장 사랑스럽게 느껴진다.

자라면서 인간은 타락하는 걸까? 혹은 문화 환경이 갈수록 척박해지기 때문인가? 이제 30을 넘긴 내 아이와 같은 또래의 젊은이들이 꿈을 잃어가는 것이 안타깝다.

(06. 8. 16)

___

5   미라보 백작의 본명은 Gabriel Riqueti로서 18세기 계몽사상가이며 정치가이다 (영국식 입헌 군주제 주창). 19세기 말 이탈리아 태생으로 프랑스에 귀화한 초현실주의 천재 시인 기욤 아폴리네르가 "미라보 다리 아래 센강이 흐르고, 우리의 사랑도 흘러간다"로 시작되는 연애시를 발표한 후 파리의 미라보 다리(Pont Mirabeau)는 선남선녀들의 연애시 산실이 됐다는 것.

블랑케네제의 사람들

✧✧✧

　블랑케네제Blankenese는 유럽의 관문인 북독 항구 도시 함부르크의 서쪽 끄트머리에 있는 마을이다. 말하자면 한강 가에 있는 서울의 압구정동과 같은 동네 이름인 것이다. 이곳의 면적은 8.3㎢이고 주민 수는 1만 3천여 명으로서 함부르크에서는 비교적 넓은 교외 동네이다.

　독일 바덴뷔르템베르크주의 연방 시민교육원Federal Agency for Civic Education Baden-Wuerttemberg이 조사를 처음 시작한 이래 지금까지 수십 년간 블랑케네제는 독일에서 제1의 부촌임은 물론 전 유럽에서도 가장 부유한 마을로 매년 발표되고 있다.

　라인과 도나우와 더불어 유럽의 3대 강 중 하나인 엘베강 하구 서쪽의 작은 마을인 블랑케네제는 1937년 함부르크시에 편입되었다. 체코 깊숙한 곳에 수원지를 둔 엘베강은 동유럽과 동독 지역을 거쳐 북독에서 험한 북해로 흘러 들어가는데, 그 강의 넓은 하구에 함부르크항이 자리

잡고 있는 것이다.

어촌이었던 블랑케네제의 번영은 17~18세기부터 시작됐다. 동유럽, 아프리카 그리고 아시아 등과의 무역 거래 확대에 편승하여 해운업과 무역업에 종사하는 거상들이 모여들었고, 지금도 이 당시 건축되었던 거상들의 대리석 석조 저택들이 엘베강이 내려다뵈는 언덕에 질서 있고 아름답게 서 있다. 저택의 주위엔 담장은 없고, 꽃나무와 특이한 덩굴이 엉클어진 생나무 울타리들이 둘러쳐져 있을 뿐이다.

숲과 물과 꽃들이 감싸 안고 있는 마을엔 중산층의 단독 주택과 연립 주택도 적지 않은데, 위용 있는 석조 저택들과 놀랄 만큼 조화를 이루고 있다. 마치 군데군데 하늘 높이 뻗어 솟아 있는 수백 년 자란 아름드리 오크 거목 사이에 다채로운 젊은 수목들이 섞여 있을 때 그 조화와 아름다움을 더 느낄 수 있듯이 그렇게 동네의 집들이 아름답고 친근감 있게 조화를 이루고 있는 것이다.

셋집을 놓은 아파트도 있어서 함부르크시 도심에 사무실을 둔 일본인과 한국인도 이 마을에 사는 사람들이 있었던 것으로 기억된다. 공동묘지가 두 군데 있고, 난민 수용소 또한 두 군데 설치돼 있었다. 1980년대부터 아이헨구룬드Eichengrund에 설치된 수용소엔 아프가니스탄 난민들이 수용돼 있었고, 비외른손베그Bjoernsonweg에 있는 수용소엔 구 유고연방의 발칸반도, 아프리카와 중동·아시아 지역 43개국의 난민들이 모여 있었다. 공동묘지가 있다든지 혹은 난민 수용소가 설치돼 있다고 해서 집값이 하락했다거나 동네의 평판이 훼손되었다는 말은 듣지 못했다.

오히려 내가 이 마을에 살고 있다는 걸 알게 된 사람들은 호감을 표시할 뿐 아니라 그중 어떤 이는 "기부하는 자의 마음은 항상 평화롭고 행복한 것"이라고 말했다. 내가 당황해하는 기색을 보이자 그는 반드시 풍족한 자만이 기부하는 것은 아니라고 덧붙여 부자로 뵈지 않는 나를 위로하기도 했으나, 사실은 한 번도 기부한다는 생각조차 해 본 적이 없어 당황했었다. 나중에 알게 됐지만, 세계 각지로부터의 난민 수용을 받아들이는 대다수 주민 중에는 독일 바깥 고난을 겪는 사람들을 위한 기부자가 많다고 했다.

동네는 사람들이 자주 마주치게 집들이 배치돼 있지는 않다. 그러나 마을의 구 중심가Stadtmitte에서는 매주 토요일 장이 서 사람들이 서로 교류하는 모습을 지켜볼 수 있었다. 채소, 과일류와 의류 등 생활용품을 파는 사람들은 주로 외지에서 왔으나, 장터에서 사람들은 어우러져 담소했다. 또한 공원에서도 사람들은 마주치면 모르는 사이인데도 인사를 나누고 그중에는 대화하는 경우도 있게 된다.

3년여 동안 동네 골목과 장터 그리고 공원에서 마주치게 되는 사람들의 면면은 다른 동네와 도심에서 보게 되는 사람들과의 차이를 거의 발견할 수 없었다. 옷차림이 유별나지도 않고, 딱히 거만해 보인다거나, 타 지역 사람들보다 더 친절하다고 느낄만한 사람을 만나보지 못했다. 외견상 늙거나 젊다든지, 뚱뚱하거나 그렇지 않다든지, 간혹 품격의 향기가 느껴지는 사람이라든지 하는 정도의 특별해 뵈지 않는 사람들이 모여 사는 동네인데, 이런 주민들이 뜻을 모아 가꾼 동네는 그렇게 조화롭고 아름다울 수 없었다. 공원에서 몇차례 마주쳐 인사를 나누게 된 사람들 중 생각나는 이들도 있다.

자가용 비행기로 출장을 자주 다니는 한 60대 노老 실업가는 골프 얘기가 나왔을 때 턱없이 부족한 시간 속에서 우리가 살고 있는데 타임 킬링 스포츠인 골프를 왜 하는지 모르겠다고 말하면서 나에게도 골프를 중단할 것을 권유하기도 했다. 주민들 중에 골프에 열중하는 사람이 많아지면 생업을 꾸려 가는 데도 시간이 모자라는 판에 이 마을의 공동체 유지에 돌려 쓸 시간이 없게 돼 공동체를 망가뜨릴 수도 있게 된다고 걱정했다.

김나지움(인문학교)의 불어 교사인 50대의 귀부인은 봄과 여름철 공원을 산책할 때 목깃이 높고 장식이 있는 흰 블라우스를 즐겨 입고 있었는데, 19세기 초 나폴레옹 시대 함부르크 주둔 프랑스군 고위 장교의 후손이라는 점을 은근히 자랑하기도 했다. 이 부인을 생각할 때마다 서양 사회에서 우아하고 교양 있는 부인 앞에서 "마담"이라는 존칭을 쓰지 않을 수 없다는 점을 실감했던 것이 잊히지지 않는다.

1993년 우리 가족은 귀국을 위해 독일에서 이삿짐을 쌌다. 나의 둘째 아이는 "블랑케네제의 숲과 물과 저택보다는 그곳에서 사는 사람들의 냄새가 온갖 꽃의 향기들보다도 더 진하게 느껴지는 것 같다"라고 말하면서 외무 공무원이 되었다.

로텐부르크의 빵 가게 아들

◇◇◇

내가 1990년대 중반 헝가리에 주재하고 있었을 때, 맞은편에 살던 사람은 독일인이었다. 40대 중년 남자는 네 살배기 사내아이 하나만 데리고 살았다. 그런데 그는 스위스 국적의 식품 다국적 기업인 네슬레Nestle의 판매 매니저로 일했다. 아이가 울 때는 나의 아내가 가서 돌봐주곤 했다. 한번은 아내가 "저 남자가 불쌍해요, 스페인 여자와 늦게 결혼해 저 애를 뒀는데, 그만 그녀가 이혼하고 떠나버렸다"라고 말했다. 우리는 그의 이혼 사유를 알지 못했다.

시간이 흐르면서 남자끼리도 친해져 골프도 같이 하게 됐다. 그는 독일의 빼어난 중세 도시 로텐부르크Rothenburg시 광장 한편에 있는 빵 가게의 아들이었다. 1980년대 말 독일에 있었을 때, 크리스마스 휴가 시즌

가족과 함께 로만틱 가도[6]를 차로 달려 이 가도의 하이라이트인 로텐부르크에서 2, 3일 쉰 적이 있었다. 그때, 건물 벽에 1670년이라는 개업 연도가 표기된 빵 가게를 봤던 기억이 새로웠다. 그 가게의 아들이 오늘 스위스의 식품 회사를 위해 부다페스트에서 일하고 있다는 것이 현실 같지 않기도 했으나, 우선 반가운 마음이 들었다.

로텐부르크는 '중세의 보석'으로 칭송될 만큼 독일에서는 귀한 도시이다. 특히 크리스마스 시즌에 아름답다. 도시 전체가 은은한 크리스마스 장식으로 단장돼 시청사와 교회 및 박물관을 비롯한 고색창연한 건축물들이 타우버Tauber강 골짜기에서 화려하게 빛나고 있는 것이다.

도시를 둘러싼 성벽이 뚜렷하고, 성문 안으로 들어서면 납작한 돌을 깐 도로가 구시가지로 뻗어 나간다. 광장 중앙의 시청사는 13세기 고딕식과 16세기 르네상스 양식을 절충한 건물로서, 60m의 탑에 올라가면 중세 모습의 시가지가 한눈에 들어온다. 인형 박물관은 이채롭고, 범죄 박물관은 중세 시대 잔혹한 고문의 도구와 장비들을 고스란히 보여 준다.

로텐부르크는 2차 대전 중 타 도시보다 비교적 적게 부서졌다. 전후 완벽하게 복원돼 연간 관광객이 1백만 명을 넘는다. 이곳에서 대를 물리며

---

6   로만틱 가도; 독일의 유명한 고속 국도 중에서도 가장 인기 있는 이 낭만 가도(Romantische Strasse)는 독일 중남부 도시 뷔르츠부르크(Wuerzburg)에서 시작돼 로텐부르크를 지나 퓌센(Fuessen)의 '백조의 성(Schloss Neus-chwanstein)'에 이르는 350Km의 가도.

살아온 사람들의 의식은 어떨까, 중세와 현대를 동시에 느끼며 살 수 있는 것인가 하는 의문을 가졌다.

나는 이 의문에 관해 헝가리에서 로텐부르크의 빵 가게의 아들에게 물어볼 수 있었다. 그는 "기분 좋은 곳이다. 어느 도시에서 사는 것보다도 스트레스가 훨씬 적고 주민들도 다정하다"라고만 말했다. 그에 따르면, 서양 중세 시대가 우리가 알고 있는 것처럼 그렇게 나빴던 것은 아니라는 것이다.

내가 "그러면 은퇴한 다음 고향에 돌아갈 것이냐"라고 묻자, 그는 아마 그전에 그렇게 될 것 같다고 대답했다. 그는 그곳에 가서 사는 문제로 이혼도 하게 됐었다고 말을 흐렸다.

그의 부인은 현대식 도시에서 계속 살기를 원했다. 후에 유령이 나올 것도 같은 그곳에 가서 살기는 싫다는 문제로 이혼까지 하게 됐었다는 것은 이해할 수 없었다. "나중 문제를 미리 예상해 다툴 필요는 없지 않았겠느냐"라는 질문에, 그는 그렇지 않다고만 말했다. 이해할 수 없었으나, 더 이상 캐물어 볼 수도 없었다.

이듬해 그는 아들과 함께 로텐부르크가 아닌 중남미 어느 나라엔가 본사의 명령을 받고 떠났다. 2년 후 우리 내외도 귀국하기 전 오스트리아와 독일의 이곳저곳을 여행하던 중 로텐부르크를 다시 방문해 하루를 지냈다.

오후 2시경 광장의 그 빵 가게에 들렀을 때, 건너편 의원연회관議員宴

會館의 초대형 인형 장식 시계의 양쪽 문이 열리면서 시장과 장군의 인형이 각각 나타나고, 시장이 장군 앞에서 와인을 마시는 장면을 연출했다. 빵 가게 아들의 70대 노모에 따르면, 옛 전쟁에서 시장이 시민과 무사의 단합을 위하여 큰 잔의 와인을 단숨에 마셔버린 전설적인 사건을 기념키 위한 것이라고 했다.

내가 부다페스트 서쪽 한 주택의 같은 층에서 아드님 칼Karl과 마주보며 1년 넘게 산 사람이라고 소개하자, 노모는 매우 반가운 눈으로 우리를 쳐다보다가 내 아내의 손을 두 손으로 잡았다. "천사를 만나게 되어 기뻐요"라고 노모가 말하는데, 우리는 무척 당황했다. 내 아내를 천사라고 부르는 것은 아마 보모가 없었을 때 간간 어린 손자를 보살펴 준 것에 감사의 마음을 담은 것 같다.

아드님은 언젠가는 어머님 곁으로 돌아오겠다고 하던데, 그 세계적으로 명성 있는 회사를 그만둔다는 것이 너무 아쉽지 않겠느냐고 하자, "우리는 10대를 넘어 이곳에서 살고 있어요"라고는, "이곳에서 사는 것보다 더 행복하고 영광스러운 것은 없다"라고도 말했다. 선대에서는 시장이 되신 분도 있었다고 했다. 식품 회사에서 배운 것들을 잘 활용하면 아들 대에서 번성할 것이라는 꿈을 말하기도 했다.

"천사가 마음을 바꾸면 칼은 곧장 이곳으로 올 거예요"라고 노모가 말할 때는 무슨 의미인지 몰랐으나, 얘기가 진행되는 중에 며느리를 지칭하고 있다는 걸 알아차릴 수 있었다. 이혼한 며느리를 천사라고 부르는 시

어머니, 현실 세계의 대화 같지 않았다. 중세 시대엔 며느리를 천사라고 불렀는지를 물었더니, "우리는 사랑하는 사람이나 좋아하는 사람을 천사라고 부르지요"라고 노모는 대답했다.

그녀의 아들이 비록 이혼은 했으나, 여전히 부인을 사랑하고 있고, 재결합한 뒤 이곳에 정착할 계획이라는 것은 이곳에 와서야 알았다. 한 곳에서 한 우물을 파며 사는 독일 사람들이 많다. 선대의 직업을 물려받아 계속 기술을 연마하여 더 나은 제품과 서비스를 생산하는 것을 우리는 장인 정신이라고 한다.

어느 도시에서든 누렇게 바랜 무슨 증명서 같은 액자를 세 개씩 가지런히 걸어놓은 이발소를 발견하기는 쉽다. 할아버지, 아버지 및 자신의 이발 기능 증명서Meisterbrief인데, 이발사들은 이 액자들을 시의원의 배지보다 더 자랑스러워한다.

10대를 넘기며 빵 가게를 운영해 오고 있는 가문, 나는 아들이 사랑하는 부인과 반드시 재결합하여 이곳에 돌아오게 될 것이라는 확신을 가지며, 그 빵 가게 문을 나섰다. 뒤따라오는 아내에게, "여보, 칼과 그의 아내가 아들의 손을 잡고 이곳으로 돌아오게 되겠지요"라고 말했다.

음악의 도시 비엔나

◇◇◇

　연말을 비엔나에서 보내는 여행자들은 행복하다. 12월 31일 자정이 되면 도심 성 슈테판 교회의 종소리가 울려 퍼짐과 동시에 TV와 라디오에서는 일제히 '아름답고 푸른 도나우강'의 왈츠가 흘러나온다. 매년 말 자정 때 왈츠의 선율을 들으며 새해를 맞는 비엔나 시민들은 무덤덤하겠으나, 나와 같은 여행객에게는 신선한 충격과 함께 감동을 준다. 매해 마지막 날 밤 합스부르크가 황실의 궁전 호프부르크 궁에서 열리는 무도회는 성대하며 환상적이라고 호텔 매니저는 내게 귀띔해 준다.

　호프부르크 왕궁은 현재 대통령 집무실, 국립 박물관 및 국제 컨벤션 센터로 활용되는 유서 깊은 합스부르크가 황실의 본산이다. 13세기부터 1차 대전 패전 시까지 무려 650여 년간이나 이 황실은 이곳에서 영화를 누렸다.

　나폴레옹 패망 이후 1814년 유럽 정치 질서의 재편을 위해 개최된 "비엔나 회의'는 '과거 이 회의처럼 찬란한 모임은 없었다'라고 역사는 기록하고 있으나, 사실은 유럽에서 세력 있는 국가와 제후들을 대리한 대표들이 이곳에 모여 당시 맹위를 떨치던 요한 슈트라우스 2세의 왈츠 물결에 출렁여 '춤추는 회의'가 됨으로써 명쾌하게 나폴레옹 이후의 문제들을 결정짓지 못했다는 설도 있다.

'인간의 가장 아름다운 몸짓'을 이끌어 내는 왈츠는 우아함과 환희의 율동이다. 원래 '실 감는 기구spinner'의 3박자 작동에 기초한 오스트리아의 전통 민속춤이 17세기부터 궁정 무도회 음악으로 발전해 오다가 19세기 유럽 낭만 시대에 요한 슈트라우스라는 천재에게서 황홀한 선율로 도약했다. 왈츠가 궁정 무도회 음악이 되기까지는 합스부르크가 황실 음악의 지원이 다른 유럽 왕실보다 유별났기 때문이다.

합스부르크가 황제들은 깊은 신앙심의 발로로서 애당초부터 종교 음악과 고전 음악의 후원에 열중했다. '천상의 목소리'로 칭송받는 '비엔나 소년 합창단'은 막시밀리안 1세 전성기인 1498년 창단되었다. 이 신성 로마 제국 황제는 황제 칙령으로 10~14세의 소년만으로 합창단을 결성, 궁정 교회에서 성가대로 봉사토록 조치했다. 1차 대전 직후 해체되었으나 1924년 재창단되어 오늘도 일요일 아침이면 미사의 성가를 합창한다.

베토벤과 모차르트와 같은 천재 음악가들이 비엔나에 모이게 된 것은 황실의 지원 못지않게 문화적 분위기 때문이었던 것 같다. 합스부르크가 황실의 영향력 확대로 비엔나는 게르만, 라틴, 슬라브 및 헝가리의 기질이 혼합되어 독특한 문화적 분위기를 자아냈다. 게르만의 이념, 이탈리아의 관능, 프랑스의 우아 및 동양적 신비가 섞여 예민한 음악가들의 감수성을 자극했다.

게다가 도시 서쪽 구릉지대엔 서울 면적보다 더 넓은 아름다운 숲이 있어 음악가들은 이곳을 산책하면서 떠오르는 악상을 다듬을 수 있었다. 이른바 '비엔나 숲'은 명곡의 산실이었다. 청각을 잃은 베토벤은 이 숲 북쪽 하일리겐 슈타트 산책로를 걸으면서 영감을 얻어 '전원 교향곡'과 피아노 소나타 '월광' 및 '비창'과 같은 불후의 명작을 작곡한 것으로 전해진다.

비엔나 음악의 전통이 얼마나 경외敬畏로운지는 이 숲에서 멀지 않은 중앙묘지Zentralfriedhof에 가 보면 안다. 베토벤, 슈베르트 및 브람스를 비롯한 탁월한 음악가들의 묘비 앞에 서면 경외감을 아니 느낄 수 없게 된다. 모차르트의 묘는 이곳에 없으나, 그의 기념비는 이곳에 있어 순례자들의 발걸음을 멈추게 한다.

전통은 인간 정신의 문화적 결과물이다. 새 정신도 쌓이면 훗날 전통이 된다. 물론 끊임없이 새 정신이 투입되지 못하는 전통은 죽게 될 것이다. 비엔나를 가리켜 '양파의 도시'라고 하는 것은 벗기고 벗기면 양파처럼 새것이 드러나기 때문이리라. 전통을 부인하고 경멸하는 사람들에게 나는 비엔나를 찾아가 며칠 묵으며 사색할 것을 권하고 싶다.

천년의 숨결 잘츠부르크

◇◇◇

　오스트리아의 아름다운 알프스 산기슭에 자리 잡은 '소금의 성城'이라는 의미의 잘츠부르크Salzburg는 천년의 역사가 숨 쉬는 빼어난 건축과 황홀한 음악의 도시이다. 유네스코는 1997년 이 도시의 구시가지 전체를 보존해야 할 인류 문화유산 지역으로 지정했다.

　거대한 준마駿馬가 곧 뛰어나올 것 같은 레지덴츠 광장의 대리석 분수대 기단에 앉은 미국에서 온 한 젊은이는 "문화에 무게가 있는 것인가"라고 묻는다. 그는 고색창연한 교회당과 광장 그리고 아름다운 정원들이 빽빽이 들어찬 시내 한복판에서 그의 마음과 몸을 짓누르는 듯한 무엇에 놀라 한숨을 지으며 중얼거리는 것이다.

　모차르트의 순례자들은 얼음같이 찬 맑은 시냇물 흐르는 소리에서 오페라의 청아한 아리아를 듣고, 나무 잎새를 흔드는 바람 소리에서 고향시의 서곡을 듣는다. 1922년 오페라 작곡가 리하르트 슈트라우스는 극작가 호프만슈탈과 함께 잘츠부르크 음악제를 창안했다. 오늘날까지 100년이 넘는 세월 동안 모차르트와 그 밖의 천재들을 위한 이 음악 축제는 개최돼 오고 있다. 2006년은 모차르트의 탄생 250주년이 되는 해여서 이 축제가 개최되는 7, 8월에는 세계의 이목이 이곳에 집중됐다.

부자의 죽음을 통해 인생을 풍자한 호프만슈탈의 '예더만Yederman'이 대성당이 있는 돔 광장에서 초연된 것은 1920년의 일이다. 이때, 모차르트의 음악도 함께 연주되었는데, 이것이 계기가 돼 2년 후 화려한 잘츠부르크 음악제가 태동된 것이다. 매년 예더만은 음악제의 서막으로 공연된다.

중세의 고성 호엔잘츠부르크 요새가 있는 묀히스베르크 언덕에서 보면 북쪽으로 고딕과 바로크풍의 건축물이 조화를 이룬 구시가지가 한눈에 들어오고, 남쪽으로는 알프스 산맥을 배경으로 한 목가적 풍경이 또 한편으로 눈을 사로잡는다.

세기말적인 우울증에 시달리며 문명과 이성理性을 냉소하던 표현주의의 천재 시인 게오르크 트라클Georg Trakl이 잘츠부르크를 조소하기보다는 그 아름다움을 예찬한 것을 보면 잘츠부르크는 뭔가 다른 도시임에 틀림없어 보인다. 그는 마약 과다 복용으로 27세에 요절하기 전 잘츠부르크 교회당의 아름다움과 대주교 군주들의 위엄을 노래했다.

잘츠부르크엔 교회당들이 유난히 많다. 총 42개가 있는데 대부분이 가톨릭이다. 돔 광장에 있는 대성당은 17세기 중 40여 년에 걸쳐 건축된 것이다. 르네상스 성격이 가미된 바로크식 건물로서 1만여 명을 수용할 수 있다. 장엄한 실내 공간에 6천여 개의 파이프로 만든 오르간이 입구 위층과 벽면에 설치된 유럽 최대의 교회이다. 모차르트는 1756년 여기서 세례를 받았고, 그 후 성장하여 잘츠부르크를 떠날 때까지 이 대성당의 오르간을 연주했다. 모차르트의 순례자들 중에는 이 광장에 있는 모차르트의 동상 앞에서 참배하는 이들도 있다.

논베르크 수녀원과 미라벨 성 및 모차르트 다리 등은 '사운드 오브 뮤직'의 무대가 된 곳들이다. 영화 첫머리에서의 도래미 송은 미라벨성의 정원에서, 그리고 영화 마지막 마리아와 트랩 대령 및 7명의 자녀가 알프스를 넘어 스위스로 탈출하기 전 불렀던 에델바이스 노래는 잘츠부르크 음악제가 개최되는 돔 광장의 축제극장에서였다.

잘츠부르크의 부의 원천은 8세기경부터 인근에서 개발된 소금 광산이다. 원래 알프스산맥은 바다 밑바닥이 솟아오른 것이어서 곳곳에서 암염이 생산되기는 했으나, 특히 잘츠부르크 생산품의 품질이 좋았다. 1816년 오스트리아 제국에 편입될 때까지 천 년간을 대주교가 통치하는 공국으로서 독립을 유지했다. 전성기인 16~17세기 중에는 '중부 유럽의 로마'로 각광을 받기도 했다.

오늘날 모차르트 효과는 잘츠부르크가 계속 '굴뚝 없는 문화 산업'의 신장으로 번영을 구가하게 한다. 모차르트라는 이름의 초콜릿도 이곳을 찾는 순례자들에게는 기호품이 된다.

잘츠부르크의 번영의 원동력은 문화 창조의 힘인 듯싶다. 일반 시민과 농부들의 문화 열정이 창조 분위기를 조성하고, 그 가운데서 모차르트와 리하르트 슈트라우스 및 호프만슈탈과 같은 천재들이 출현하여 도시의 문화를 더욱 발전시킴은 물론 시민들을 행복하게 만들고 있는 것이다.

나에겐 잘츠부르크가 청아한 에델바이스보다는 자태가 아름답고 그 꽃과 향기가 그윽하며 맑은 난蘭의 이미지로 투영된다. 그곳에서 하룻밤 묵을 때 콧속으로 스며드는 향기가 천년의 난의 향기와도 같았기 때문이다.

합스부르크家의 영화

◇◇◇

1980년대 중반 스위스에서 살 때 프랑스 알자스 지역과의 접경인 아르가우 지방의 국도를 지날 적 일이다. 도로변 안내판에 합스부르크가의 성城이 인근에 있다는 걸 보고 깜짝 놀랐다. 합스부르크가라면 오스트리아 대제국을 건설하여 신성 로마 제국의 황제까지 겸한 근대 유럽의 명문 왕가인데, 이 가문의 요람이 스위스의 동북방 변경 지역이라는 점이 믿기지 않았다.

반신반의하는 마음으로 이 성을 찾았다. 아내는 오스트리아 황제 가문의 기원이 이곳에 있을 리 없다고 단정했다. 그러나 성에 당도하여 내력을 살펴보니, 그 합스부르크가의 발원지였다. 적의 틈입闖入으로부터 방어하기 좋은 가파른 언덕 위에 서 있는 성은 매우 낡았는데, 성곽의 창구窓口를 통해 밖을 내다보니 시야가 확 트여 있고, 아스라이 아르강의 물줄기가 눈에 들어왔다.

기록을 보면, 합스부르크라는 '매의 성'은 11세기 초 라트보트 백작이 인근 지역 주교[7]인 그의 처남과 함께 축조한 것으로 돼 있다. 10세기 중엽 독일 왕 오토 1세에 대항한 조부 군트람이 합스부르크가의 시조로 확인되었다. 이 궁벽한 곳에 둥지를 튼 소 영주가 어떻게 유럽의 중원에서 대제국을 일으켜 거의 1천 년 가까운 세월 동안 영화를 누릴 수 있었을까?

역사는 1273년 실력 있는 국왕의 출현을 꺼린 독일 제후들에게서 합스부르크가의 루돌프 1세가 독일 지역 국왕으로 선출된 이후 혼인을 통해 오스트리아 공령公領을 합스부르크가의 가령家領으로 만든 다음 기반을 닦아 승승장구, 번창한 것으로 기록돼 있다. 합스부르크가는 15세기 중엽부터 신성 로마 제국이 나폴레옹으로부터 해체되는 19세기 초까지 황제 자리를 독점하다시피 했으며, 17세기 종교 개혁과 그 후 강한 프로이센의 출현으로 부침이 없지 않았으나, 1차 대전에서 패망할 때까지 유럽 중원의 패권을 누렸다. 프랑스 부르봉 왕가만큼 화려했을 뿐 아니라 생명력은 오히려 훨씬 더 강했다.

그 생명력의 원천에 역사는 왕가의 뛰어난 외교술과 혼인 정책을 꼽는 듯하다. 수 세기 동안 유럽에서 왕과 제후들이 세력 확장을 위해 전쟁을 일삼을 때, 합스부르크가는 사랑과 혼인을 통해 세력을 넓혔다는 것

---

7   알자스 지방의 중심 도시 스트라스부르의 베르너 주교로 전해짐.

이다. 합스부르크가의 왕자와 왕녀는 선남선녀들이었을까. 이 가문 중흥의 시조로 회자되는 막시밀리안 1세뿐만 아니라 그의 후손들도 세력 있는 다른 왕가와의 혼인에 열중했다. 프랑스 혁명 시 루이 16세의 아내로서 남편과 함께 단두대의 이슬로 사라졌던 아름다운 마리 앙투아네트는 오스트리아 제국의 문화의 꽃을 피운 여제女帝 마리아 테레지아의 귀여운 막내딸이었다. 나폴레옹이 황제에 즉위한 다음 조세핀과 이혼하고 황후로 맞이한 마리 루이즈도 역시 합스부르크가의 공주였다.

전쟁보다는 외교와 사랑에 열중할 때 합스부르크가는 영화를 누렸다. 그 영화 속에서 지금도 우리에게 감동을 주는 문명을 일궜다. 비엔나에서, 프라하에서, 그리고 부다페스트에서, 우리는 합스부르크가의 영광을 본다.

유럽 고딕 건축물의 웅장함을 대표하는 비엔나 도심 슈테판 성당과 왕가의 본산 호프부르크 왕궁, 그리고 여름 별궁 쉔브룬 성은 합스부르크가가 이룬 문명의 걸작들이다. 두 궁전은, 비록 베르사유보다는 규모가 작으나, 바로크풍의 화려함과 섬세함에는 그에 뒤지지 않는다. 특히 당초唐草의 곡선 무늬와 담채淡彩 바탕에서의 금색 장식이 빛나는 쉔브룬의 로코코 양식 실내는 방마다 황홀하다.

합스부르크가의 흔적이 남은 프라하를 찾는 여행객 중에는 프라하가 작지만 파리보다 더 아름답고 섬세하다고 말하는 사람들도 있다. 합스부르크가가 오스트리아 제국에 병합했던 헝가리의 부다페스트도 '도나우

강가의 진주'라는 것이 이 도시의 별칭이다.

부다페스트에서 근무하던 1990년대 중반 어느 날 석양, 나는 도나우 강변에 앉아 비엔나를 휘돌아 흘러내려 오는 강물을 물끄러미 바라보면서, 스위스 아르가우 지방에서 만난 한 신부의 말을 상기했다. 합스부르크가의 거의 천년[8]에 걸친 번영과 영화의 근원이 뭣이겠느냐는 나의 끈질긴 질문에, 그는 "그들의 선조는 영민하고 비범했을 뿐 아니라 당시 가장 깊은 신앙심을 가져 신이 은총을 내린 것"이라고 답했다. 신앙심과 영매英邁함이 이 가문 번성의 원천이라는 그의 말은 역사책에서 확인되지 않았다. 나에겐 영원히 수수께끼로 남는 의문 속에서 출렁이는 강물이 합스부르크가의 영욕榮辱에 관해 속삭이는 듯한 환각에 빠졌다. "그대여, 부질없이 알려 하지 마라, 신앙심이란 문명을 일군 한 씨앗이리니, 그들이 이룩한 문명 속에 그것이 있느니라."

인간도, 수목도, 그리고 문명도 수명이 있는 것인가? 이 세상에 나타났다가 사라지지 않는 것은 없다. 그런데 문명은 위대한 흔적을 남긴다. 문명은 창조적 인간들의 삶이 만들어 낸 영욕의 화석化石일지도 모른다는 생각을 하면서, 나는 도나우 강가를 떠났다.

---

8 합스부르크 성 축조 시기가 AD 1020년경이므로 이를 기점으로 할 때 1918년 1차 대전 패망으로 오스트리아 제국의 카를 1세가 퇴위할 때까지 9백여 년간 제후와 왕가로서의 가문 유지. 역사에서는 1452년 합스부르크가의 프리드리히 3세가 신성 로마 제국의 황제로 선출된 시기부터 합스부르크가의 번성이 시작된 것으로 봄.

세계의 公園 스위스를 가꾼 정신

◇◇◇

화창한 새봄 어느 날, 스위스의 수도 베른에서 승용차를 타고 융프라우로 가는 고속도로로 올라서면, 차창 밖으로 장관의 파노라마가 한눈에 들어온다. 백 리 전방 하늘로부터 내려진 듯한 초대형 스크린에 신선하게 다듬어진 산야의 연초록 봄 빛깔과 그 위로 하늘을 찌를 듯 솟아 있는 알프스의 봉우리들을 덮은 눈부시게 흰 눈이 싱싱한 봄과 추운 겨울의 장관을 그림보다도 더 아름답게 담고 있는 것이다.

이러한 풍경은 스위스의 어느 도시에서도, 이를테면 내가 3년 남짓 살다 온 취리히의 호반湖畔에서도 쉽게 볼 수 있는데, 봄이든 여름이든 두 계절 내지 세 계절을 한 공간에 담고 있는 자연의 신비함 앞에서 감탄을 금할 수밖에 없게 된다.

스위스는 한마디로 세계의 아름다운 공원이다. 우리 남한의 절반도 채 안 되는 국토가 공원처럼 섬세하게 잘 가꾸어져 있다.

스위스가 척박했던 전 국토를 이렇게 아름답게 가꾸는 데는 수백 년이 걸렸다. 오늘날 1인당 국민 소득이 8만 불을 웃도는 세계에서 가장 부유한 나라이지만, 16세기 때까지만 하더라도 유럽에서 가장 가난한, 사람 살기 힘든 곳이었다.

부녀자들은 봄 여름철 감자 농사와 가을 겨울철 가내 자수업으로 가족의 생계를 떠받쳐 주었고, 대다수 사내는 이웃 나라의 군대에 용병으로 팔려 나갔다. 스위스 출신 용병들은 매우 충직했던 것 같다. 오늘날에도 가톨릭의 본산 로마의 바티칸을 지키는 위병들은 모두 잘생긴 스위스 청년들로 구성돼 있다.

미국의 관광객들이 세계에서 가장 아름다운 곳이라고 감탄하는 호반도시 루체른의 한 모퉁이에는 스위스 출신 용병의 용맹과 충직을 기리는 사자상獅子像, Loewendenkmal의 기념물이 있다.

프랑스 혁명이 진행 중이던 1792년 어느 날 루이 16세가 거주하던 왕궁이 대규모 무장 혁명 군중에 포위됐을 때, 프랑스인 근위대까지도 다 도망쳤지만, 스위스 용병들만이 루이 16세를 위하여 끝까지 싸우다가 처참하게 거의 몰살당한 사건이 있었다. 당시 생존자에게서 이 사실이 알려진 뒤 이 용병들의 용맹과 충직을 기리기 위하여 많은 화살이 박히고 창에 찔린 채 포효하며 죽어가는 사자상이 이곳에 조각되었던 것이다.

가을과 겨울 눈 덮인 깊은 골짜기의 외딴 오두막의 작은 방에서 투박한 천에 살아 있는 듯한 들꽃을 수놓아 번 여인들의 푼돈과 이웃 강국들의 용병으로 사내들이 팔려 나가 생명과 바꾼 보다 큰돈으로 생계를 꾸리던 스위스인들은 16세기 초 인문주의적 종교개혁자 울리히 츠빙글리Ulrich Zwingli[9]를 맞이했다. 츠빙글리는 개혁을 위해 한 손에 성경을 들고 또 다른 손에는 검을 쥔 목사였다. 그는 신 교리의 전도사로서 노동의 신성을 바탕으로 한 근면과 금욕을 스위스인들에게 설파했다.

유럽에서 2백여 년이나 늦게 스위스엔 비로소 르네상스가 도래했다. 주변의 사람들과 더불어 땀 흘려 일하면서 근면과 금욕의 정신을 실천하던 츠빙글리는 끝내 총을 들고 면죄부를 팔아 치부하는 당시 가톨릭의 부패한 반개혁 세력과의 전투에 나섰다. 그가 전사한 이후에도 후계 목회자들을 통하여 스위스인들에게 지속적으로 정신적 영향을 미쳤다. 용병들의 귀환도 해를 거듭할수록 늘어났고, 가톨릭 또한 스스로 개혁되지 않을 수 없었다. 이렇게 츠빙글리의 개혁 정신은 확산돼 스위스인들의 핏속에 녹아들어 오늘날과 같은 아름다운 산야와 일류 산업을 개발케 한 원동력이 되었다. 수 세기 전 스위스 여인네들의 땀과 눈물이 벤 자수 제품이 꾸준히 개량돼 지금 세계 시장에서 최고급 성가를 누리고 있다는 것이 그 한 단면이다.

---

9   츠빙글리 목사; 취리히 시내 바세르 교회(Wasserkirche) 앞에는 한 손에 성경 그리고 다른 손에는 검을 쥔 츠빙글리의 동상이 서 있다.

스위스의 대학들

◇◇◇

국가 발전은 그 나라 대학의 융성과 궤를 같이한다. 근현대 세계의 강대국인 영, 미, 불 및 독일의 현실이 그렇다. 소국이라도 탁월한 인재를 길러 내는 대학이 있게 되면 초일류 국이 된다. 스위스가 그 대표적 예가 아닌가 싶다.

1980년대 스위스에서 일할 때 내 사무실에서 시간제로 일하는 취리히대학 재학 중인 한국인 학생이 있었다. 그는 유아 때 스위스의 페스탈로치 고아원에 입양되어 성장해 이 대학 경제학부에 입학했던 것이다. 그의 친구 중에는 같은 종합대학 내 ETH연방공과대학, Eidgenoessische Technische Hochschule에 다니는 학생들도 있었는데, 유난히 그들은 자부심이 강했다. 다소 혼란스럽기는 했지만, 취리히 종합대학이 1833년 주립으로 설립된 후 ETH는 1854년 이과, 공과 및 농과를 포괄하는 국립 단과대학으로서 창설됐다.

ETH는 유럽 대륙, 특히 중동부권에서 최고로 치는 공과대학이다. 아인슈타인이 첫해에 입학이 불허돼 재수한 다음 들어간 대학이다. 1987년 당시까지 ETH에서 수학했거나 교수직에 재임한 사람 중 노벨상을 수상한 자가 18명에 달했지만, 아인슈타인이 공부한 대학으로서 더 유명하다.

어느 해인가, 여름 방학이 시작되기 직전 아인슈타인처럼 독일에서 ETH에 유학 온 한 공학도는 선술집에서 자기에게 학점을 주지 않은 교수에게 불만으로 "아인슈타인을 몰라봤던 전통을 이어온 ETH 교수들은 멍텅구리들"이라고 항변하고 푸념했다. 나는 20세기를 대표하는 실존주의 철학자 사르트르도 파리고등사범학교에서 그의 실존 사상의 배아를 서술한 졸업 논문이 F 학점을 받아 유급한 적이 있었다고 말하면서 그를 위로했다.

내가 선술집 같은 곳에서 자리를 함께 한 ETH 재학생들과의 대화 중 재미있었던 것은 그들의 기분에 따라 '아인슈타인이 낙방한 대학에 입학했다는 자부심'과 '아인슈타인을 알아보지 못했던 교수들의 무지를 성토하는 불만'의 이율배반적 태도였다. ETH를 비롯한 스위스 대학들은 특히 졸업하기가 어려워 교수들에 관한 학생의 불만이 만만찮다.

스위스의 대학들은 입학하기도 쉽지 않지만, 졸업하기는 더 어렵다. 전공에 따라서는 입학생의 2/3가 탈락되는 경우도 적지 않다. 19세기 초엽부터 스위스는 주정부 주도로 대학 교육 투자에 진력했고, 연방 정부는 그들대로 국가의 균형 발전 차원에서 ETH와 같은 공과대학을 설립했다.

스위스 불어권 지역의 로잔느 공과대학[10]도 국립으로서 그 명성이 ETH에 뒤지지 않는다. 교수진의 50%가 스위스 국적자가 아니다.

경제·경영 분야 대학으로서는 주립인 상트갈렌대학HSG, Hochschule fur Wirtschafts-, Rechts- und Sozialwissenschaften St. Gallen이 돋보인다.

법학과 사회과학 분야도 가르치지만, 경제·경영 부문은 그 명성이 런던 경제대학과 런던 경영대학에 필적한다. 2005년 독일의 비즈니스위크 Wirtschaftswoche지가 600개 기업을 대상으로 조사한 결과를 보면, 상트갈렌대학의 경제·경영학부가 세계 이 분야 대학 교육에서 1위를 차지했다. 영국의 옥스퍼드가 이 분야에서는 10위로 밀려났다.

스위스의 금융업이 세계에서 막강하고, 무역과 유통업 부문에서 주위 강대국 내 경쟁자들에게 필적할 수 있는 산업의 힘을 갖춘 것은 결코 우연이 아니다. 대학이 배출한 인재들의 힘이 뭉친 것인지도 모른다. 상트갈렌대학은 세계 유수 대학 중 재학생 총인원이 5천 명 미만의 소규모이나, 정예의 전문가와 업계 지도자를 양성해 내는 교육 기관으로서 정평이 나 있다. 유럽 독일어권 지역에서는 선망의 대상이 되고 있는 이 경제대학이 인구 6백만 명의 소국 스위스의 한 중소도시에 자리잡고 있는 것이다.

---

10   로잔느 공과대학(Ecole Polytechnigue Federale de Lausanne); 학생 수가 총 6천여 명으로 80여 개국에서 유학생이 온다.

스위스의 대학들이 실용 노선을 추구하고 있다고 해서 인문학이 경시되는 것은 결코 아니다. 유럽에서 가장 오래된 대학 중 하나인 바젤 대학은 1459년 설립됐다. 네덜란드의 인문주의자 에라스무스는 이 대학에서 강의했다. 15세기부터 바젤대학은 유럽의 문화적 중추 기관으로서의 역할을 수행해 오고 있다.

19세기 후반, 이 대학에서 강의했던 미술사가 부르크하르트Jakob Burchhardt는 민족주의와 그 참담한 결과를 예언한 석학이었다. 그는 당시 이탈리아와 독일의 통일 그리고 태동하는 범슬라브주의의 위험성을 경고하면서 문화의 퇴조 현상을 날카롭게 비판했다. 1차 대전이 발발한 뒤 그의 경고와 예언이 적중했음을 유럽의 지식인들은 인정해야 했다.

바젤대학 못지않게 제네바 대학은 국제정치와 외교학에서 명성이 드높다. 스위스의 모든 대학은 유럽에서, 아니 세계에서 일류 대학의 반열에 드는 데 손색이 없다. 제각각 특색이 있고, 그 가운데 학문의 우수성이 길러진다.

스위스 대학들은 모두 일류 대학이기에 서열이 없다. 고등학교 수험생들이 대학 입학을 위해 과외한다는 얘기를 들어 본 적도 없다. 스위스 사람들은 과외 같은 걸 게임의 규칙을 위반하는 불공정한 행위로 보기 때문에 학부모나 학생들이 그런 걸 생각조차 못 하며 살아간다. 스위스 국민 의식이 이렇고, 이런 의식 속에서 대학을 발전시켜 나갈 때, 스위스의 번영은 계속될 것으로 보여진다.

쾌셴뤼티 마을

◇◇◇

    스위스의 토착민 켈트족 언어로 들녘과 관련이 있는 쾌셴뤼티 Koeschenrueti 동네는 제1의 도시 취리히 도심에서 동북쪽으로 12km쯤 떨어진 근교에 있는 작은 마을이다. 시가를 가운데 두고 풍광이 빼어난 호반에서 떨어진 후미진 곳인 데다 공항이 가까운 탓으로 집값이나 월세가 호반 쪽보다 헐했다. 큰 부자의 저택이 없는, 그야말로 고만고만한 중산층이 모여 사는 동네였다. 시내에 출근하는 외국인과 그 가족들이 꽤 있었는데, 우리 가족도 1983~1986년간 이곳에서 살았다.

    호반 쪽보다 경치가 못하다고는 하지만, 그러나 아름답지 않은 것은 아니다. 스위스 전체가 수려한 자연공원 같아서 어느 동네든 깨끗하고 나름대로 아름답게 느껴진다. 초등학교 1학년에 입학했던 둘째 아이는 종종 엄마에게 이곳에서 계속 살 수 없는지를 묻고, 몇 년 후에 떠나야 한다면 "저 풀밭 언덕과 숲과 그리고 이 아파트를 배에 싣고 갈 수 없는

지....”라고 확인하곤 했다. 그 애는 귀국 후 그래도 괜찮다는 서울 압구정동 아파트의 제집에 들어와 살다가 어느 날 베란다 창틀에 팔꿈치를 대고 턱을 괸 채 옆에 있는 형에게, "형, 저 건너편 아파트 집들 좀 봐, 꼭 닭장집 같다"라고 좌절을 토로했다. 형제는 얼마 안 돼 모두 폐결핵에 걸렸었는데, 치료하는 데 애를 먹었다. 의사는 맑은 공기 속에서 호흡하다가 갑자기 탁한 공기에 노출돼 저항력이 약한 아이들이 발병된 것이라고 설명했다.

동네 양쪽 편 숲 사이를 흐르는 개울물은 어찌나 깨끗하던지 산책이나 조깅하다가 목이 마른 사람 중에는 그 물을 떠 마시기도 했다. 개울물을 마시던 한 노인은 유심히 바라보는 나와 눈이 마주치자, 물맛이 좋다고 하면서 마시기를 권했다.

동네 사람들과 대화할 기회가 많지 않아 그들이 행정 관서와 어떻게 협력하며 동네와 주변의 환경을 이렇게 깨끗이 가꾸는지는 알 수 없었다. 스위스 남자와 결혼해 사는 이웃의 한 독일계 부인이 "동네 사람들이 돌처럼 차갑게 느껴지지 않느냐"라고 물은 적이 있었는데, 스위스 중산층 사람들은 대체로 차가움이 느껴질 만큼 대인 관계에서 냉정하고 신중했다. 매사에 서두르지 않으나 철저하다는 인상이 아직까지 남아 있다. 특히 외국인에게는 의심하는 듯한 눈초리 같은 것이 느껴져 친해지기가 쉽지 않았다.

나는 젊어서 코 수술을 여러 번 한 탓에 콧구멍 안쪽과 목구멍이 맞닿는 부분이 항상 깨끗하지 못해 그곳에 고이는 걸 뱉어 내는 습관이 있었다. 되도록 사람이 보이지 않는 곳에서 뱉어 내곤 했는데, 이곳 아파트에 입주한 후 지하 주차장에서 세차 물 흘러내리는 홈통에 주위를 살피며 몇 차례 뱉어 냈던 듯싶다. 하루는 자치회 책임자가 침 뱉는 걸 본 사람이 있다고 하면서, 앞으로 이웃과 더불어 우애롭게 살기 위해 그렇게 하지 말 것을 권유했다. 표현이 권유이지 속뜻은 지시와도 같았다. 창피한 중에도 외국인이므로 감시당하고 있다는 생각에 그 점을 지적하자, 그 부인은 "이곳에 사는 모든 사람이 똑같다. 누구라도 공동체 생활에 해가 되는 행위를 하는 주민을 보면 알려 달라"라고 당부했다.

브라질 무역 회사의 지사장으로 부임하여 옆 동 아파트에 살던 중년 남자는 겨울철 추위를 몹시 타서 그랬는지는 모르겠으나, 지상 주차장에 차를 잠시 세워놓을 때 엔진을 끄지 않는 경우가 많았다. 여러 번 이웃 주민들로부터 그러지 말도록 요구받았으나, 그는 외국인 차별이라고 불평하면서 듣지 않았다. 자치회 측으로부터 3차례 경고를 받은 후 이듬해 입주 계약 1년이 되던 날 아파트 관리 회사로부터 퇴거 명령을 통지받고 그와 그의 가족은 끝내 이 마을을 떠나지 않을 수 없었다.

후에 그가 다른 곳에서 집을 구할 때 승용차 주정차 시 엔진을 공회전시키지 않겠다는 서약을 했다는 풍문을 전해 듣고 스위스 사람들의 지독함에 혀를 내둘렀다.

물론 그들은 오염물질 방출 규제에 철저했다. 고속 도로상에서 차가

장시간 정체될 때 모든 사람이 약속이라도 한 듯 일시에 차의 엔진을 끄고 기다린다. 호수나 개울에는 단 한 방울의 오·폐수가 흘러들지 못하도록 규제한다. 그러나 왠지 편치 않게 느껴졌던 점도 있었다.

귀국 후 겨울철 아침 출근 시간 아파트 주차장에 대기하고 있는 차들의 엔진 공회전 시 매연 냄새로 기침과 함께 역겨움을 느끼게 됐을 때, 스위스의 살던 동네가 그리워지기 시작했다. 공회전으로 매연을 뿜어내는 디젤차의 주인에게 한번은 엔진을 끄는 게 좋겠다고 조언했다가 오히려 망신을 당한 이후로는 말도 못 한 채 매연을 마시며 지금껏 살아왔다. 담배 연기보다 수천 배나 해독한 매연을 한국의 주민들은 왜 이렇게도 무심할까.

두 아이가 스위스에서 3년 반 동안 산 탓으로 폐결핵을 앓게 됐었다는 점 때문에 스위스의 청정 환경을 원망하기도 했었다. 그러나 세월이 흐를수록 그 원망은 비애 같은 것으로 변해간다. 매년 겨울철이 다가오면 그 비애는 폐렴처럼 가슴을 아프게 한다.

중부 유럽의 꽃 프라하[11]

◇◇◇

    유럽 중원의 한 지점에 모차르트가 '황금의 도시'라고 찬탄한 프라하가 있다. 이곳에서 태어난 서정 시인 마리아 릴케는 "박공형博栱型 탑으로 수놓은 도시, 위대한 역사가 숨 쉰다"라고 노래했고, 역시 이곳 태생인 괴팍한 실존 문학의 선구자 카프카는 "유혹의 발톱을 숨긴 도시"라고 묘사했다. 실제로 프라하 방문객 중에는 다시 여러 번 찾아오는 자들이 많다고 한다. 나도 그중 한 사람이었을 것으로 생각된다.

    1990년대 중반 내 큰아이가 베를린에서 공부하고 있었을 때, 나는 헝가리의 부다페스트에서 일하고 있었다. 베를린까지 아들을 보러 3천 리가 넘는 길을 승용차로 가자면, 중간 지점인 프라하에서 하룻밤 묵는 것

---

11   체코인이 부르는 도시 명. 영국과 프랑스인들은 Prague라고 하고, 독일인들은 Prag라고 표기함. 2차 대전 발발 시 파리의 경우와 같이 문화재 보호를 위해 독일 나치에 미리 항복함으로써 도시가 파괴되지 않았음.

이 편하기도 했지만, 그보다는 프라하의 유혹을 뿌리치지 못해서 그랬던 것 같다.

경이롭게도 프라하는 로마 시대 이후 천년의 유럽 문명을 담고 있는 박물관이요, 미술관이다. 누가 프라하를 체크 공화국Czech Republic의 수도라고 하는가. 1918년 체코슬로바키아가 독립하기 전까지는 국적 없는 유럽의 빼어난 도시로 보는 것이 타당할 것이다. 보헤미아 지방의 몰다우 강을 끼고 형성된 도시 프라하는 신성 로마 제국의 수도이기도 했으나, 신성 로마 제국이라는 것이 실체가 없는 범유럽적인 상징에 불과한 것이므로 프라하는 그냥 유럽 문화 속의 도시로 발달한 것이다. 슬라브적인 것, 게르만적인 것과 이탈리아 및 프랑스적인 것 그리고 비잔틴적인 문화까지 뒤섞여 독특한 도시 문명을 일궜다.

1993년 체코와 슬로바키아가 분리돼 프라하는 오늘날 체코 공화국의 수도로 국한된 것임은 틀림없다. 그러나 체코의 주류 인종인 슬라브계의 민족 도시는 아니라는 것이다. 예부터 사통팔달四通八達의 보헤미아 지방은 사람과 물품 교류가 활발하여 상업의 중심지가 되었고, 그에 따라 공업도 발달했다. 체코와 슬로바키아를 오랫동안 지배한 합스부르크가의 오스트리아 제국은 다민족 국가여서 문화의 다양성이 보장됐다.

사실 유럽에서는 중세에 국가 혹은 민족 개념이 희박했다. 민족 국가주의는 17세기 중엽 30년 종교 전쟁이 종료된 후 프랑스나 스페인 또는 오스트리아 같은 강대국의 통치자들 간에 나타나기 시작했으나, 민중들은 그런 의식을 갖지 않았다. 특히 독일과 중부 유럽에서는 나폴레옹 출현 이전까지는 민족 국가의 시민적, 민중적 의식이 없어 프라하가 유럽의 문화 도시로 발전할 수 있었다.

그 위용과 규모로 기네스북에 등재된 도시의 상징물 프라하 성에서 시가지를 내려다보면 고딕과 바로크 양식의 성당 첨탑들이 눈에 가득히 들어온다. 성에서 내려와 강가에 닿으면 현존하는 유럽 최고最古의 석교石橋 카를 다리Charles Bridge를 만난다. 다리 양 끝에는 3개의 고딕식 석탑이 서 있고, 다리 양쪽 난간에는 15개씩 가톨릭 성자들의 상이 조각돼 있다. 예술품 같은 석교에서 프라하 성의 야경을 찍은 사진들이 가장 아름답다.

다리를 건너 구시가지 광장에 당도하면 중세부터의 역사가 한 공간에 담겨져 있는 것 같은 착각에 빠진다. 13세기 고딕과 17세기 바로크 그리고 18세기 로코코와 19세기 아르 누보 양식에 이르기까지 광장 주변의 건축물과 시계탑 및 동상이 보여 준다. 인상에 남는 것은 광장 한가운데 있는 순교한 종교 개혁가 얀 후스의 아르 누보식 동상, 분홍색과 흰색이 화려하게 배합된 로코코식 골즈 킨스키 궁전 그리고 고딕식의 시청사와 천문시계탑 등이다. 광장 입구에서 프라하 성을 바라보면 중앙에 독일 쾰른 대성당과 외관이 흡사한 고딕식 성 비트 대성당St. Vitu Cathedral의 위용이 드높다.

시내를 가로질러 흐르는 엘베강의 지류 몰다우강의 현지명은 블타바

Vltava강이다. 독일 사람들은 이 강을 몰다우라고 부른다. 보헤미아 출신 작곡가 스메타나의 교향시 '나의 조국' 중 2번의 표제가 몰다우로 돼 있어 우리에겐 몰다우강이 더 친숙하다. 스메타나는 민족주의적 작곡가로서 제국주의에 저항했다. 역시 슬라브계 작곡가인 드보르작도 '신세계'에서 유럽이 아닌 피안의 어떤 세계를 꿈꾸었을지도 모른다.

그러나 이 두 작곡가는 유럽의 통합을 상상해 보지도 못한 채 죽었다. 프라하가 국가주의적 문화 환경에서 번영했던 적은 없었다. 19세기와 20세기 중에는 제국주의적 강자들 틈에 끼어 질곡의 세월을 보냈다.

나는 2004년 체크의 유럽 연합EU 가입을 보면서, 앞으로 천 년 동안 프라하가 다시 번영과 영광을 누리는 도시가 될 것으로 내다본다. 프라하의 본질이 범유럽적이며, 그 지리적 위치도 또한 유럽의 한복판에 자리잡고 있기 때문이다. 드보르작의 신세계가 오늘날 작곡되었더라면 통합된 유럽을 꿈꾸는 곡이 되었을지도 모른다.

집시와 자유

◇◇◇

　현지의 천대와 멸시 속에서도 수 세기 동안 집단적 생명력과 정체성을 유지해 오고 있는 유랑족 집시Gypsy의 존재는 특이하다. 까만 눈동자, 검은 머리카락 그리고 짙은 피부 색깔을 가진 집시가 루마니아 등 동유럽에 나타난 것은 14세기경이었던 것 같다. 이내 그들은 유럽 전역에 소집단 규모로 뿔뿔이 흩어졌다.

　15세기경에는 특히 체크의 보헤미아 지방에서 그들이 떼지어 유랑했던 탓으로 프랑스인들은 그들을 보헤미안으로 불렀다. 19세기 낭만주의 시대에 이르러서는 사회의 관습을 벗어던지고 방랑하는 자, 자유분방한 삶을 추구하는 예술가와 지식인을 지칭하는 말이 되었다. 당시 방랑자로서의 보헤미안이라는 신조어는 영국의 작가 새커리William Thackeray의 소설을 통해 세계적으로 유포되었다.

　그러나 집시의 실상은 소설과 예술 속에서의 보헤미안처럼 그렇게 낭만적인 것은 아니다. 그들은 인도 북서부 지방에서 핍박받던 인종으로서 11세기경 실크로드를 타고 유랑을 시작했다. 영토와 정부가 없는 그들이었기에 돌아갈 고국도 없었다. 흑해 연안을 경유해 유럽에 진출한 집단이 가장 많았으나, 소아시아와 중국 그리고 아메리카 대륙에까지 건너가 오늘날 한국과 일본 및 유럽의 북극에 닿은 그린란드섬을 제외하고는 그들이 유랑치 않는 곳이 없다고 한다. 집시 인구는 세계적으로 적게는 2백만 명, 많게는 3백만 명으로 추산되는데, 그들의 대부분은 유럽 지역에 거주하고 있다.

집시 남자들은 가축 중개인, 동물 조련사, 대장장이 및 악사 노릇을 하고, 여자들은 점쟁이, 약장수 혹은 무용수로 일해 돈을 벌어 생계를 꾸려나간다. 돈을 벌 수 없으면 걸인이 되어 구걸하기도 하지만, 그러나 고집스럽게도 현지 사회에 동화되지 않은 채 그들만의 무소유와 비문명적 공동체를 유지한다. 텐트나 움막집에서 기거하다가 어느 날 홀연히 딴 곳으로 정처 없이 떠난다.

한곳에 정착한다는 것은 그들에겐 희망이 사라지고 캄캄한 절망에 빠지는 것과 같다. 무소유, 주술 및 신비는 그들 생활의 특징이다. 그들이 유랑하면서 끊임없이 추구하는 것은 희열이다. 고난 속에서의 비애를 희열로 승화시키는 그들의 가락과 춤은 유럽 낭만주의에 영향을 미쳤다.

리스트의 '헝가리언 랩소디狂想曲'라든지 요한 슈트라우스의 가극 '집시 남작'은 집시들의 강렬한 애환의 곡조가 배어 있는 작품이다. 문학에서도 매혹적인 집시 여인이 등장한다. 카르멘은 야성미 넘치는 요염한 여인으로 그리고 '노트르담의 꼽추'의 에스메랄다는 청순하고 가련한 소녀로 묘사됐다. 집시 여인은 또한 화폭에도 나타난다. 고야의 '나체의 마야'는 걸작 중 하나이다.

스페인 최남단 안달루시아 지방에서는 집시의 희로애락이 담긴 정열적인 율동이 플라멩코라는 춤이 되었다. 플라멩코는 안달루시아의 민속에 집시의 비애와 희열이 가미된 개성적 음악으로 발전한 것이다.

예전과 같이 오늘날에도 유럽의 예술가 중에는 집시 집단에 합류하여 수년씩 그들과 생활을 함께하는 자들이 있다. 내가 아는 독일의 한 화가도 무려 5년간이나 집시의 한 무리에 섞여 살면서 유랑했다. 그는 기존 문명에 찌든 자기 영혼을 정화하여 참된 가치를 재인식, 작품다운 그림을 그리고자 그렇게 했다고 말했다.

그의 5년간의 집시 생활은 고행이었을 것 같았다. 그의 작가 정신에 경외감을 느끼며, 나는 '집시의 끈질긴 생명력의 근원'이 무엇인지에 관해 물어봤다.

"육체와 정신의 모든 속박에서 벗어나 자유를 갈구하는 것이 그들의 생명력의 원천"이라고 그는 대답했다. 질곡의 현실에서 정처 없이 유랑하는 것이 모든 속박에서 탈출하고자 하는 몸부림인가? 그 몸부림이 그들의 울분과 애환을 특유의 정열적이고도 흥겨운 춤과 노래로 승화시켜 집시 음악을 탄생시킨 것일까.

이 첨단 문명사회에서 그들의 집단적 유랑이 언제까지 계속될 수 있을지, 자유를 포기하는 날 그들의 존재는 사라져 전설이 될 것이다. 그러나 보헤미안의 자유를 생각하면 고난 속에서도 그들의 존재가 소멸되지 않기를 바라는 마음이 있다.

바다촌의 비밀

◇◇◇

    대서양 연안에서 우랄산맥까지의 유럽 지도를 놓고 보면, 헝가리가 다이아몬드처럼 타원형으로 유럽 한복판에 박혀 있는 것이 눈에 띈다. 유럽의 동서와 남쪽을 잇는 교차 지점인 것이다.

    유목민인 마자르Magyar족이 동북아로부터 중앙아시아 초원지대를 지나 오늘날 헝가리 심장부인 도나우강 유역에 정착했던 것은 9세기 말경으로 전해진다. 마자르족의 근원이 유럽에서 말하는 훈족, 말하자면 고대 중국 서북 변방에 거주하던 흉노족의 분파인지는 확실치 않으나, 동북아의 종족인 것만은 분명한 듯싶다.

    도나우강은 독일과 스위스와의 접경지인 서남쪽 도나우에싱겐Donaueschingen이 발원지이다. 이 강은 오스트리아 비엔나를 감싸 안은 다음 헝가리 지역에 이르러 비옥한 평야와 만나는데, 사통팔달의 이 지역에 정착한 마자르인들은 지난 천년 세월 동안 이민족의 압제와 지배에 시달려야 했다. 도나우강을 찾은 영국인들은 짙은 푸른빛의 이 강물의 아름다움에 반하여 다뉴브강이라고 이름 붙였지만, 비옥한 이 강 유역의 마자르인들은 고난과 슬픔의 세월을 보내야 했다. 13세기 중엽 칭기즈 칸의 몽골족 침입 때는 당시 인구의 반이 줄었는가 하면, 14세기 초엔 오스만 터어키에 합병되어 무려 한 세기 반 동안 지배를 받았다. 그 후엔 오스트리아 합스부르크 왕조의 통치하에서 신음하다가 20세기 초 1차 대전 시 독일과 오스트리아의 패망으로 헝가리는 독립했으나, 영토의 2/3를 잃고, 현재 우리 남한만 한 지역에 인구 1천만 명이 거주하는 소국이 되었다.

수도 부다페스트는 17~18세기 헝가리 귀족들이 비옥한 땅에서 강렬한 태양열에 고품질로 여무는 밀을 대량 재배하여 그것을 팔아 프랑스의 파리를 재현코자 건설했던 도시이다. 그런데 이곳으로부터 서남쪽 100Km 남짓한 곳에 발라톤Balaton이라는 광대한 아름다운 호수가 있다. 전장 77Km, 폭 14Km의 이 발라톤 호수는 우랄까지의 유럽에서 가장 넓은 호수로서 '헝가리의 바다' 혹은 '담수의 바다sweet sea'로 불리워진다.

내륙국인 헝가리에서 발라톤이 시작되는 서쪽 호반 일대엔 바다 촌이라는 지명이 적지 않게 발견된다. 이를테면, '바다촌의 무슨 마을 Badacsony-Tomaj' 같은 마을들이 호반에 자리 잡고 있는 것이다. '바다촌 토마이' 마을 앞에서 바라본 발라톤 호수는 바다 바로 그것이었다.

내가 1995년 여름 어느 날 부다페스트에서 이 마을로 단숨에 달려갔던 것은 1980년대 북한에서 오랫동안 외교관 생활을 했던 당시 한 헝가리인 교수와의 만남 때문이었다. 그는 북한 말씨의 한국어를 꽤 유창하게 구사하는 정치경제학 교수였다. 그가 마자르어는 표음어이기 때문에 지명과 같은 고유명사의 의미를 대부분 알 수 없는데, 어느 여름날 북한의 서해안 해변가에서 바다촌의 의미를 깨달을 수 있었다고 말했을 때, 나는 전류와 같은 무엇이 가슴과 머리에 흐르는 것 같았었다.

마자르인들이 천수백 년 전에 한반도에 거주했을지도 모른다는 가능성에 관해 우리는 의견을 나누었다. 바다를 바다라고 부르는 종족은 한국인 말고는 지구상에 없을 것이다. 깊숙한 내륙에 정착했던 마자르인들이 발라톤에서 바다를 느끼지 못했더라면 어떻게 이 같은 지명이 생겨났을까? 그러나 비전문가의 감성적인 추론의 범위를 넘지 못하여 우리에겐 바다촌의 의미가 비밀로 귀결되었을 뿐이다.

바다촌의 토마이 마을 호숫가 모래톱, 아니 한반도의 서쪽 해안의 어느 모래밭 같다는 환상에 젖어 호반을 거닐면서 바다를 느끼고 있었을 때, 한 30대 여인이 어린 남매를 이끌고 주차장에서 호반으로 걸어 나오는 것을 목격했다. 그 여인의 차는 흰색 한국제 승용차였다.

나는 그 여인에게 다가가 한국에서 온 사람이라고 소개하면서 말을 건네기 위해 한국제 승용차에 만족하느냐고 물어봤다. 매우 만족한다는 대답과 함께 한국인이라는 점에 호감을 표시했다. 그래서 이 호반의 바다촌이라는 의미를 아느냐고 물어봤으나, 한참 생각하다가 고개를 저었다. 한국에서는 바닷가 마을을 바다촌이라고 부른다고 말하자, 호기심을 보이면서 웃었다.

갈색의 고운 머릿결에 흰 피부의 이 젊은 부인에게서 동양인의 풍모는 어디에서도 찾아볼 수 없었다. 천 년 동안 이곳에서 대대로 살아오면서 서양인과의 혼혈로 이젠 서양인이 된 사람들, 왜 그들은 지금도 마자르어를 사용하면서 마자르인으로서의 정체성을 고집하고 있는 것일까? 부다페스트로 돌아온 다음 이 부인의 모습에서 동양인의 흔적을 찾아보고자 애썼을 때, 호기심으로 웃던 그녀의 눈이 가늘어지는 것에서 어렵게 그 흔적을 찾아낼 수 있었다.

덴마크와 햄릿

◇◇◇

덴마크는 네덜란드와 독일의 북쪽 유틀란트 반도에 본거지를 둔 유럽의 소국이다. 면적은 4만 4천㎢로서 네덜란드보다 다소 넓으나 인구는 1/3수준인 5백만 명에 불과하다. 네덜란드와는 바다를 사이에 두고 있고, 국경은 독일과 길게 접하고 있다. 유틀란트 반도 주변의 크고 작은 섬은 406개나 된다.

바다에 접한 면적이 길어 9~11세기는 바다에 진출한 바이킹 시대로서 북유럽을 지배하다시피 했다. 잉글랜드를 정복하여 그곳의 왕의 자리를 차지했는가 하면, 후에 노르웨이 왕까지 겸직해 11세기 초 카누트 대왕 시대에는 '앵글로 스칸디나비아 제국'으로서 위용을 떨치기도 했다. 북해의 험한 바다에 도전한 거친 무사로서의 바이킹은 아이슬란드를 점령하여 1944년 독립될 때까지 그곳의 통치권을 행사했다. 세계에서 가장 큰 섬인 그린란드도 덴마크의 지배를 받았으나, 현재는 자치령이다.

아이러니하게도 덴마크가 국력과 영토에서 쇠락해진 것은 유럽의 문명이 만개한 17~19세기이다. 당시 본토 영토의 1/3을 스웨덴과 독일에 빼앗겼다. 19세기 중엽 독일의 비스마르크와의 전쟁에서 상실한 쉬레스비그-홀쉬타인은 1만 5천km²나 되는 옥토였다. 거칠고 잔혹하기까지 했던 바이킹은 근세에 들어 문명에 순치馴致되면서 문약해졌다고나 할까. 그러나 그 과정에서 적은 인구임에도 많은 과학자와 예술가 그리고 철학자를 배출했다. 우선 철학자로서 20세기를 대표하는 실존주의를 개화시킨 키에르케고르가 있는가 하면, 동화작가로서의 세계의 준봉峻峰인 한스 크리스티안 안데르센이 있다. 2005년은 안데르센의 탄생 2백 주년이 되는 해로서 코펜하겐을 중심으로 그를 기리는 축제의 폭죽이 터졌다.

덴마크인들은 문명화되는 과정에서 고독하고 내성화되는 면이 강해졌다. 여름철 여행 중 맞닥뜨리는 황혼 녘 도시의 적막과 함께 보게 되는 덴마크인들의 움푹 파인 눈과 우뚝 솟은 콧날에서 사색과 고독을 느끼게 된다. 영국의 세계적 문호 셰익스피어가 1601년 인간의 내면적 고뇌의 표상으로서 햄릿을 무대에 올려놓는데 덴마크의 코펜하겐 북쪽 44km 지점의 크론보르 성Kronborg Castle을 택했던 것은 우연이 아닐지도 모른다. 영국인들은 이 성이 있는 헬싱괴르Helsingor의 지명을 따서 영어식으로 발음하여 엘시노어 성으로 부른다.

엘시노어 성 입구 돌판에는 셰익스피어의 초상화가 새겨져 있다. 이 성은 1574년부터 축조되기 시작한 것으로써 북유럽에서 가장 매력적인 르네상스 스타일의 성 중 하나이다. 전체적인 윤곽은 정사각형에 가깝다. 전면 광장을 중심으로 북쪽 성채는 덴마크 왕이, 서쪽은 왕비가, 그리고 동쪽에는 왕 자녀 등 친족의 거처가 있고, 남쪽에는 우아한 교회가 있다. 한때 화재와 수 세기 동안 전란으로 성채 모두가 황폐화되었으나, 19세기 중 철저한 고증을 통하여 완벽하게 복원됐다. 2000년에는 유네스코 UNESCO (유엔 교육과학문화기구)가 세계 문화유산으로 지정했다.

우리 가족이 엘시노어 성을 방문했던 것은 두 사내아이가 사춘기에 접어들었던 1990년으로 기억된다. 다시 해외 근무 발령을 받고 독일 함부르크에 부임한 지 얼마 안 돼 애들이 셰익스피어의 희곡을 읽는 등 문학과 인생에 눈을 뜨기 시작할 즈음 불현듯 이들에게 셰익스피어의 대표작 햄릿의 현장을 보여 주고 싶은 충동이 생긴 것이다.

특히 둘째 아이가 더 감수성이 예민했다. 햄릿의 1막에 등장하는 성 망대의 좁은 통로에서 좌우의 포탑砲塔을 살피고자 했고, 겨울 추운 밤 별이 총총한 자정에 다시 이곳에 와 햄릿의 유령을 만나보고 싶다고도 했다. 큰아이는 왜 햄릿이 영국인이 아닌, 덴마크인이어야 했느냐고 애꿎게 물었으나, 스칸디나비아 지역에 전해 내려오던 전설에서 셰익스피어가 영감을 얻어 이 희곡을 써서 그렇다고밖에는 할 말이 없었다.

한여름인 데도 성 실내는 차갑고 침침했다. 바깥 바다 쪽에서 불어오는 음산한 바람 소리를 배경으로 종소리가 자정을 알리고 음모에 죽은 덴마크 왕이 유령이 되어 모습을 드러내는 햄릿의 1막 무대에 어울리는 높고 넓은 공간의 구성과 장식이 당시에 와 본 듯한 기시감既視感을 자아 냈다.

바다가 보이는 망루와 햄릿이 기거했던 동쪽 실내 곳곳에는 그의 고독과 고뇌와 절망이 배어 있는 것 같다고 둘째 아이는 말하면서, "왜 햄릿은 복수할 기회가 있었음에도 실천하지 못하고 결국 죽음의 파국을 맞이할 수밖에 없었는지"라고 탄식했다. 형제는 마치 햄릿이 실제 인물이었던 것처럼 햄릿의 우유부단함을 탓했다. 엄마가 "얘들아, 열정과 고뇌의 불길에서 그의 고운 마음이 하얀 눈이 녹아내리듯 눈물이 되는 것이 우리에게 감동을 주는 것이란다"라고 참견했을 때, 그들은 무슨 뜻인지 모르겠다는 표정으로 엄마를 쳐다봤다.

우리는 성 지하로 내려가 어마어마하게 거구인 전설적인 영웅 홀거 단스크Holger Danske의 석상石像과 마주쳤다. 갑옷 입은 그 거인은 병사들의 막사와 마구간이 있는 지하실 한쪽에 큰 칼을 무릎 위에 놓고 팔짱을 낀 채 의자에 앉아 졸고 있었다. 그는 덴마크가 위기에 처할 때마다 잠에서 깨어나 조국을 수호했던 것으로 전해진다.

독백하는, 나약해 뵈는 햄릿의 영상과 눈앞의 억센 영웅 간 대칭에서 오는 혼란 속에서 애들은 햄릿이 통쾌하게 복수하지 못했던 것을 못내 아쉬워하면서 성채를 빠져나왔다. 둘째 아이가 햄릿의 무덤도 보고 싶다고 해서 우리는 그의 무덤이 있는 헬싱괴르 시내의 한 공원으로 향했다. 햄릿의 시신은 없다고 하고, 한 조각가가 만든 기념비만 서 있었다. 둘째 아이가 햄릿이 열정과 고뇌 속에서 비극으로 치닫게 되는 갈등의 원천이 사랑이라는 점을 깨닫고 그의 통쾌한 복수를 아쉬워하지 않게 된 것은 수삼 년 후였다.

영원한 도시 로마

◇◇◇

　지구상에 로마 같은 도시는 로마 말고는 없다. 3천여 년의 화려한 역사와 문화와 예술을 고스란히 간직하고 있는 불멸의 도시이다. 고대 도시 국가인 로마가 어떻게 그렇게 대제국을 건설할 수 있었을까? 수수께끼 같은 역사의 파노라마이다. 로마 멸망 후 중세를 지배했던 기독교 문화의 본산인 바티칸 궁도 로마에 있다. 그 중세 문화에서 일탈하여 근대를 연 르네상스 예술이 순례객들을 감동시킨다. 유럽인 열 사람에게 생애에 딱 한 도시만을 골라 방문한다면 어딜 가겠느냐고 물을 때, 모두가 로마를 꼽을 만큼 로마는 유럽인들의 선망의 도시이다.

　그러나 현대 로마인을 그다지 인정하지 않는 듯하다. 그들의 자유분방하며 때로는 일탈하는 행태를 보고 재미있어하면서도 다소는 경멸적으로 "고대 로마인의 후예답지 않다"라고 말하는 자들도 있다. 특히 사회 규범이 엄격한 게르만계 사람들이 로마로부터의 소식을 전하는 신문을 읽으면서 킬킬거린다. 일탈의 대리 만족을 통해 자기들의 숨 막힐 만큼 꽉 짜인 사회 구조에서 잠시나마 탈출하는 재미를 느낀다.

1980년대 중반 내가 스위스의 취리히에서 살 때, 한 사무실에서 함께 일하는 스위스인 남자는 무료하고 답답할 때 로마로부터의 소식을 기다린다고 말했다. 어느 해 겨울이던가, 드물게 로마에 폭설이 내렸을 때, 직장인의 절반 이상이 출근하지 않았다는 소식을 접하고 점심시간 식당에서는 사람들이 이를 소재로 담소하며 즐거워했다. 어느 해 크리스마스이브에는 로마 도심 거리에 교통 체증이 심해지자 현대 로마인들이 길바닥에 차를 그대로 놔둔 채 삼삼오오 휘파람을 불며 먼 길을 걸어서 집으로 돌아갔다는 뉴스에는 주위에서 박장대소하는 사람들도 있었다.

이웃집 중년 남자는 유독 로마를 좋아해서 자주 가족을 데리고 로마에 다녀왔다. 그는 로마 시내 숙박료가 턱없이 비싸 텐트를 가지고 로마 교외 텐트 야영장에 가서 자고 아침마다 시내에 들어가 저녁 늦게까지 "로마가 발산하는 광기와 황홀함을 만끽한다"라고 자랑삼아 말했다.

나도 봄철 가족과 함께 텐트 장비를 차에 싣고 로마로 향했다. 취리히에서 로마까지는 900Km, 이른 아침 6시에 출발하면 오후 6시엔 로마 근교 텐트 야영장에 도착한다. 스위스가 서유럽의 복판에 있기는 하지만, 로마든 파리든 하룻길이라는 데서 서유럽이 좁다는 걸 새삼 느낀다. 미국의 1/4 면적밖에 안 되니 그럴 법도 하다고 생각했다.

당시 초등학교 저학년인 꼬마 두 녀석이 텐트 야영장에서 자는 걸 그렇게 좋아해서 우리 가족은 휴일이 주말에 연결되는 때는 어김없이 로마를 찾았다. 올 때마다 로마의 발원지인 팔라티노(왕궁 Palace의 어원) 언덕에서 콜로세움을 지나 시청사가 있는 카피톨리노(수도 Capital의 어원) 언덕에 이르기까지 고대 로마의 상업, 정치 및 종교의 중심지인 포로 로마노 지역과 현대 로마의 중심부 베네치아 광장과 스페인 광장 그리고 도심을 흐르는 테베레강 서쪽 바티칸을 쏘다녔다.

고대에 8만 명을 수용할 수 있었다는 콜로세움의 웅장함, 베스타 신전을 비롯한 수많은 신전과 바실리카의 잔해들과 개선문이 고대 로마 문명의 위대함의 광기를 뿜어낸다. 베네치아 광장에 1870년 이탈리아 통일을 기념하기 위해 건립된 임마누엘 2세의 백색 대리석 기념관은 신고전주의의 마지막 걸작으로서 마치 거대한 흰 웨딩 케이크처럼 아름답게 빚어진 건축물이다. 스페인 광장에서 조각배 분수를 지나 삼위일체 성당으로 오르는 계단에 서니 1950년대 영화 '로마의 휴일'에서 오드리 헵번이 아이스크림을 들고 이 계단을 내려오는 첫 장면이 연상된다. 임마누엘 2세가 안장된 만신전萬神殿 판테온에서 멀지 않은 곳에 그 유명한 트레비 분수가 있다. 로마에 다시 오기 위하여 돌아서 어깨너머로 동전을 던지는 사람들이 많다.

바티칸 궁 정면의 성 베드로 성당의 위엄과 권위는 미켈란젤로가 창조한 것이다. 1547년 그는 72세의 노구를 이끌고 이 성당의 돔 설계에 열중하다가 완공을 보지 못한 채 죽었다. 그는 생전에 교황 전용 시스티나 소성당에 역사적인 걸작 '천지 창조'와 '최후의 심판'의 천장화를 남겼다. 미켈란젤로 못지않게 성 베드로 성당을 장엄하게 만든 사람은 베르니니이다. 그가 설계한 베드로 광장은 반원형 회랑 두 개로 둘러싸여 있는데, 회랑에는 도리스식 원주가 네 줄로 늘어서 있어 장관이다.

광장에서 맞닥뜨리는 현대 로마인들은 파리지엥보다 소탈하고 낙천적이다. 자유분방하며 때로는 이탈하는 짓도 해 타인을 놀라게도 한다. 이들이 고대 로마인의 후예일까 하는 의구심이 들 때도 있다. 스위스의 지인 중에서는 고대 로마인은 증발해버렸다고 말하는 사람도 있고, 그들의 기질과 천재성이 전 유럽으로 퍼졌다고 말하는 사람도 있었다. 그러나 다른 건 몰라도 고대 로마인의 천재성은 그래도 로마에서 대대로 살아온 사람들의 핏줄에 녹아 있을 것으로 믿고 싶다. 그것은 로마가 영원불멸의 도시로 보존되기를 바라는 마음 때문이리라.

줄리에타를 찾아서

◇◇◇

내 두 아이는 독일에서 사춘기를 보냈다. 연년생인 사내애들은 인문 학교인 김나지움의 9, 10학년(중3, 고1에 해당)이 되었을 때부터 파우스트와 셰익스피어 선집을 읽기 시작했다. 파우스트는 원문 그대로였으나 셰익스피어 선집은 현대영어로 각색한 것으로 기억된다. 여주인공에 관심이 많아 처음엔 파우스트의 그레트헨을 얘기하다가 나중에 줄리엣에 빠져버렸다. 소풍 가서 찍은 단체 사진을 놓고 "얘가 줄리엣 같지 않아?"라며 다투는 걸 봤다. 귀국 후 첫째 아이는 상당히 오랫동안 밤에는 이불을 뒤집어쓴 채 울면서 "독일의 그 학교에 다시 돌려보내 달라"라고 해 애를 태우기도 했었다.

셰익스피어의 비극 로미오와 줄리엣은 막이 오르기 전 서사역序詞役이 등장하여 "아름다운 도시 베로나에서 똑같이 가문을 자랑하는 두 집안이 해묵은 원한을 불씨로 서로 싸우나니…(생략)/불행한 사랑의 애틋한 죽음으로 두 집안의 갈등을 메운다"라고 읊조린다. 1991년 여름 두 애의 성화에 못 이겨 우리 가족은 로미오와 줄리엣의 전설이 있는 현장인 베로나Verona로 향했다.

베네치아 서쪽 3백여 리 지점에 있는 이 도시는 아디제Adige강을 끼고 싸이프러스 나무숲으로 둘러싸인 고도이다. 중세 시대부터 '북이탈리아의 열쇠'라는 칭호가 붙을 만큼 농산물 집산지이며 지리적 거점이었다. 교통의 요지이다 보니 예부터 왕래하는 사람이 잦고 진기한 문물의 교류가 활발하여 전설의 고을이 되었다.

로미오와 줄리엣의 무대가 되는 에르베Erbe 광장은 배낭을 멘 젊은이들로 가득 차 있었다. 중세 시대 칼을 찬 검객들이 활보하던 공간에도, 분수대에도, 그리고 나무 그늘 아래에도 10대와 20대 젊은 남녀들이 떼지어 있었다. 이 시기에 젊은이들의 축제가 이곳에서 개최되기 때문인지, 혹은 로메오와 줄리에타의 불타는 사랑의 유혹 때문인지, 유럽의 다른 도시보다 유달리 젊은이들이 많았다. 분수대에 기대어 대화를 나누던 한 쌍의 젊은이 중 여성이 손바닥으로 물을 떠 빨개 보이는 뺨을 적신다. "엄마, 저 여잔 줄리에타처럼 예뻐 보여요"라고 작은 아이가 말했다. 그녀의 가슴속에서는 줄리에타처럼 열정이 타오르는 걸까, 빨개진 뺨을 적시는 모습이 내게도 예뻐 보였다. 우리는 현장의 분위기에 젖어 그 비극의 주인공들의 이름을 영어식으로 부르지 않았다.

베로나에서는 13세기 황제와 교황이 세력 다툼을 하던 시대에 황제

파였던 몬테키Montecchi 가문과 교황파였던 카풀레티Capuleti 가문 간 반목이 심했는데, 로메오는 몬테키가家 그리고 줄리에타는 카폴레티가家의 후손이었다. 1302년경 어느 날 원수지간인 두 명문 집안 태생인 젊은 남녀가 무도회에서 한번 얼굴을 맞댄 순간 숙명적인 사랑에 빠진다. 신부의 도움으로 사랑이 완성될 뻔도 했으나 이내 양가의 싸움에 휘말려 이별케 되고, 끝내 죽고 마는 연애 비극이다.

베로나의 봄 향기 속에서 장미꽃 같은 열정이 용솟음치는 청춘에 너무나 하염없고, 순수하고, 성급한 연애에 빠진 로메오는 줄리에타만이 전 우주요, 현실이었다. 줄리에타가 없는 세상은 로메오에게는 절망의 허상이었다. 어둠을 헤매는 꿈속에서 그는 독약을 마시고 자살하고 만다.

에르베 광장에서 그리 멀지 않는 곳에 줄리에타의 집이 있다. 카펠로Cappello가 27번지, 우리는 그리로 향했다. 여름날 밤 로메오가 담장을 넘어 줄리에타를 침실에서 불러내 서게 한 발코니도 옛 모습 그대로인데, 건물 전체가 매우 낡아 보였다. 줄리에타의 동상이 있는 좁은 정원에는 젊은이들이 꽉 차 서성거렸다. 그들 중에는 이마에 맺히는 땀방울을 손수건으로 훔치며 뭔가를 열심히 얘기하는, 내 아이들 또래의 10대도 있었다. 큰아이가 그들의 대화 중 "줄리에타가 죽은 것이 아니어서 수면 상태에서 깨어나게 될 거라는 점을 추방당한 로메오에게 미리 알리지 못한 신부의 무심함을 탓하고 있다"라고 말하면서 덩달아 신부에게 분개했다.

형제는 전설이 실제인 것으로 믿고 있었다. 줄리에타의 집에 오기 전까지는 사실 여부를 물으면서 반신반의했었다. 나는 형제에게 "셰익스피어가 태어나기도 전에 어떤 시인이 로메우스와 줄리에트의 비극적 얘기를 시로 쓴 걸 보면 사실일 수도 있겠지"라고 말하자 그들은 기뻐했다.

그러면서 큰아이는 로메오에게 극약을 처방해 준 약제사를 비난하고 있었다. 내가 이제 로마 시대에 지어진 원형 경기장이지만 지금은 세계적 야외 오페라 공연장이 된 아레나Arena로 가 보자고 하자 형제는 거부했다. 막무가내로 줄리에타의 무덤으로 가자고 했다. 줄리에타의 무덤은 베로나 남쪽 아디제 강가의 산 프란세스코 알 코르소San Francesco al Corso의 회랑 지하에 있었다.

우리가 차를 타고 강가의 올리브와 월계수 숲을 지날 때, 큰아이는 올리브 향내가 나지 않느냐고 하면서 월계관을 쓴 로메오가 줄리에타의 가슴에 얼굴을 묻고 있을지도 모르겠다고 말했다. 작은 아이는 대꾸하지 않고 한참 있다가, "엄마, 왜 로메오는 한 방울의 독약도 남기지 않은 채 다 마셔버렸을까"라고 하며 혼잣말로 중얼거리다가, "줄리에타의 마지막 대사가 생각나지 않아? 죽어 있는 로메오의 단검을 뽑아 자기 가슴을 찌를 때 말이야"라면서 멈췄다. 우리의 차는 무덤이 있는 거리로 들어섰다.

"내 가슴이 그대의 칼집이 될 거라면서 힘껏 그 여린 가슴에 그것이 박히게 했단 말이야"라고 그는 울먹였다.

"지금도 그 가슴이 아플 것만 같아…."

줄리에타의 시신은 볼 수 없었다. 무덤 밖으로 나오자 베로나의 여름 꽃향기가 우리를 감쌌다.

베네치아여, 영원하라

◇◇◇

사회주의자이나 황제처럼 14년간 프랑스 대통령에 봉직한 미테랑[12]은
퇴임 직후인 1995년 6월 베네치아Venezia를 찾았다. 그는 베네치아를 여
행한 뒤 반년 만에 죽었다. 그가 죽음을 예감하고 마지막으로 보고 싶었
던 곳 중 하나가 베네치아였던 것이다.

유럽의 정치인이거나 예술가 중에서 예부터 베네치아를 사랑했던 저
명인사들이 많다. 나폴레옹은 아예 1797년 이곳을 정복하여 갖고자 했
었다. 베네치아의 하이라이트인 산 마르코San Marco 광장 카페 전문점 플
로리안Florian은 1720년부터 문을 열었는데, 바이런, 괴테 및 바그너 등이

---

12 프랑수아 미테랑(Francois Maurice Marie Mitterrand, 1916-1996); 1996년
1월 22일자 'TIME'지 표제 기사 참조. 그는 사형 제도 폐지, 정부의 지방 분권화
및 루브르 박물관의 유리 피라미드 등 고귀한 문화 건축물들의 업적을 남겼는데,
특히 베네치아와 이집트를 사랑한 것으로 전해진다.

주 고객이었던 것으로 전해진다.

예술가들은 베네치아를 가리켜 '아드리아 해의 여왕'이라고 찬탄한다. 저녁노을에 붉게 물든 바다에 떠 있는 베네치아는 장엄하며, 여명과 함께 바다 위로 떠오르는 베네치아는 비너스처럼 아름답다. 베네치아만 안쪽 석호潟湖의 122개 작은 섬에 예술품 같은 건축물들이 솟아 있고, 이 섬들은 400여개의 다리로 연결돼 있다. 150개 이상의 운하를 교통로로 사용하는 수중 도시는 베네치아가 세계에서 유일하다.

베네치아의 기원은 흉포한 이민족에 쫓겨 인근 바다의 점점이 박힌 섬으로 도망쳐 간 사람들이 일군 빼어난 문명이다. 5세기 서구에서는 포악한 약탈자로 각인된 아틸라Atila와 그의 종족이 북이탈리아 일대를 휩쓸 때, 베네치아의 섬들로 피신한 사람들이 있었다. 그 후 그들은 훈족과 서고트족 등 이민족의 침략을 견뎌 내며 베네치아 공화국을 건설했다. 13세기 중세 말기 십자군 전쟁 시에는 동방무역을 독점하여 황금시대를 열었다. 15세기 초에 베네치아는 전 아드리아해를 재패하여 일대 강국으로 부상했다. 콘스탄티노플로부터 금은보화와 기독교 보물은 베네치아로 실려 왔다.

제노아 태생인 크리스토퍼 콜럼버스가 스페인의 왕실에 고용돼 아메리카 대륙을 발견함으로써 대서양 무역 시대가 열리게 돼 지중해 무역의 거점 베네치아를 쇠락게 했으나, 콜럼버스 이전 중국에까지 진출한 베네치아 출신 마르코 폴로의 도전과 상술은 그 후예들에게 전수됨으로써 옛 영광을 지탱했다.

베네치아를 관광하자면, 육지 입구에서 대운하에 운행되는 증기선을 타고 산마르코 광장에까지 가게 된다. 약 3km에 달하는 운하를 지나다 보면 수많은 다리를 통과케 되는데, 운하에서 가장 아름다운 다리는 입구에서 멀지 않은 리알토Rialto 다리이다. 야만족의 침입을 피해 사람들이 섬으로 도망칠 때, 십자가를 문 한 마리의 비둘기가 그들을 안내했었는데, 그 비둘기가 멈췄던 곳이 이 리알토 다리 부근이며, 이곳이 바로 베네치아의 발상지이다.

증기선 옆자리에 앉은 한 중년 남자는 쉴 새 없이 카메라의 셔터를 눌러댄다. 좌우의 모든 건물 간 물길로 들어가는 곤돌라를 필름에 담고 있다. 내가 웬 사진을 그리도 많이 찍느냐고 묻자, 그는 베네치아가 언젠간 바다 밑으로 가라앉게 될 것을 모르냐고 하면서, "베네치아가 사라진 다음에도 내 자손에게 그 모습을 전하고자 사진을 찍는 것"이라고 말했다. 스톡홀름에서 왔다는 금발의 그는 코를 벌름거리며 코믹한 표정을 지었다.

정말 베네치아가 바다 밑으로 가라앉을까, 운하 양쪽의 건물 1층 덧문들이 바닷물에 잠기거나 적셔 있는 것이 눈에 들어왔다. 1층이 그렇게 된 것은 가라앉기 때문이 아니라 밀물과 파도 때문일 것이라고 결론지었다.

그는 곤돌라의 색깔이 검고, 노를 젓는 사람이 검은 모자를 쓰고 검은 옷을 입고 있는 이유를 아느냐고 물었다. 내가 고개를 젓자, 그는 그럴 줄 알았다는 듯이 6세기경 페스트가 전 베네치아를 휩쓸 때, 곤돌라를 검은색으로 칠하고 검은 상복을 입어 죽은 사람들에게 조의를 표했던 것이 그 유래라고 설명했다.

우리는 산마르코 광장에 도착하여 헤어졌다. 광장에는 많은 사람이 서성이거나 왕래하여 발 디딜 틈조차 없어 보였다. 산 마르코 성당, 두칼레Ducale궁, 종탑과 시계탑이 신기한 명물로 눈에 들어왔다.

1497년 세워진 시계탑에는 몸 색깔이 검은 두 무어인 동상이 설치돼 시간이 바뀔 때마다 쇠망치로 종을 친다. 지금까지 장장 5백 년이 넘는 긴 세월 동안 한결같이 흑인이 종을 치는 시계탑을 보고 당시 기계 기술이 얼마나 뛰어났던가를 짐작게 한다. 맞은 편 종탑에 엘리베이터를 타고 오르면 시원한 바다를 배경으로 베네치아의 전경이 눈에 들어온다.

베네치아의 수호 성자의 이름 딴 산마르코 성당은 비잔틴 양식과 서유럽 건축 양식의 조화의 걸작이다. 12, 13세기의 비잔틴 양식의 모자이크와 16세기 르네상스 양식의 금빛 모자이크로 호화롭게 장식된 성당 내부는 경이적이다. 예수가 예루살렘의 골고다 언덕 위에서 십자가에 못 박힐 때 사용된 못과 머리에 씌었던 가시관의 가시 등을 비롯한 비잔틴의 귀중한 보물들이 이 성당에 보관돼 있다.

과두 통치자들의 정부 청사로 사용된 두칼레 궁은 베네치아 전성기의 권력과 영광의 상징이다. 궁전 안으로 들어가면, 수많은 예술가의 작품이 가득하다. 특히 틴토레토Tintoretto가 70세에 완성했다는 초대형 '낙원' 같은 작품이 눈길을 끈다. 갑옷과 방패 및 총칼 등 무기와 십자군 원정에 참가했던 군인들이 아내에게 채웠던 정조대도 있다.

두칼레 궁과 뒤편 감옥을 연결하는 다리가 '탄식의 다리Ponte dei Sospiri'이다. 17세기 초 이 감옥에는 중형수와 사형수들이 수감되었는데, 살아서 나오는 사람은 없었다. 그들이 밀폐된 대리석 다리를 건너 감옥으로 갈 때, 다리 측면에 뚫린 창을 통하여 마지막으로 바깥을 내다보며 탄식했다고 하여 이 같은 이름이 붙여진 것이다.

베네치아에서는 감옥으로 가는 다리도 미학적으로 건축되는 등 특유한 예술의 생산지이기도 하다. 격년제로 개최되는 베네치아 비엔날레는 국제 미술전으로서 1895년 창설되어 오늘날까지 그 명성을 이어오고 있고, 세계 3대 영화제 중 하나인 베네치아 영화제도 매년 8, 9월에 화려하게 개막된다.

산마르코 광장 선창가 아마추어 화가들이 관광객의 초상화를 그려주는 곳에서 스톡홀름에서 온 중년 남자를 다시 만났다. 그의 윗옷 양쪽 호주머니는 필름 통으로 불룩했다.

그런 그의 호주머니를 바라보면서 그에게 "베네치아가 수십 년 후 가라앉게 될 것 같으냐"라고 탄식하듯 묻자, 그는 "수백 년 후, 아니 그렇게 되지 않기를 바란다"라며 웃었다. 진심으로 우리는 베네치아가 영원하기를 바랐다. 그는 죽기 전 베네치아를 다시 보고 싶다고 말하면서, 그때도 지금과 같지 않겠느냐는 동의를 나에게 구했다.

차안此岸의 영화 피렌체

◇◇◇

피렌체Firenze 도심을 흐르는 아르노Arno강 서편 언덕에 있는 미켈란젤로 광장에서 내려다보면 피렌체 시내가 한눈에 들어온다. 르네상스의 발상지 피렌체는 웅장한 천연색 대리석의 두오모Duomo 성당의 거대한 돔이 상징하는 예술과 꽃의 도시이다. 4월이면 피렌체 평원의 들녘에 노랗고 빨간 야생 꽃들이 도시의 출중한 건축물들과 어울려 한 폭의 그림처럼 보인다. 피렌체라는 이름 자체가 꽃이라는 말인 피오리fiori에서 유래한 것으로 전해진다.

정방형의 시내로 진입하면 아무 곳에나 차를 세워 두고 정신없이 두리번거리면서 중심가로 발길을 옮기게 된다. 도시가 그렇게 크지 않아서 이곳저곳 걸으면서 구경하는데 네댓 시간 이상이 걸리지 않는다. 물론 두오모 성당 내부와 베키오Vecchio 궁전 및 미술관과 박물관들을 관람하자면 이틀이 모자란다.

경찰은 길가에 차를 세우는 방문객들에게 유료 주차장을 이용하라는 안내와 함께 나중에 차 놔둔 곳을 찾을 수 없을지도 모르니 장소를 잘 기억하거나 메모하라고 충고한다. 피렌체의 아름다움에 정신을 빼앗긴 사람들 중에는 자기 차를 주차해 둔 장소를 찾지 못해 경찰의 도움을 청하는 경우가 적지 않다는 것이다.

천년의 도시 피렌체는 12세기부터 번영하기 시작했다. 피렌체의 지중해로의 창구 피사Pisa를 경유한 동방 무역을 통하여 부를 축적함으로써 날로 번창해졌다. 무역의 힘에서 양모와 직물 산업이 발달했다. 피렌체 번영 초기에는 상인 조합인 길드가 권력을 장악했고, 잠시 공화정이 시행되기도 했으나, 이내 통치권은 금융업으로 크나큰 부를 축적한 메디치Medici가에 이양되었다. 메디치 가문이 3세기 동안 피렌체를 통치하던 시대에 문학과 예술의 르네상스가 꽃피고, 이 새로운 문화 운동은 전 유럽으로 확산되었다.

이 시기 피렌체인들은 더 이상 중세인이기를 거부했다. 무역을 통해 화폐가 풍부해지고 화려하고 진기한 예술품의 반입이 풍성해지는 분망한 도시 생활에서 그들은 준엄한 신의 심판으로 인도되는 세상을 거부한 거다. 인간은 나약한 피조물이므로 신의 은총과 구원이 필요하다는 피안彼岸의 세계를 갈구하기보다는 인간 개개인의 뛰어난 재능과 힘의 동력을 바탕으로 생사生死의 고통이 있는 차안此岸의 세계에서 행복과 영화를 추구했다. 르네상스인이 된 그들은 개인 생활을 예찬하고, 공동체적 행복

추구를 위해 시민 의식에 눈을 떴다. 우주는 막연하고 알 수 없거나 거룩한 것이 아니고 인간이 활동하는 공간으로 이해했다. 실재實在는 우주 공간에서 눈에 보이며 만질 수 있는 인물이거나 대상을 의미했다. 르네상스적 휴머니스트인 레오나르도 브루니가 1433년 "인간의 영광은 활동하는 데 있다"라고 기술한 것은 이 같은 사회상을 반영한 것이다.

건축은 새로운 경향을 표현했다. 건축가들은 그레코 로만식 디자인을 좋아했다. 균형 있는 대문과 창문의 조화, 고전적 돌기둥의 웅장함과 아치 및 돔의 설치는 그들의 두드러진 취향이었다. 테라스와 정원은 모든 건축물에 붙여졌다.

조각가들은 그리스·로마의 역사와 신화로부터 선택한 뛰어난 인물의 얼굴과 흉상을 정교하게 묘사했다. 때로는 마상의 위대한 지도자의 형상을 조각하기도 했다. 아카데미 미술관에 소장돼 있는, 인간의 아름다움을 인체학적으로 완벽하게 표현한 미켈란젤로의 '다윗상'은 이 시대의 걸작이다. 4m의 키에 갓 소년티를 벗어난 미청년인 다윗의 정의에 찬 표정은 매우 인상적이다.

화가들은 조각가들과 같이 인체를 해부학적으로 면밀히 연구함으로써 사람들을 개성 있게 살아 있는 모습으로 그렸다. 사실적인 생생한 인품이 화폭에 나타나 있는 것이다. 또한 원근법의 수학을 발견함으로써 공간이 보는 사람의 눈에 정확히 맞춰졌다. 레오나르도 다빈치의 '최후의 만찬'은 예수와 그의 제자들을 각기 고유한 성격을 가진 '인간들의 집단'

으로 표현했다.

우리 가족은 이탈리아에서 가장 아름다운 고딕 양식의 성당이라는 '성 십자가 성당Chiesa di Santana Croce'에서 미켈란젤로, 마키아벨리, 로씨니, 갈릴레이 및 기베르티 등의 무덤이 이곳에 있다는 걸 알았다. 단테의 기념 무덤도 있고, 나폴레옹 황제의 형인 죠세프 보나파르트의 부인도 이곳에 묻혀 있다.

피렌체에서는 르네상스 시대에 고대의 아테네처럼 많은 비범한 천재들이 배출되었는데, 그 이유가 뭘까를 골똘히 생각해 봤으나, 신의 뜻인 듯싶었다. 이 성당에 묻혀 있지는 않지만, 단테 이외에 페트라르카와 보카치오도 인문주의 문인으로서 당대에 끼친 영향이 컸다.

세상은 천재들에게서 변화하는가. 르네상스 시대 천재들의 출현이 없었더라면 과연 르네상스 시대가 열릴 수 있었을까? 천재들은 새 시대의 예언자이며, 민중의 눈을 뜨게 하고, 깨닫게 하며, 그들을 새 세상으로 인도하는 길잡이가 아니던가. 21세기에도 세상을 바꿀 천재는 절실히 필요하다는 생각을 하면서 피렌체를 떠났다.

3장

필자가 뽑은
좋은 수필과 에세이

소의 눈물

◇◇◇

어렸을 적 동네 삼촌댁에서 암소가 팔려나갈 때 새끼 송아지가 울고 어미 소마저 따라 울자 숙모께서 눈시울을 적시던 모습이 지금도 내 뇌리에 박혀 있다. 큰 눈망울이 맑고 순하디 순한 누런 암소의 눈에서 눈물이 떨어진다고 구경꾼들은 말했다. 나는 그때 처음 짐승도 사람처럼 슬플 때 눈물을 흘린다는 것을 알았고, 그 암소와 새끼가 가여워 한동안 쇠고기를 먹지 못했다.

예부터 소는 인간에게 희생의 동물이었을까. '희생犧牲'이라는 한자어 두 글자 변에는 소 우牛가 붙어 있으니 말이다. 우리는 무엇에 연민을 느낄 때 때로는 흐르는 눈물로 마음에 묻은 때를 씻어 내면서 산다.

그런가 하면 탐욕으로 가득 찬 영악한 마음을 위장하여 선하게 보이기 위해 사람들은 거짓의 눈물도 흘릴 수 있어서인지, '악어의 눈물'이라는 동화를 만들어 냈다. 악어가 제 아귀보다 더 큰 먹잇감을 물어 삼킬 때 흉측스런 눈에서 눈물을 흘리는 것을 보고 사람들은 잡아먹히는 동물에 연민을 위장한 것으로 간주한다. 그래서 교활한 뜻을 감추고 거짓으로 흘리는 눈물을 우리는 '악어의 눈물'이라고 한다.

그러나 생물학자들은 악어가 이때 흘리는 눈물은 먹이를 삼킬 때 눈물샘이 억눌리게 돼 생기는 단순한 생리적 반사 작용으로 본다. 인간은 정서와 감정에 따라 암소의 눈물과 악어의 눈물을 구분하는지도 모르겠다. 정서와 감정이 일으키는 눈물이 없었다면, 아마 품격 있는 정신문화는 생성되지 못했을 성싶다. 언어가 사고력과 소통의 원천이라면, 눈물은 마음의 순화와 도덕적, 종교적 의지의 원천이다.

올림픽 경기장의 챔피언뿐 아니라 목표를 갖고 부단히 매진하여 칠전팔기七顚八起 끝에 무얼 성취한 사람들은 뜨거운 눈물을 흘린다. 과학자도, 예술가도, 정치가도, 그리고 일반시민도 예외는 아니다.

1997년 우리가 겪은 외환 위기 후유증으로 청년들이 일자리를 찾기가 매우 어려웠을 때, 내가 아는 한 청년은 20여 차례 기업의 채용문을 두드렸다가 마침내 괜찮은 중견 기업으로부터 합격 통지서를 받고 어머니 치마폭에 얼굴을 묻은 채 엉엉 울었다. 지금까지 그때 그의 눈물처럼 뜨겁게 느껴졌던 눈물을 본 적이 없다. 홀어머니를 더없이 기쁘게 한 그의 눈물은 진짜 내 심장마저 뜨겁게 해 눈시울을 붉게 했다. 그러던 그가 10여 년 일한 후 2008년 다시 몰아닥친 경제 한파에서 견뎌 내지 못하고 실직하여 방황하다가 며칠 전 갑자기 죽었다. 내 눈에는 눈물이 고이지 않았다. 뜨거운 눈물을 흘릴 수 없도록 타락한 탓인지, 혹은 내 눈물샘이 말라버린 탓인지, 도무지 알 수가 없다.

뜨거운 눈물 중에는 참회의 눈물도 있다. 볼테르는 "회한은 죄인에게 남아 있는 유일한 미덕"이라고 말했다. 칼뱅주의에 따르면, 우리는 원죄를 타고 나 모두 죄인이다. 참회를 통해 사람들은 도덕과 희생과 박애주의를 깨닫는다.

그 젊은 친구가 직장을 잃은 직후 '베르테르의 슬픔'에 관해 말하다가, "아저씨, 차가운 눈물, 쓰디쓴 눈물도 있을까요?"라고 물었던 기억이 난다. 베르테르가 자살하기 전 샤를 롯데에게 쓴 편지에서 "당신은 나에게 마지막 위안으로써 쓰디쓴 눈물을 주셨습니다"라고 한 구절을 인용하면서 한 말이다. 그는 베르테르의 그때 눈물이 쓰기보다는 얼음같이 차갑지 않았을까 생각했던 것 같다.

차가운 눈물은 슈베르트의 가곡 겨울 나그네 제3곡 '얼어붙은 눈물'에서 더 극명하게 나타난다. 눈 덮인 겨울에 실연한 한 청년의 '뜨거운 눈물이 뺨에 방울져 떨어지며 얼어붙고 있는데 스스로 울고 있음을 알지 못하는' 심경을 담은 노랫말이 고독과 절망의 아름다운 선율에 실려 우리를 비애에 젖게 한다.

회한과 비감의 미학은 우리를 감동시키는 수많은 걸출한 예술 작품과 품격 있는 문화를 창조해 냈다. 그것이 죽는 날 우리 문명의 한 축도 무너질지 모른다는 생각이 든다. 18세기 말 푸른 연미복에 노란 조끼를 입는 베르테르의 의상과 샤를 롯데가 즐겨 쓴 챙이 넓은 롯데풍의 모자가 유럽 전역에서 유행했다는 것은 베르테르의 슬픔과 희생에 모두가 감동했기 때문이다.

그 젊은 친구는 죽기 얼마 전 내게 "아저씨, 대학 시절 실연당했을 때 죽고 싶은 적이 있었어요"라고 말문을 연 뒤, "그런데 부끄럽지만 이렇게 실직당해 있는 것이 실연당했을 때보다 더 아파요"라며 말끝을 흐렸다. 그 후 이내 그는 자살했다. 내 눈에서는 한 방울의 눈물도 흘러내리지 않았다.

소 사육이 공장화되고, 도축도 기계화되어 소의 울음소리를 들을 수조차 없고, 멸종 위기의 악어를 볼 때 '악어의 눈물'도 전설이 될 날이 멀지 않다. 공산주의와의 체제 경쟁에서 승리한 자본주의 세상에서 사람들의 눈물은 갈수록 메말라간다. 황금을 숭배하며 생명을 학대, 경시하는 눈물 없는 사회가 앞으로 어떻게 되어갈지, 지구 대지가 사막화되는 것처럼 그렇게 되지는 않을지, 가끔씩 소의 눈물을 생각하게 된다.

'모정의 편린' 자수박물관

◇◇◇

　바닷가에서 멍하니 망망대해를 바라보노라면 아스라이 먼 저편에 계시는 어머니의 소리가 해변의 암석에 부딪히는 파도에 실려 오는 듯한 환청에 사로잡힐 때가 있다. 신사임당의 고택인 강릉 오죽헌에 인접한 '동양자수박물관'을 둘러본 뒤 경포대 너머 바닷가에 섰을 때 솟구쳐 오르는 감회다. 오죽헌 정문에서 불과 10여 미터 밖에 떨어져 있지 않은 '강릉예술창작인촌' 건물 2층에 자리 잡은 이 박물관은 한 경영학 교수가 1990년부터 20여 년간 사재를 털어 수집한 자수 제품들을 전시한 특이한 공간이다. 귀한 작품 한 점을 얻기 위해 2, 3년 동안 전국 각지를 헤매기도 했었다고 한다.

　이곳에는 조선 궁중 유물 자수를 비롯한 우리 민속 자수 300여 점과 중국 및 일본 등의 동양 자수 140여 점, 색동조각보 90여 점, 서양 자수 30여 점 그리고 자수 관련 도구 100여 개 등이 120평의 비교적 넓은 공간에 깔끔하게 전시돼 있다. 신사임당의 고향으로서 우리나라 자수의 본 고장으로 일컬어지는 강릉에 전통 자수박물관이 개관되었다는 것은 전통문화 계승 발전을 위해 참으로 다행스러운 일이다. 연세대 원주 캠퍼스 원로 교수인 안영갑 관장은 "어머니가 그리워, 어머니의 숨결이 밴 자수품들을 모으기 시작했었다"라고 말했다. 이해인 시인은 "'시간이 가면/ 더러는 잊히는 그리움도 있다는데/ 어머니를 향한 그리움만은 그렇지가 못하네"라고 했다.

옛 자수품들을 하찮게 여기는 사람들이 적지 않다. 살아 계실 때는 어머니도 그저 만만한 존재였다. 어떤 잘못도 용서하고 감싸 주었으므로 마음대로 화내고 짜증을 부려도 괜찮게 생각했다. 정목일 수필가는 이렇게 전제하면서 "지금 생각해 보니, 어머니를 경배하지 못한 것이 가장 어리석은 일"이라고 회한한다. 하찮은 자수품과 그저 만만하기만 했던 생전의 어머니 모습이 오버랩된다. '늙지 않는 소년의 마음'으로 이 자수품들을 수집한 정년을 앞둔 노 교수의 마음엔 우리 근현대 질곡의 세월을 산 '어머니들에 관한 경배'가 담겨져 있는 듯하다.

고가의 궁중 수방 제품과 장식용 예술품보다는 평범한 아녀자들이 수놓은 실용 자수가 더 감동을 자아내는 이유가 여기에 있다. 한 늙은 여성 관람객은 포개져 있는 여러 색상의 베갯모를 보고 동행한 손아랫사람에게 "내가 시집올 때 저거 몇 개 가져온 줄 아니? 열여섯 개다. 헌데, 지금은 두어 개밖에 남아 있지 않아…. 어머니가 손수 해 주신 건데…."

라며 눈시울을 붉힌다. 전통 자수의 전시는 민속 역사의 생생한 면을 보여 주는 것이기에 현대를 살아가는 우리가 과거와 소통할 수 있도록 통로를 마련해 준다.

지난날 어머니들의 애환이 예술혼으로 승화돼 곱게 피어난 자수들은 우리의 귀중한 문화유산임에 틀림없다. 과거의 어머니들은 때로는 눈물방울을 천에 떨어뜨리면서 한 땀 한 땀 떠서 아름다운 작품을 만들었다. 전통 자수에는 어머니들의 비극적 삶의 눈물이 고인 샘물의 흔적이 배어 있으므로 우리는 그걸 소중히 간직해야 한다. 또한 끊임없이 그 문화적 유산과 소통하면서 전통문화를 계승 발전시켜 나가야 한다.

유럽의 예를 보면, 먼 옛날 눈 덮인 깊은 골짜기의 외딴 오두막의 작은 방에서 이웃나라에 용병으로 나간 남정네들의 안녕을 눈물로 염원하며, 투박한 천에 살아 있는 듯한 들꽃을 수놓았던 스위스 여인네들의 자수가 발전하여 오늘날 세계 자수 시장을 석권하고 있다. 수학여행 중 중고생들, 특히 여학생들이 꼭 들려야 할 데가 바로 이런 곳이라는 생각이 든다. 어머니에 관한 경배와 우리 전통 자수의 계승 발전을 위한 교육장으로서의 의미가 큰 까닭이다.

얼어붙은 심장

◇◇◇

　1970년대 말 네덜란드의 암스테르담에서 살 때다. 17~18세기에 지어진 벽돌 아파트의 맨 아래층에서 살았는데, 옆집의 괴팍한 극작가의 아내가 죽은 다음 어떤 할머니가 자주 그 집을 들락거렸다. 머리가 백발인 할머니는 북유럽 여성치고는 키가 작은 편이었고, 콧날도 높지 않았다. 옷매무새까지 단정해서 동양적인 분위기랄까, 아마 내가 퍽 호감을 느껴 그렇게 기억하고 있는지도 모르겠다.

　그 할머니는 극작가의 여동생이었다. 혼자 살게 된 오라버니를 보살펴주기 위하여 주일에 한두 차례씩 찾아온다고 했다. 내 큰아이가 유치원에 다니면서 네덜란드어를 조금씩 익혀가고 있었는데, 할머니와 마주치면 몇 마디씩 말을 주고받던 것이 인연이 돼 우리 부부도 그 할머니와 인사를 나누게 된 것이다. 영어가 유창한 할머니였다. 네덜란드인들은 아마 세계에서 외국어를 제일 잘하는 족속일 게다.

얼굴이 맑은, 소녀 같은 인상을 풍기는 할머니는 어린애를 퍽이나 귀여워했다. 부드러우면서도 편안한 자세로 서툴게 의사 표현을 하는 애들에게 한마디씩 확인하며 다가가 보듬는 모습이 지금도 아름답고 인자한 환영으로 떠오른다. 우리 부부에겐 무척 고맙고, 뭐랄까, 당시엔 외국인이라는 걸 잊게 했다.

할머니는 한국에도 관심을 보였는데, 그것은 큰 전쟁을 겪은 나라였기 때문이었다. 전쟁은 참혹한 것이라고 말하면서 주위의 사랑하는 사람 중에서 불행을 당한 자는 없었는지를 묻기도 했다. 그런 사람이 없다고 하자, "참으로 다행스러운, 축복받은 가문이군요"라고 말했다. 이때 할머니의 눈자위에는 우수의 그늘이 지어졌다.

할머니에게 손자나 손녀가 없는지를 물었을 때, 쓸쓸히 웃으면서 고개를 저었다. 사랑하던 사람은 있었으나, 결혼하지 못해 자손이 없다는 것이다. 말하자면 처녀로 늙어온 분이라는 걸 알았다. 그래서 그런지 흰 머리에 주름이 진 안면이었지만, 모습에서 느껴지는 것은 소녀 같다는 인상이 강했다. 깨끗하고, 아름답고, 부드러운 기운이 감도는 할머니가 젊어서 당신의 생명보다도 더 중하게 생각하던 애인이 있었는 데도 왜 결혼하지 못하고 이렇게 홀로 늙어왔을까.

그것은 전쟁 때문이라고 했다. 2차 대전이 발발할 당시 그녀는 영어 교사였고, 사랑하던 사람은 의사였다. 의사는 레지스탕스에 가담해 부상당한 대원들의 치료를 맡았다. 독일군에 꼬리가 잡혀 도망 다니다가 체포되기 직전 며칠간 그녀의 집에 숨어 있었다.

그가 독일 병정에게 끌려갈 때, 그녀는 억지로 밝은 웃음을 지으며, 부상당한 사람들을 치료한 죄 밖에는 없으니 괜찮을 거라고 그를 위로하며 춤추는 듯한 몸짓을 했었다는 것이다. "내가 문학소녀였을 때, 그이도 틈틈이 작품을 읽었었지요. 한번은 그이가 편지를 보냈는데, 제임스 조이스가 쓴 단편 중 한 구절을 인용했었어요. ―내 몸이 하프라면, 그대의 말과 표정과 몸짓은 그 하프의 줄 위를 달리는 손길이라구요! 말하자면 내 말 한마디, 몸짓 하나하나가 그이를 기쁘게도 하고 슬프게도 한다는 뜻으로 이해돼 나는 그를 기쁘게 하기 위하여 항상 내 말과 표정과 몸짓에 신경을 써 왔었어요." 독일 병정에게 끌려가는 애인이 공포를 덜 느끼고 마음의 평정을 찾을 수 있도록 그녀는 두려움과 슬픔 속에서도 어릿광대짓을 한 것이다.

1945년 종전 후 그는 귀환했다. 그러나 그는 수용소에서 당한 혹독한 고문의 후유증으로 척추를 심하게 다쳐 있었다. 식물인간이 되어 돌아온 그는 병원으로 이송되었고, 그녀는 그를 돌보고자 간호사로 직업을 전환했다. 20여 년 세월 동안 그는 병상에서 회복되지 못한 채 지내다가 숨을 거두었다. 그녀는 그동안 항상 그의 곁에 있었다. 전쟁은 그녀로부터 모든 것을 앗아간 것이다.

"전쟁은 가장 반문명적이고, 참혹한 것이에요"라고 그녀는 말하고는, 분단 상태에 있는 한반도를 걱정했다. 우리 부부는 그녀가 어떻게 그 긴 세월 동안 고통을 감내하며 사랑하는 이를 위하여 그렇게 희생할 수 있었을까 하는 점에 관하여 더 관심이 있었다. "당신네 남북한 사람들이 화해하지 못한다면 야만인이 될 거예요"라고 그녀는 전쟁에 관해서만 말했다.

내가 상상할 수도 없는 그 고통을 어떻게 견뎌낼 수 있었느냐고 묻자, 할머니는 뭔가를 한참 생각하다가 고통을 느끼지 못하며 살아왔다고 말했다. "뭐라고 할까요, 아주 추운 겨울날 언 손가락의 고통이 느껴지지 않듯이, 아마 내 심장이 얼어붙어 아무런 고통도 느끼지 못했던 것 같아요. 그이의 곁에 있었을 때, 슬픔도, 기쁨도, 느끼지 못한 채 항상 행복하다고만 생각했었지요."

심장이 얼어붙어 녹지 않고 있는 할머니, 사랑하는 사람이 떠난 뒤에도 여전히 그녀의 심장은 얼어붙어 있는 것일까. 극작가인 오라버니가 여러 차례 누이동생의 순애보를 극화하고자 했으나, 끝내 그녀는 소중한 것을 내놓고 싶지 않아 거절했었다고 한다. 그녀의 절절한 사랑과 헌신이 나의 거실에서 그녀를 성녀처럼 보이게 했다. 나는 감동적인 얘기가 끝난 다음 할머니 옆자리에 둘째 아이를 안고 있던 아내를 앉히고 사진 한 컷을 찍었다. 그 사진은 퇴색되고 퇴색되었으나 지금도 소중히 간직하고 있다.

오늘도 문득 그 사진 속의 할머니를 바라보면서 이미 천국에 가셨을 그분을 상상했다. 말끔히 회복된 사랑하는 이를 만나 얼어붙었던 심장이 녹았을까. 할머니를 생각할 때마다 천국은 반드시 있을 거라는 확신을 버릴 수가 없다. (끝)

하트만의 결혼 생활

◇◇◇

60대 초로初老의 하트만Hartmann 부부가 우리가 살고 있던 연립 주택에 이사 온 때는 1990년 초봄이었다. 사춘기를 갓 넘어선 딸아이가 딸린 단출한 가족이었다.

쌍둥이 연립 주택 두 채는 각각 넓은 정원과 우람한 수목으로 둘러싸여 번잡한 도시를 느낄 수 없도록 구획돼 있었다. 3층짜리 건물은 각각 6가구씩이 살도록 돼 있었다. 우리 가족이 월세로 입주해 있던 2층 바로 아래 1층 집을 하트만이 일시불로 구매해 입주했다고 해서 그가 꽤 부자라고 생각했었다.

그는 그의 성의 의미와는 다르게 매우 부드러운 사람이었다. 부부간의 금슬도 매우 좋아 보였다. 아직 쌀쌀한 기온인데도 점심때면 앞뜰 정원용 의자에 앉아 식사를 하면서 다정하게 얘기하는 모습이 간간 눈에 잡혔다. 딸아이는 턱을 고이고 부모의 말에 귀를 기울이면서 웃기도 했다.

갑자기 정원 가운데로 튀어나오는 다람쥐 가족을 보게 되면 그의 가족들은 즐거워했다.

딸아이는 봄 방학이 끝나자 음악 공부를 위해 이탈리아의 베로나로 떠났다. 성악을 전공하는 그 애는 베로나의 음악 학교에서 공부하고 있다고 했다. 그 애가 친딸이 아니라는 것과, 하트만이 그 애의 엄마와 결혼하자마자 이곳에 집을 사서 왔다는 걸 알게 된 것은 한참 후였다.

은퇴한 그는 자동차를 사질 않았다. 부부가 쇼핑할 때는 인근 쇼핑센터까지 자전거를 타고 다녔다. 부부가 바깥에 나와 동네와 공원을 산책할 때는 항상 손을 잡고 걸으면서 뭔가 재미있는 얘기를 주고받는 듯이 보였다.

그와 친해지게 된 것은 그가 볼 일이 있어 시내에 들어갈 때 내 차에 편승시켜 주기 시작한 이후였다. 한번은 내가 출근할 때, 그가 다가와 수줍은 듯이 시내에까지 태워다 줄 수 있느냐고 물어 나는 쾌히 승낙했었다. 이후 종종 나는 아침 출근할 때 시내에 가는 그를 내 차에 편승시켰다.

그의 고향은 지금 살고 있는 함부르크였으나, 1944년 소년병으로 징집되어 서부전선에 배치되었다가 종전 후 전선에서 가까운 당시 공업중심지 루르 지방에 정착했다. 전기 기사로 줄곧 일해 오다가 심장이 나빠졌다는 진단을 받고 65세 정년보다 일찍 퇴직하여 고향에 귀환했다는 것이다.

젊은 시절 가난하여 돈을 벌어 반려자를 행복하게 해줄 수 있을 때까지 결혼을 미루다가 혼기를 놓쳐버렸다는 그의 고백에, 나는 "라인강의 경제 기적의 주역 중 한 사람인 당신이 돈이 없어 결혼하지 못했다는 것이 이해되지 않는다"라고 말하고, "가난했던 한국에서나 있을 법한 일"이라며 웃었다. 사실 나도 경제 사정 때문에 결혼을 못 하다가 30을 넘겨 만혼인 셈이지만, 당신의 경우는 이해할 수 없다고 재차 말하자, 그는 웃음기를 머금은 눈빛으로 나를 쳐다보며 내 손을 꼭 잡고 놓지 않았다. 인지상정人之常情의 동지애 같은 것을 느낀다는 표정이었다. 말은 내가 그렇게 하지만, 자기를 이해해 줄 수 있는 사람으로서 나를 보는 것 같았다.

함부르크에 귀환한 뒤 부모의 묘소가 있는 시 외곽 공동묘지에서 한 중년 여성을 만났었다. 알코올 중독이 악화돼 요양원으로 갔었으나 그곳에서 죽은 남편의 묘소를 찾았던 부인이었다. 지치고 고독해 뵈는 눈망울에 고인 눈물을 보고 그는 그 자리에서 그녀에게 반해 버렸다. "그녀를 그냥 위로하고, 어루만지고, 덜 불행을 느끼게 해 주면 내가 행복해질 것 같았어요"라고 그는 말했다. 이곳에서 서로 만난 지 얼마 안 돼 그는 60세 총각으로서 청혼을 했고, 그들은 전격적으로 결혼하여 우리가 사는 곳에 신혼살림을 차리게 된 것이다. 그동안 그는 수십만 마르크를 저축하여 집을 살 수 있었고, 꽤 많은 연금을 받아 그의 젊었을 때의 꿈대로 아내를 행복하게 해 주는 듯이 보였다. 그는 가끔 결혼 생활에 만족한다고 말했다.

그러나 그에게는 한 가지 걱정이 있었다. 결혼 전에 심장병이 있다는 말을 하지 않았다는 것이 그녀를 무섭고 슬프게나 하지 않을까 하는 점이었다. 상냥하고 밝던 부인의 얼굴에 수심이 끼고, 일주일 이상 동안 그가 병원에 입원해 있다는 소식을 듣고는 그의 심장병이 심상치 않다는 걸 알게 됐다.

평소 그는 나에게 자기의 심장 박동이 정상적이지는 못하나 생명에는 지장이 없을 거라고 말하곤 했다. 첫해 겨울엔 아무 일도 없었으나, 두 번째 겨울엔 바깥출입을 삼가하다가 병원에 입원까지 하게 된 것이다.

딸아이가 오페라 가수로 데뷔하여 여름철 베로나의 로마 시대 경기장이던 야외극장에서 공연하는 모습을 볼 때까지는 죽을 수 없다고도 말하고, 신이 이렇게 행복하게 살게 된 나로부터 생명을 빼앗아 가지는 않을 것이라고도 말했다.

병원에서 퇴원한 뒤 어느 날 밤늦게 그의 통곡하는 소리가 이웃 사람들을 놀라게 해 그의 집에는 여러 사람이 모여들었다. 부부 싸움이 아니라, 그가 부인 앞에 무릎을 꿇고 심장병을 앓고 있음을 숨긴 채 청혼한 것을 사죄하면서 그렇게 통곡하고 있었던 것이다. 부인이 그의 머리를 감싸 안는 걸 보면서 우리는 모두 그 집의 현관을 나왔다.

추운 겨울이 가고 새봄이 왔는데도 그의 상태는 좋아지지 못했다. 매일 병원을 들락거리다가 장기간 입원해 있다는 소식을 들었다. 의사의 만류에도 그는 어느 날 퇴원하여 집으로 왔다. 며칠 후 부인의 울음소리가 들렸다. 임종을 지켜본 사람의 말에 따르면, 그의 베개와 그 언저리 침대 시트는 빗물에 젖은 것보다도 더 그의 눈물에 젖어 있었다고 했다. 그는 부인에게 아무것도 해 주지 못했었으며, 이제 만져보지도, 바라보지도 못하게 될 것이 가장 슬프다고 말했다고 한다. 그의 결혼 생활은 만 2년이 채 되지 못했다.

세월 속에서

◇◇◇

    주말 한 동창의 아들 결혼식장에서 만난 옛 친구와 나는 오랜만에 고궁이 멀지 않은 곳에 있어 그리로 발길을 옮겼다. 그와는 대학 시절 2년여 동안이나 한방에서 뒹군 막역지간이었으나, 졸업 후에는 일하는 분야가 달라 자주 만나지는 못했었다. 내가 유럽 이곳저곳에 정기적으로 주재하며 무역 진흥 업무를 수행하다가 귀국하여 본사에 복귀해 있는 동안 종종 그와 전화하게 되면 서로 '바빠 못 살겠다'든지 '시간이 없다'는 말을 입에 달며 대화하곤 했었다. 왜 그리 바쁘고 시간이 없었던가? 공연한 엄살이었던 것 같기도 하고, 실제로 능력이 달린 우리에겐 시간이 너무 부족했던 것 같기도 하다.

    그러나 따지고 보면, 우리와 같은 범부는 시간이 부족하기보다는 헛되이 소비하며 살아왔다고 하는 편이 타당할 듯싶다. 일요일엔 해가 중천에 뜰 때야 잠자리에서 일어나고, 평상시에는 건강 유지를 핑계로 남보다

오래 자며, 할 일 없으면 멍청히 TV를 시청하거나, 퇴근 후에는 직장 동료와 어울려 선술집에서 허튼소리 지껄여 대며 자정이 넘도록 폭음한 것들을 생각하면 허송세월하며 살아왔다는 후회가 든다. 그래도 도박이나 다른 유희에 미쳐 송두리째 재산까지 날리며 인생을 망가뜨리는 자들보다는 낫게 살았다고 자위해 본 적도 있다.

우리는 스산한 바람이 옷깃 속으로 스며들어 한기를 느끼게 하는 늦가을에 고궁의 낙엽을 밟으면서 걷다가 연못가 벤치에 앉았다. 햇볕은 따사로우나 주위는 쓸쓸하기만 하다. 허리가 꾸부정하게 굽은 노인의 몸통처럼 고목 한 그루가 연못 쪽으로 구부러져 있는데, 거친 피부가 가늘어진 뼈를 감싼 노인의 팔같이 그렇게 앙상해진 나뭇가지에는 말라비틀어진 잎사귀가 드문드문 붙어 바람결에 떤다. 생명이 다한 미물이 저항하듯 애처롭기만 하다.

죽음은 공포라는 생각이 뇌리를 스칠 때, 문득 그 말라비틀어진 잎사귀 한 개가 연못의 물 위에 떨어져 내렸다. 그것을 함께 지켜보던 그는 "여보게, 이젠 가는 세월이 무섭기만 하네그려"라고 말했다. 그때 나는 "그래, 세월을 거슬러 올라가면서 사는 방법은 없을까?"라고 대꾸하며 웃었다. 그러자 그는 "타임머신을 타고 과거로 가자는 말인가? 그 지긋지긋한 과거로 돌아가기는 싫네그려"라고 하며 어깨를 움츠렸다.

나는 그가 연애에 실패하여 졸업 후 사법 시험도 포기한 채 한동안 요양했었다는 풍문을 들은 적이 있었다. 자취방에서 함께 뒹굴던 시절 그는 어느 날 교제하던 여학생으로부터 노란 넥타이를 생일 선물로 받고 황홀해하면서 미처 날뛰어 시끄럽다고 양철 재떨이를 그의 얼굴에 던져 담뱃재를 뒤집어쓰게 했었다.

그러다가 졸업하기 얼마 전이던가, 그는 "여자는 힘의 부속물"이라며 울었다. 사내가 그렇게 슬프게 우는 게 꼴 보기 싫어 "야, 힘의 부속품이란 틀린 표현이고, 힘의 예속물이라고 해야 맞는 말인데, 너는 매사에 판단력이 그 모양이니 애인에게 딱지를 맞게 된 거야"라고 핀잔을 줬다가 그에게 폭행을 당했다. 좌우간 졸업 후 직업이 다르기도 하고, 이 사건이 계기가 돼 서로 소원해진 면도 없지 않았다. 그가 후에 세무 공무원으로 재기한 다음 결혼도 하고 아파트도 장만했다는 소문을 해외에서 전해 들었다.

구름 속에 가려졌던 해가 얼굴을 내밀자 대지에 퍼지는 햇살이 누런 낙엽을 황금색으로 반짝이게 한다. 그가 맨 낡고 바랜 색깔의 노란 넥타이도 햇빛을 받아 샛노랗게 옛 빛깔로 변하면서 내 눈을 점령한다. "여보게, 자넨 40여 년 전 그 넥타이를 버리지 않고 지금까지 간직하고 있는가?"라고 내가 묻자, 그는 멈칫거리다가 "응, 작년 오늘 그 애가 죽었어"라고 대답했다. 그녀에 관한 한 그에게는 시간이 정지된 탓일까, 그 애라고 말하는 그녀는 세월이 멈춘 상태에서의 분명한 소녀였다. 무슨 악성 암으로 죽었다는 뒷말을 듣고 "자넬 배신한 죗값을 받았군"이라고 말하려다가, 마음이 바뀌어 "정말 안됐다"라고 했다. 잔인하게 빈정대기보다는 사랑이 아름답다는 마음이 내 속에 있음이 발견된 까닭이다.

세월은 물처럼 흘러가고 그 세월 속에서 우리의 삶도 물결처럼 알 듯 모를 듯한 소리를 내면서 영겁의 심연으로 가지만, 살아 있는 동안의 아름다운 의지와 정서는 영겁의 심연에서 새 생명을 잉태하는 씨앗이 되는지도 모르겠다. 니체가 말한 영겁회귀永劫回歸는 불교의 윤회 사상과는 다르겠으나, 매우 유사하게 '영겁의 시간은 원형圓形을 이루고, 그 원형 안에서 우주와 인간은 탄생과 죽음을 반복하면서 영원히 되풀이되는 것'을 의미한다. 우리가 죽은 다음 재탄생할 수는 없겠으나, 우리를 대신해 새 생명들이 태어나 우리가 세월 속에서 겪는 희열과 고통을 반복하면서 인간사가 이어진다고 생각할 때, 미움보다는 사랑, 욕망보다는 헌신하는 의지가 새 생명의 씨앗이 되기를 바라는 소망이 황혼 녘의 태양처럼 붉은 빛깔로 타오른다.

(2009. 11)

우리에게도 청춘은 있었다

◇◇◇

기억하고 싶지 않지만 그렇게 되지 않은 일들이 있다. 술잔을 부딪히며 "우리에게도 청춘은 있었다"라고 외쳤던 친구가 허망하게 떠난 사건은 정말 기억하고 싶지 않다. 그가 뜻밖의 교통사고로 날아온 부음에 '수요일에 만나자'의 회원들은 아연실색했었다. 청천벽력, 맑은 하늘에 날벼락이란 바로 이런 일을 두고 한 말일 성싶다. 다른 사람이라면 모르되 교통안전에 예민했던 그가 차에 치여 죽었다니 실감이 나지 않았다. 대로변 보행자 건널목에서 손에 쥐고 있던 종이 한 장이 순간 돌풍에 날려 차도로 떨어지자 그걸 쫓아가 잡으려는 찰나에 쏜살같이 달려온 택시에 받혀 죽었다는 것이다.

2005년 가을 한 지방 공기업 대표직을 퇴임하고 서울로 온 후 나는 이 '수요일에 만나자' 모임의 전화를 받고 참석하기 시작했다. 내가 합류하자 지난 대학 시절 문우 5명의 남성 멤버가 다시 다 모이게 됐다고 환호

하면서 그날 저녁 우리는 자정이 넘도록 폭음을 했다. 이 자리에서 우리는 술잔을 부딪히며 "우리에게도 청춘은 있었다"라고 외쳤다. 대학 재학 중 문단에 등단하여 이름을 낸 사람은 단 한 사람도 없었지만, 덧없이 가버린 지난날의 회한과 그리움에 젖어 계속 술잔을 부딪히며 "우리에게도 청춘은 있었다"라고 소리 높여 외쳤다.

그러니까 대학 2학년 봄 학기 때였던가, 나는 연극에 빠져 희곡을 쓰고자 했던 친구의 기발한 아이디어에 감탄하며 '우거지友居地 클럽'에 가입했었는데, 그는 섭외력이 뛰어나 옆집 이화 문예 지망생 5명까지 끌어들여 함께했다.

하지만 한여름 인천 근해 작약도에 떼지어 갔었을 때의 추억을 제외하고는 기억에 남는 것이 없다. 당시 유행인 비키니 수영복을 입은 그녀들을 보고 넋을 잃었었다. 성숙한 여인의 나신을 한 번도 본 적이 없던 내겐 그녀들이 터질 것 같은 알몸의 꽃봉오리로 다가와 숨 쉴 수조차 없게 가슴이 두근거렸다. 그러나 그뿐 그곳에서 왠지 자신이 없던 내겐 아무 일도 없었다. 그런데 어찌 된 영문이었는지 작약도를 다녀온 뒤로 시간이 흐르면서 이 모임은 흐지부지되고 말았다. 4학년이 되면서 취직의 공포 때문에 남자들 간에도 시험 준비로 서로 만나지 못해 그리되었을 거라는 추측은 했었다. 졸업 후 여담으로 들은 얘기로는 두어 명이 여성 회원과 뭔가 있긴 있었는데 해피 엔딩이 되지 못해 영영 그녀들과의 관계가 끊기고 말았다고 했다.

내가 가장 늦게 합류하자 일부 회원은 '우거지友居地 클럽'을 복구하자는 둥, 그래서 여성 회원들을 수소문해서 딱 한 번만 만나보자는 둥 엉뚱한 제안을 쏟아 냈으나, "정말 가당치도 않다, 그렇다고 지나간 세월이 되돌아오느냐"라는 반론이 대세여서 그냥 평범하게 주일의 중간으로서 늙는 걸 덜 느끼는 상징성도 있는 '수요모임'으로 친목회의 명칭을 바꿨다. 정말 만나 보고 싶은 옛사람들을 찾아 주는 흥신소 같은 데가 있는지, 좌우간 그런 곳이 있다고 좌중의 한 사람이 말하자, 그 죽은 친구는 말 없이 듣고만 있었다. 그때, 그의 눈빛은 취기 때문이었는지는 모르겠으나 유난히 광채가 났었다.

이렇다 할 풍파 없이 문학과 관계없는 직업을 택해 살아오다가 은퇴 후 서로 외로워진 탓으로 만나는 사이여서 재미있는 얘기가 오가지는 못했다. 우리들 간 특이한 대화라면, "내 할머니, 어머니는 이맘때 나이에 당신의 살아온 얘기를 책으로 쓰자면 몇 권이 될 거라는 말씀을 자주 하셨는데 말이야, 글쎄, 난 이제 뭘 써 볼까 해도 단 석 줄 이상을 쓸 게 없단 말이야."라고 하면, 다른 쪽에선 "대가족 제도, 남존여비 시대에나 있을 법한 얘기지."라고 되받고, 그러면 또 다른 쪽에서 "무슨 말이야? 내 당숙은 왜정 시대 유랑극장을 따라다닌 한량이었는데, 그분도 책을 쓰기로 들면 여러 권을 쓸 수 있다고 말씀하셨어! 그 한량 당숙만도 못하게시리 우리는 진짜 별 볼 일 없이 살아온 인생들이란 말이야!"라고 하며 술잔을 깨질 만큼 세게 내려놓았다. "그래, 자네 말이 맞다, 우린 진짜 우거지 같이 살아온 인생이야!"라며 죽은 그도 그때 맞장구쳤던 기억이 난다.

죽은 친구 충격 때문에 우리는 한동안 만나지 못했다. 장례식이 끝난 며칠 후 한 번 자리를 함께한 다음엔 아무도 선뜻 일정대로 모이자고 제안하지 못했다. 그러던 중 어느 날 망자의 장남이 나를 찾아와 종이 한 장을 내밀었는데, 편지치고는 매우 짧은 것이었다. 어떤 여성이 그의 아버지 앞으로 쓴 것이다. 서두에 우거지 클럽에 관한 언급과 함께 "지금까지 날 기억하고 계신다니 감격스러울 뿐"이라면서, "그런데 오래 몸져누워 있다보니 바깥출입이 곤란하다"라는 내용이었다. "아버지가 이걸 주우려고 차도에 뛰어들었단 말인가?" 내가 고함을 쳤을 때, 그의 장남은 "이분이 아버지의 첫사랑이었습니까? 바깥출입을 못 할 정도로 안 좋으시다는 데 충격을 받으셨던 것 같습니다."라고 되물었다. 순간 내 정신은 가물가물해졌다. "글쎄, 나도 모르는 일이야… 전혀…" 이 '수요일에 만나자' 모임도 이제 흐지부지됐다. 모든 것이 흐지부지돼 사라져 간다. 그동안 젊은 시절의 아쉬움 때문이었는지 나는 2008년 어설프게나마 수필가로 등단했었다.

한여름

◇◇◇

　서울의 한 아파트 대단지 내 강변 쪽에서 두 번째 동 2층에 내 집이 있다. 한여름에는 무성한 떡갈 후박나무의 넙적넙적한 생기 가득한 잎들이 좁은 베란다 창문 가까이까지 다가와 바람에 흔들려 뭔가 속삭이며 손짓한다. 그 우람해진 몸통과 풍성한 굵은 가지들은 지난 30여 년이라는 세월의 부피를 보여 주는 듯하다. 지내 놓고 보면 세월은 덧없이 허망한 것이긴 하지만, 한편으로 지난날을 되새김질하면 세월에도 부피가 있고 무게가 있음을 또한 인식하게 된다.

　사실 이 집은 30년 넘게 내 소유로 돼 있으나 내 집 같지가 않았었다. 유럽 지역 이곳저곳의 주재원 생활을 해 오다 보니 주기적으로 귀국하여 2년여 이곳에서 살다가 떠나고, 그래서 다시 돌아와 살 때마다 낯설었었다. 게다가 오랜 해외 생활을 마치고 퇴직한 다음엔 대구에서 새 일자리를 구해 그곳에서 6년이나 지냈으니 내 집인데도 산 기간이래야 10년이 채 안 된다. 후박나무 세 그루가 이렇게 훌쩍 자란 데 놀란 것도 불과 얼마 전의 일이다. 쇠락해지는 내 몰골보다 뒤뜰의 후박나무는 갈수록 우람해지고 무성해진다.

여름철 베란다엔 오후에 햇볕이 비쳐 들어 한증막처럼 뜨겁다. 나는 창문을 열고 그 타원형의 큰 손바닥만 한 풍성한 잎사귀들로부터 산소를 들이켜고자 코를 벌름거리며 숨을 들이마신다. 잎사귀들은 살랑살랑 속삭이면서 바람결에 제 왕성한 기력까지 담아 뱉어 내는 녹청색의 산소를 실어 보낸다. 온몸에서 땀이 솟아 옷이 젖으면 나무의 수액까지 들이마신 듯하다.

내가 무더운 여름을 좋아하는 이유 중 하나는 온몸에 범벅이 된 땀이 식을 때 더위의 고통은 사그라지고 쾌감이 머리에서 가슴 그리고 사지에까지 퍼져나가기 때문이다. 어느 때는 쾌감 속에서 무아경에 빠지기도 한다. 뒤뜰 후박나무로부터 산소와 수액을 흡입하면서 흠뻑 땀에 젖은 다음에 거실로 들어와 소파에 앉으면 그렇다. 매사 내가 잘 못해 왔다는 회한도 든다. 살아 계셨을 때 어머니를 슬프게 했던 일들도 후회되고, 다 자란 큰아이가 어느 날 "아빠 날 이제 새처럼 훨훨 날아가게 놔줘"라고 하며 아빠가 상상하는 복제 인간이 되기를 거부한 것도 받아들여지게 된다.

내가 여름에 취하기 시작한 것은 1970년대 말 첫 해외 근무지인 네덜란드의 암스테르담에 부임한 때부터인 것 같다. 북유럽의 여름은 건조한 공기, 맑은 하늘, 생명력 넘치는 짙푸른 나무와 숲 그리고 밤 10시경 도심의 운하에 투영되는 황금빛 석양으로 몽환적 환각에 빠지게 한다. 한밤중에 석양빛이 운하의 출렁이는 물 빛깔을 이렇게 저렇게 바꿀 때 유서 깊은 교회당의 수십 개 종들이 일제히 울리면 마음을 흔드는 신의 음성처럼 들린다. 어둠이 옅고 짧은 대신에 밝음과 열정과 로맨틱한 석양이 있는 여름은 나를 그 속에 파묻히게 했다.

내 두 아이를 치료해 주던 소아과 의사 판 고흐겔 씨는 의사답지 않은 기인奇人이었다. 몽상가였으며 시인이었다. 그는 한여름 주말이면 홀로 훌쩍 도회지 집을 떠나 숲속에서 지냈다. 내게 멀리 숲속에 가서 밤에 잠자지 않고 앉거나 거닐면서 풀벌레 소리에 귀 기울이며 풀섶에 있는 엉겅퀴, 물망초, 금잔화 등을 별빛 아래서 굽어보라고 권했다. 그러면서 무한대의 우주에 총총히 박혀 있는 별들과 대화하라는 것이었다.

그가 기인이라는 것은, 중국의 고전을 판독할 정도로 한문 실력이 뛰어나 내가 심한 부끄러움을 느꼈던 적이 있었고, 서양 근대 문명을 발아시킨 '이성理性'이라는 걸 매우 불신한 점 때문에 그렇게 느꼈던 듯싶다.

"동방에서 온 젊은이여, 신을 대체해 보다 인간다운 세상을 만들겠다는 이성이, 그래, 어떻게 1, 2차 대전을 일으켜 수천만 명을 살육할 수 있었단 말이오?"

그는 서양의 이성을 대체할 구원의 사상을 동쪽에서 찾다가 죽은 사람이다. 여름밤엔 숲속에서 '한여름 밤의 꿈'을 꾸며 요정들과도 대화한 시인이기도 하다.

살갗을 벗길 것 같은 강렬한 태양을 갈구하며 온몸에 잎사귀가 무성한 가지들이 팔뚝과 다리처럼 뻗쳐 나오기를 바라는 마음이 내 속에 있다. 열정과 활력의 목마름으로 욕망이 꿈틀댄다. 뜨겁고 찌는 듯한 더위가 담금질이 돼 또한 내 욕망과 영혼을 정제하여 끝내 맑게 할 것 같기도 하다. 요정과의 대화는 상상이 되지 않으나 내 영혼이 맑아지면 가능할 것 같은 생각도 든다.

저승의 세계는 어떠할까. 한여름 밤 별빛 쏟아지는 숲속을 거니는 판 고흐겔 씨의 모습이 궁금해진다. 아, 어머니가 더 그립다. 어머니는 저승 어디에서 무얼 하고 계실까. 숲속에서 고흐겔 씨를 만나보고 싶고, 어머니가 계신 곳을 찾아가 뵙고 그분 냄새를 맡으며 가슴에 내 머리를 묻고 싶다. 한여름 귓전을 울리는 석양의 종소리는 신의 음성으로 이승과 저승 간 한 차례의 왕래를 허락할 것만 같다.

가을밤

◇◇◇

늦가을 자정 넘어 창밖에서 소슬한 바람결에 나뭇잎이 우수수 지는 소리가 들리면 까닭 없이 잠이 들지 않는다.

몇 해 전 가을비가 구슬프게 내리던 날 밤, 나는 문득 한 옛 친구가 생각나 아주 오랜만에 그의 집에 전화를 걸었었다.

"모르셨어요? 3개월 전에 떠났어요."

부인은 이렇게 말하면서 남편으로부터 자주 얘기를 듣던 내가 장례식장에 나타나지 않아 섭섭했었다고 했다. 아마 그때 나는 해외에 나가 있어서 부음을 전해 듣지 못했으나, 변명조차 못 한 채 충격으로 전화를 끊었다. 눈물로 앞이 캄캄해지면서 숨이 막혀 아무 말도 못 한 것이 아쉽기도 하나, 그렇다고 달라질 것은 아무것도 없어 마음은 처연하게 가라앉는다.

대학 다닐 때 교양 영어 교과서에 수록된 한 에세이에서 낙엽을 '죽은 잎'으로 표현한 걸 두고 우리는 낭만적이지 못한 것이라는 둥, 오히려 생성소멸生成消滅의 정확한 인식을 통하여 서정성을 자극한다는 둥 부질없는 설전을 벌이던 기억이 되살아난다. 낙엽이라는 표현은 본질을 벗어나 현상만을 본 것이라고 주장한 가장 영매英邁했던 그 친구는 대장암으로 먼저 갔던 것이다. 그와는 대학 시절 항상 붙어 다니던 막역지간이었다.

남들은 가을을 풍성한 계절이라고 예찬하면서 여기저기 축제를 찾아가 즐기는데 가을이 내겐 추수가 끝난 텅 빈 들녘으로 다가온다. 어려서부터 그랬던 것 같다. 텅 빈 들녘에 서서 속절없이 울고, 그러면 초등학교 4학년 때 간혹 함께 등교하던 마을 소녀가 "넌 왜 들판에 나오면 계집애처럼 그렇게 훌쩍거리며 우니?"라며 무명 헝겊 조각인 손수건으로 눈물을 닦아 주던 생각도 난다. 어느 날 갑자기 아버지가 세상을 떠나셨던 충격으로, 무섭기만 했던 아버지인데도 그분의 빈자리가 너무 커서 내 마음은 텅 빈 들판과도 같았다. 5학년 초 큰 도회지 학교로 전학하는 바람에 헤어졌던 순복이라는 이름의 그 소녀는 지금 어디에 있을까, 아마 복을 받아 행복하게 살고 있겠지, 촌스러운 그 이름도 바꾸고 말이야…. 눈물을 닦아 주던 그 여린 손의 온기만은 지금도 기억에서 지워지지 않는다. 가난한 집 아이였지만 성격이 밝고 활달한 데다가 또래 간 다툼이 있었을 때 항상 내편을 들어줬었지.

삶이란 하염없이 부질없는 것인가, 가을엔 잠 못 이루는 밤이 많다. 특히 쏴아 하는 바람에 실려 좁은 베란다 창문에 부딪히는 빗방울 소리를 듣게 되는 밤이면 새벽까지도 잠들지 못한 채 몸을 이리저리 뒤척댄다.

프랑스의 상징파 시인 베를렌은 어느 때 가을비에 관한 그 아름다운 시를 지었을까? "거리에 비가 쏟아지듯이/ 내 마음에도 비가 내린다… / 미워하는 것도 아니고, 사랑하는 것도 아니고/ 내 마음은 한없는 슬픔에 젖는다…." 이 시구는 1990년대 독일 함부르크에서 살 때 내 아이들이 다니던 김나지움의 불어 교사로부터 전해 들은 것이다. 이 여교사는 19세기 초 나폴레옹 시대, 이곳에 주둔한 프랑스군 고위 장교의 후손이라는 점을 은근히 자랑하는 50대 귀부인이었다.

이웃에 사는 이 귀부인은 낙엽 지는 가을철 공원을 산책할 때 목깃이 높고 장식이 있는 흰 블라우스에 검정 스웨터를 즐겨 걸치는데, 그날도 그런 차림으로 벤치에 앉아 책을 읽고 있었다. 그때 마주친 내게 이 시를 운율 가락으로 읽으면서 영어로 쉽게 해설해 주었다.

그녀에 따르면, 베를렌은 이 걸작을 랭보와 함께 프랑스 문단에서의 비난을 피해 방랑하던 중 런던에서 발표했었다고 했다. 세기말에 제국주의의 탐욕이 대재앙의 먹구름이 되어 멀리 식민지 쟁탈전이 벌어지던 곳으로부터 유럽 대륙의 상공으로 서서히 다가올 무렵 상징파 시인들은 이탈적인 몸짓과 우울한 음성으로 슬픔의 미학을 노래했다는 것이다.

우울은 정도가 심하면 사람을 죽이기도 하나 정신적으로 그것을 극복하면 인생의 새 시야가 열리게 되는지도 모른다. 울적함이 빗물처럼 스며드는 슬픔 속에서 반성과 관용이 싹트니 말이다. 사회생활 중 겪게 되는 좌절과 분노를 삭이지 못한 채 애꿎은 자에게 화풀이로 상처 준 것을 뉘우치는 마음도 이 같은 슬픔 속에서 솟아난다. 6.25 전쟁의 비극적 상황에서 불행하게 죽은 아버지에 관한 애틋한 마음도 이때 자리 잡는다. 존재 이유의 막연한 명상 또한 이때 시작된다.

사람들이 뉘우치며 참회하는 마음에 젖어 들지 못하는 곳에서는 도덕이 생성되지 못하고 학문과 예술이 성숙되지 못한다. 계절의 변화는 인간의 정서와 사고에 영향을 미쳐 문화 형성에까지 이어지는 것일까? 일년 내내 태양의 열기로 가득한 적도 부근 열대의 땅에서는 도덕과 학문과 예술이 발아하여 성장했다는 얘기를 들어본 적이 없다. 동북아와 지중해와 유럽에서 문명이 꽃피어 왔다. 불교도 네팔에 인접한 인도 북부에서 탄생했었다.

우울은 결코 절망적인 병이 아니다. 그걸 극복하는 과정에서 종교도, 예술도, 생겨나는 것 아닌가.

박애주의자 노마드

백남준아트센터를 다녀와서

◇◇◇

문명이 첨단화될수록 원시에 관한 동경은 더 커지는 걸까. 백남준아트센터의 제1전시실에서 맞닥뜨린 《칭기즈 칸의 복위》는 괴기하면서도 몽환적이다. 젊은 시절 중세 유럽을 개벽시켰던 《돈키호테》를 탐독했을 때 못지않은 충격을 느끼게 된다. 낡아빠진 삼천리 자전거에 걸터앉아 잠수모를 뒤집어쓴 채 펄떡이는 심장과 번뜩이는 두뇌의 빛을 발하면서 몽골초원의 유목민으로서 캄캄한 혼돈의 카오스를 탐험하러 출발하는 모습 같아 보인다.

인간은 태생적으로 유목민인가. 겁의 세월에서 보면 국가란 노마드의 행렬이 잠시 멈춘 오아시스에 불과한 것일 수도 있다. 소설에서 연변의 조선족 여인이 파리의 뒷골목에 등장하는 것이 전혀 생경하지 않은 세상이 됐다. 휴대폰, 노트북, 컴퓨터 및 디지털 카메라 등 첨단 장비를 둘러매고 낯선 곳을 유랑하면서 사는 지식인들은 더 쉽게 발견된다. 미국의 실리콘밸리는 최첨단 지식과 기술을 두뇌에 장착한 소위 '디지털 노마드'가 인종이나 국적에 상관없이 모여드는 별난 오아시스로 비유되기도 한다.

백남준은 1949년 청소년기에 고국을 떠나 홍콩과 동경을 경유, 독일 뮌헨에 유학했으니 노마드의 운명을 타고난 듯도 싶다. 그가 비디오 아트를 본격적으로 실험하던 1973년 '정주유목민'으로서의 정체성을 선언하며 우리 고정관념 속에 갇힌 악기와 TV와 그 밖의 많은 사물을 해방시키는 표현의 혁명을 일으켜 장차 '21세기 유목민 시대'의 도래를 예감케하는 예술가의 혼을 불살랐다는 것이 놀랍기만 하다.

사실 노마드의 물결은 1970년대부터 유럽에서 파동치기 시작했었다. 당시 내가 그곳에서 목격한 바로는 유럽 통합의 진전이 국경을 넘어 이동을 자유롭게 했다. 유럽의 여러 나라를 옮겨 다니며 일하는 젊은이들인 유로 노마드Euronomad, 그들이 유목민 시대를 예견케 한 장본인들이며, 백남준은 일찍이 대학에서 이들과 호흡을 함께 했었을 것으로 추측된다. 그의 예술이 뉴욕에서 꽃을 피웠으나, 태동은 유럽에서였을 것이다.

카오스와도 같은 인간성의 근원에 잠수코자 했던 그의 예술혼은 박애주의에 뿌리박고 있음이 분명하다. 1층 전시실 입구 대형 패널에 새겨진 자서전에는 "만일 전쟁이 일어나지 않는다면"이라는 전제가 수없이 되풀이되는데, 그렇게만 된다면 백세, 천세, 십만 세까지도 생존해 있을 것이라는 우화로 가득 차 있다. 20세기 인류가 저지른 천인공노할 만행인 1, 2차 대전과 한국 전쟁을 비롯한 숱한 전쟁에 어떤 명분으로도 그 정당성을 인정할 수 없다는 결연한 뜻이 담겨 있는 듯하다.

또한 노마드에겐 궁전 같은 저택이나 보석이 주렁주렁한 장신구 그리고 산더미 같이 쌓인 돈다발이 필요 없는 것들이다. 그의 작품을 보면 그렇다. 거추장스러워 짐이 될 뿐이다. 골고루 나누어 가지면 빈곤이 퇴치되고 지금까지의 수직적 인간관계가 청산될지도 모른다. 누구로부터도, 무엇으로부터도, 지배당하지 않고 자유를 누리며 유대하는 세상이 그가 꿈꾸는 곳인지도 모른다. 어느 날 머문 곳이 싫증 나면 집시처럼 훌훌 털고 새곳을 찾아 나서는 노마드의 모습은 기괴해 보이기도 하나 해방감 넘치며 낭만적이다.

아트센터에 다녀온 뒤 공상에 잠겨 있다가 내 작은 서재의 창문을 여니 건너편 아파트의 세대들이 영락없는 닭장처럼 보인다. 사람들은 저 닭장 같은 곳에 갇혀 살면서 나처럼 뭔가 공상하거나 망상하면서 무료를 달래겠지…, 그러다가 답답해지면 창문을 열고 고층 건물 사이로 보이는 조각하늘에 떠다니는 조각구름들을 보면서 불현듯 어디론가 떠나고 싶어 하겠지….

태생적으로 인간이 유목민이라는 주장에는 우선 감성적으로 마음이 끌린다. 누구나 무작정, 우주로까지 유랑하고 싶어지는 까닭이다.

내 마음 만해의 마음

◇◇◇

남한산성 만해萬海 한용운 기념관을 다녀오던 날 돌아오는 내리막 산길에서 그늘진 모퉁이를 돌아나가자 강렬한 햇살이 버스 차창에 부딪혀 눈을 부시게 했다. 그러자 아무것도 보이지 않으며 주위가 하얘진다. 흰 화폭 한가운데에 옹달샘이 오롯이 그려져 있는 듯한 환영에 사로잡힌다. 대작 '임꺽정'을 지은 벽초碧初 홍명희는 당시 암울한 일제 강점기에 만해에게 "조선인의 옹달샘이 돼라"라고 했다던가.

아, 옹달샘, 불현듯 어렸을 적 장독대 귀퉁이에 놓인 맑은 물이 가득한 작은 옹기의 기억이 떠올랐다. 여섯 살 소년은 그 앞에 쪼그리고 앉아 파란 하늘과 흰 구름 조각과 그리고 다른 것들이 비쳐진 걸 들여다보고 있었다. 돌담 곁에 서 있는 나뭇가지에 앉은 새도 거기에 들어가 있었다. 원대하다든지 아름답다든지 하는 형상들이 작은 옹기에 축약되어 담겨 있음이 매우 신기했었다. 며칠 후 그곳에 다시 갔을 때는 먼지와 검불 부스

러기 같은 것들이 옹기의 물에 잔뜩 끼어 있어 아무것도 보이지 않았다.

성장하여 견문을 넓히는 나이가 되었을 때, 나는 '우리 마음은 감정이라는 액체에 사리 분별력이 떠다니는 용기와 같다'는 생각을 했다. 그러니까 가슴으로 느끼는 것과 머리로 생각하는 것이 동시에 작용하는 영혼의 샘이랄까. 서양 말에서도 유사한 사례를 발견하고 놀란 적이 있다. 이제 우리말처럼 통용되고 있는 '센스sense'라는 말이 그렇다. 이 말이 형용사로 변하면 가슴으로 느끼는 '민감한sensitive'이라는 뜻과 머리로 생각하는 '영민한sensible'이라는 의미로 확연히 구분된다. 우리 마음은 이에 더하여 영혼까지 담고 있는 듯하다.

나와 같은 필부도 청결한 마음으로 세상만사를 바라볼 때는 나름대로의 이치랄까, 그런 걸 터득하기도 한다. 마음이 탁해졌을 때는 아무것도 보이지 않는다. 주위가 캄캄하게 느껴질 때는, 고교 2학년 때이던가, 복잡한 고등 수학 문제를 풀고 이해했을 때의 어둠에서 빛을 본 듯한 경험을 떠올리곤 한다. 아무리 어렵고 복잡한 수식이라도 그 원리를 깨쳤을 때는 그것은 매우 쉽고 보편적인 것으로 다가와 마음이 맑아졌던 것이다. 이기적 욕망이랄지, 편견이랄지, 증오랄지, 그런 것들이 오물이 되어 마음을 뒤덮을 때는 실체를 볼 수 없어 보편적이지도 못하고, 상식적이지도 못하는 오류투성이의 생각과 판단을 하게도 된다.

만해는 1917년 12월 오세암에서 좌선하던 중 바람에 물건이 떨어지는 소리를 듣고 그동안의 의심스러운 생각들이 환하게 풀려 마치 장독대 옹기의 맑은 물에 삼라만상이 축약되어 비치듯 의정돈석擬情頓釋의 진리를 깨친 것으로 전해진다. 만해의 마음인 옹기 아닌 맑은 옹달샘에는 중생과 겨레에 관한 숭고한 사랑의 물이 고여 있다.

그가 지은 '나룻배와 행인', '님의 침묵', '사랑하는 까닭' 등의 마음의 시에는 불교적 자비와 법인法忍이 녹아 있다. '나룻배와 행인'을 보면 행인들의 흙발에 밟힘을 당하면서도 가여운 중생인 그들을 싣고 매번 고난의 강을 건너는 나룻배인 불자의 마음이 아름답다. 특히 '님의 침묵'에서 '님은 갔지만 나는 님을 보내지 않았다'는 부재의 변증법적 신비주의와 '백발, 눈물, 죽음'까지 사랑하는 '사랑하는 까닭'의 역설적 미학은 만해가 종교적, 민족적 사상가이면서 또한 탁월한 예술가임을 보여 준다. 나라를 빼앗긴 겨레의 피맺힌 좌절과 뼈저린 서러움을 예술로 승화시킨 결과다.

저 창공에 만해의 혼이 떠돌고 있다면 반세기가 훨씬 지났는데도 분단의 벽이 허물어지지 않고 있는 한반도의 현실을 어떻게 보실까. 만해 옹달샘의 샘물이 남북 겨레의 오염된 마음을 적셔 씻어 주게 될 것을 소원해 본다. 21세기 세계 유일한 분단국으로서의 부끄러움조차 모른 채 아귀다툼을 벌이고 있는 겨레에게 부끄러움을 깨쳐 줄 샘물을 만해 기념관을 떠나면서 갈구해 본다. 형상이 있는 세상의 모든 것은 종국적으로 소멸되는 법, 만물의 형체가 사라진 흰 화폭 한가운데의 옹달샘은 고해苦海에서 신음하는 이 민족을 사랑한 한 문학 사상가의 공空에 뜬 정신이요 마음이다.

어머니의 존재

◇◇◇

   동서양을 막론하고 여성에 관한 남성의 견해는 이율배반적인 면이 있다. 여성은 남성에 예속되어 있다거나 남성보다는 열등한 존재라는 우월주의가 있는가 하면, 남성이 따르지 못할 미덕을 지닌 여신Gaia과 같은 존재로 보는 숭배론적 이중성이 있는 것이다. 젊어서 남자는 연정의 대상만은 여신과 같은 존재로 보는 데 반해 여신의 남편Uranus은 잘 알려져 있지 않은 걸 보면 여자는 사랑하는 남자를 남신과 같은 존재로 보지는 않는 것 같다.

   우리 한자어에 좋지 않은 뜻이 담긴, 이를테면 '요사妖邪' 혹은 '망령妄靈' 같은 말과 심지어 '노비奴婢'의 남자 종 노奴자에도 계집녀가 붙듯이 서양 말에서도 여성 비하적 흔적은 지금까지 남아 있다. 동양인들은 남녀의 구분 없이 사람 인人자를 만들어 썼었지만, 서양인들은 인류人類라고 할 때 여성을 배제한 남류(영어;mankind, 독일어;mensch)라는 말을 인류로 사용했다. 그래서 파스칼이 살던 시대에도 '사람은 생각하는 갈대Man is a thinking reed'라는 표현에서 보듯이 사람은 남자였다.

서양 말 중에서도 문화의 순수성이 가장 잘 보존돼 있다는 독일어를 보면 '우둔한dämlich'의 어원은 여성Dame이고 '훌륭한herrlich'의 어원은 남성Herr인 것처럼 좋지 않거나 불길한 뜻의 말에는 여성에 관련된 게 많고, 좋고 굉장한 뜻의 말에는 남성에 관련된 것이 많다. 그러나 독일어에서 생명의 근원인 태양에는 여성 관사가 붙고, 종속적인 달에는 남성 관사가 붙는 걸 보면 생명과 관련된 여성 숭배적 의미가 느껴지기도 한다. 아마도 새 생명을 잉태하여 낳아 헌신적으로 양육하는 어머니로서의 미덕 때문이 아닌가 싶다. 젊은 남성의 에로스적 사랑에서도 상대를 여신으로 느끼는 것은 어머니 품의 그리움 때문이 아닐까 생각되기도 한다.

예나 지금이나 크나큰 위업을 남긴 역사적 인물이거나 당대에 출중한 성과를 거두어 만인의 부러움을 사는 사람의 뒤엔 그를 기른 어머니가 있다.

동양 성리학의 준봉 율곡 선생을 있게 한 현모賢母 신사임당이나 조선 최고의 명필 한석봉을 길러 낸 엄모嚴母에 관한 얘기는 전설이 아니라 오늘날에도 살아 있는 어머니의 모습이다. 현대에 성공한 인사들의 자모慈母에 관한 얘기는 헤아릴 수 없이 많다. 자모든, 현모든, 엄모든, 그것은 우리가 편의상 구분하는 것이지, 어머니의 품성엔 이 모든 것이 녹아 있는 결정체인 듯싶다.

어머니에 관한 얘기는 비단 한국에만 국한된 것은 아니다. 맹모삼천지 교孟母三遷之教로 상징되는 어머니의 사랑과 헌신은 유교가 지배해 온 동양의 미덕 중 하나임에 틀림없다. 그러나 따지고 보면, 어머니에 관한 얘기는 동양에만 있는 것도 아니다.

미국 역사상 가장 위대한 대통령으로 추앙받는 링컨은 자기가 훌륭한 사람이 될 만한 조건을 하나님으로부터 한 가지도 부여받지 못했는데 "그런 나에게 하나님은 신앙심 깊은 훌륭한 어머니를 보내 주셨다"라고 술회한 적이 있었고, 오늘날 성공한 대통령으로 평가받는 클린턴 역시 "젊은 시절 고난을 극복하며 나를 있게 해 준 것은 강인한 어머니의 힘"이라고 그의 자서전에서 밝히기도 했다.

인종과 지역을 초월하여 어머니는 신화의 중심에 있었다. 고대 모성의 신은 우리 삶의 터전인 땅을 상징하거나, 사회적 평화와 가족 간 인애를 상징하는 비폭력적이고 반파괴적인 이미지를 풍긴다.

오래전 영국 문화원이 비영어권 국가 102개국의 4만여 명을 대상으로 영어 중 가장 아름답게 느껴지는 단어가 무엇인지를 물었을 때, 대다수가 어머니mother라고 응답했다는 결과가 말해 주듯 어머니라는 존재는 인류 공통적으로 생명의 근원이요 평화의 원천으로 인식되고 있는 듯하다. 유대인의 율법서 《탈무드》는 "신이 모든 곳에 계실 수 없으므로 어머니를 보내셨다"라고 기록했다.

탈무드의 한 구절이 이렇게 우리의 폐부를 찌르듯 어머니는 위대한 인물이나 유명 인사에게만 해당되는 존재는 아니다. 많은 사람이 비록 늙어서 죽게 되는 순간에도 외마디 어머니를 부르며 마지막 숨을 거둔다고 하지 않는가.

범부의 어머니에 관한 얘기가 오히려 진한 감동을 준다. 하찮은 인생들의 사모곡의 시나 소설이 시공을 초월하여 만인의 감동을 자아내 베스트셀러가 돼 온 것만 보더라도 어머니는 우리의 삶 속에서 신의 존재인 성싶다. 악인이 어머니의 눈물을 보고 개과천선한다거나 인생살이에 실패한 아들이 자살을 생각하는 중에 어머니의 눈물 때문에 마음을 다잡는 사례는 셀 수 없이 많다. 어머니의 눈물은 분노와 증오와 좌절로 찌든 우리 마음의 검은 때를 씻어 내 주는 생명의 샘물과도 같은 것이다.

지금까지의 남성 중심 사회에서 훌륭하게 키운 자식은 거의 남성으로 기록돼 왔지만, 딸을 그렇게 키워 온 어머니들도 많았을 것이다. 페미니스트 시대는 딸을 훌륭하게 키운 어머니들의 얘기가 꽃을 피우게 될지도 모른다. 어머니 되기를 거부하는 페미니즘은 국가도, 종국적으로는 우리 인류 문명까지도 몰락시키게 될 것이다.

19세기 초 로마의 재건과 같은 유럽 통합을 꿈꾸었던 나폴레옹은 "프랑스여, 위대한 어머니를 가지게 하라! 그리하면 위대한 자녀를 갖게 될 것이다. 위대한 어머니, 그것은 한 국가가 소유한 최고의 보배다!"라고 당시 프랑스 국민에게 외쳤다.

맹점과 애꾸눈

◇◇◇

맹점盲點이라는 게 있다. 망막 입구에 희고 둥근 젖꼭지 모양의 점만 한 돌기가 있는데 이곳에는 시신경이 닿지 않아 어떤 빛깔이나 형체도 투영되지 않는 먹통이라는 것이다. 아무것도 볼 수 없는 먹통 두 곳을 망막에 달고 우리는 살고 있는 셈이다.

그래서 사리 분별력이 떨어지는 사람을 '맹점이 많은 사람'이라고 한다. 돈지갑 같은 걸 자주 잃어버리거나 좌중에서 논리적으로 맞지 않는 엉뚱한 주장만 되풀이하는 자를 가리켜 '맹점투성이'라고 비웃는다. 언제부터 실상을 제대로 보지 못하는 현상과 주의력이 부족하거나 이치에 부합되지 않은 사고를 동일시해왔는지는 모르겠으나, 인간의 지혜가 퍽이나 절묘하다고 느낄 때도 있었다. 맹점은 허점과 비슷한 의미인 듯싶은데 굳이 맹점이라는 말이 더 널리 사용되는 걸 보면 '객관적 관조 없이는 현명한 사색이 불가능하다'는 묵언이 또한 함축돼 있는 듯하기도 하다.

인문학이나 사회 관련 이론이든 자연계 이론이든 맹점이 없는 것은 아마 없을 것이다. 우리가 맹점을 달고 살고 있으므로 헌 것의 맹점을 파헤쳐 새 이론을 정립한 것도 세월이 흐르면 허점투성이의 헌 것이 되고 만다. 그래도 맹점이 아주 적은 사상이나 이론이 고전의 지식창고에 쌓이게 되는지도 모르겠다.

특히 나는 경제학자와 그 전문가 집단에 불만이 많다. 2008년 말 뉴욕 월가 발 금융 파탄을 보면서 도대체 최첨단 지식과 식견을 갖춘 월가의 금융 전문가들이 주택 담보 대출 채권을 판 돈 삼아 그 많은 파생 상품을 어떻게 설계했기에 쓰나미 같은 글로벌 경제 재앙을 초래했는지 이해할 수 없었다. 그래, 주택 가격이 계속 오르기만 할 것으로 믿고 그렇게 설계했단 말인가? 주택 가격이 설령 하락하더라도 고객들에게만 피해가 전가되고 자기들은 무사할 것을 확신하고 그렇게 했단 말인가? 내로라하는 거시 경제 전문가들이 포진하고 있는 미 중앙은행은 대재앙의 낌새를 눈치채지 못하고 있었으니, 거시 경제 이론이란 게 무슨 쓸모가 있단 말인가?

거액은 아니지만 내 금융 자산도 반토막 났었다. 나는 경제학자들에게 경종을 울리기 위해서라도 노벨상에서 경제학 부문을 제외시키거나 적어도 당분간 수상자 선정을 보류해야 한다고 생각했다. 학문 중에서도 경제학이 가장 맹점투성이로 돼 있는 것 같다.

멀뚱멀뚱 눈 뜬 채로 꿈꾸는 듯한 망상 속에서 내 돈 돌려달라고 서럽게 울면서 금융계 우두머리들에게 항의하는 데 그들은 모두 애꾸눈이 돼 있었다. 신생 로마의 출현으로 몰락한 비운의 천재 전략가 한니발 같기도 했고, 《삼국지》에서 화살이 박힌 제 눈깔을 뽑아 씹어 먹었다는 하후돈夏候惇 같기도 했으며, 후고구려를 창업한 뒤 포악해진 궁예弓裔 같기도 했다. 그들은 눈구덩이가 동굴처럼 꺼진 한쪽 눈에 검은 안대를 두른 채 애꾸눈을 부라리며 내게 손가락질을 하면서 "네 한쪽 눈구녁도 탐욕에 멀어버리지 않았느냐"라고 호통쳤다. 허겁지겁 거울을 찾아내 얼굴을 보니 나도 애꾸눈이 돼 있었다. 그들 중 가장 험상궂은 자가 나를 윽박지를 듯 바라보면서 "느슨한 금융 법망을 피해 너도나도 떼돈을 벌고자 했는데 그만 예상한 대로 경제가 굴러가지 않아 지옥 문턱에 들어섰다"라며 한탄했다.

애꾸눈의 맹점은 더욱 심각하다. 세상 전체가 먹통이 될 수도 있기 때문이다. 사회 질서를 유지하는 법의 맹점은 애꾸눈의 것은 아닐 것으로 믿고 싶으나 요즘 한국 사회에서 온갖 편법과 탈법이 난무하며 통하는 걸 보면 모르는 일이다.

사람들이 탐욕에 한쪽 눈이 멀어버려 애꾸눈이 된 것은 아닌지 주위를 두리번거리게 된다. 모두 사지가 멀쩡하고 눈도 두 개가 분명하다. 신의 사도라는 대형 교회 목회자의 두 눈에서도 뭔가 큰 먹잇감을 찾는 듯한 광채가 번뜩인다.

문득 서양에서 1차 대전이 발발하기 전 다가올 재앙을 예감하며 몸부

림쳤던 화가들이 연상돼 현대 미술관과 도심 화랑들을 정신없이 쏘다녔다. 망막의 맹반盲斑에 탐욕의 암세포가 전이되어 독버섯처럼 자라는 형상과 겉으로는 멀쩡하나 속으로는 애꾸눈 환자가 급증하는 군상들의 내면을 포착한 초현실주의적 화풍의 그림들을 찾기 위해서였다. 그러나 아쉽게도 그런 그림은 한 점도 발견하지 못했으니, 예술가라는 사람들도 탐욕의 맹반암이 발병한 것인가.

헛되고 헛되도다

◇◇◇

"헛되고 헛되도다, 세상만사 헛되도다Vanity of vanities; all is vanity"라는 경구는 구약 전도서(1장 2절)의 저자가 탄식하는 말이다. 이 저자는 다윗 왕의 아들로 돼 있어서 지혜와 부의 상징으로 추앙받은 솔로몬 왕으로 유추되고 있으나 확실치는 않다. 휘황찬란한 황금의 궁전에서 살았을 솔로몬이 이런 말을 했을까 믿어지지 않는다고 말하는 이들도 있다.

그러나 '솔로몬의 재판'의 전설이 전해지고 있는 걸 보면 그는 현명한 '지혜의 군주'였음은 분명한 듯싶다. 한 아이를 사이에 두고 두 여인이 서로 제 아들이라고 주장하는 재판에서 왕은 추상같이 당장 아이를 둘로 쪼개 나눠 주라고 판시하여 친엄마를 가렸다는 설화는 지혜의 정수를 보여 준다. 왕은 친엄마가 아이가 죽을까 봐 울면서 자기가 포기하겠다고 말할 걸 미리 짐작했었다는 말인가.

"네가 장차 들어갈 무덤 속에서는, 일도 없고, 계획도 없고, 지식도 없고, 지혜도 없느니라"라는 구절만 떼어놓고 보면 허무주의로 인도하는 말 같게도 들린다. 물론 성서인 까닭으로 그런 건 아니다. 덧없는 '인생무상', 유한한 인생살이에서 부질없는 욕망과 오만을 버리고 신의 뜻에 따라 살라는 훈계다.

스위스 태생 알랭 드 보통은 '불안'이라는 에세이 저서에서 사람들이 불안 속에서 살다가 죽는 것은 '욕망의 하녀'가 돼 '속물근성'에서 벗어나지 못하기 때문이라고 진단하면서 이 글귀를 인용했다. 나는 오늘을 사는 대다수의 사람은 '욕망의 하녀', 그러니까 '욕망의 노예'로 살다가 불안과 불행 속에서 죽는 것은 아닌지 의문이 들기도 한다.

욕망의 노예가 돼 사람들은 신분, 돈 그리고 명예를 제 나름대로 갈구하는 데 아귀다툼을 벌인다. 기업의 정규직 노조는 비정규직원들과의 신분 공유를 거부한다. 잘 나가는 대기업은 돈을 산더미처럼 쌓아놓고도 좌절의 구렁텅이에 빠져 신음하는 청년들을 외면한 채 투자하려 않는다. 무조건 많으면 좋은 것多多益善으로 생각하고 자기 곳간을 채우려고만 한다. 근심, 고통, 불행은 적으면 적을수록 좋은 건데 버리는 데는 매우 인색하다. 죽은 뒤 세월이 흐르면 위대한 인물의 유산도 먼지가 되는 것을….

'시인이 괴로워하면 그 사회는 분명 병든 사회'라는 진단이 있다. 시인은, 뭐랄까, 때에 찌든 인간의 내면을 세탁하여 보다 아름다운 마음, 정의로운 마음을 갖도록 하는 영매靈媒의 존재인 까닭이다.

그런 시인들조차도 욕심 때문에 뭘 버리기 어려운 세상이 된 건 아닌지 모르겠다. 수녀이면서 시인인 이해인의 시 '삶과 시'를 보면, '시를 쓸 때는/ 아까운 말들도/ 곧잘 버리면서/삶에선 작은 것도/ 버리지 못하는/ 나의 욕심이/ 부끄럽다…'고 고백한다.

다다익선이 무조건 좋은 것은 아니니, 가진 자들일수록 없는 자들에게 나눠 주는, '버리고 베풀 줄 아는 마음'으로 순화되기를 갈구한다. 죽으면 티끌만도 못한 것이 된다. "헛되고 헛되도다…, 그러니 서로 욕심을 버리며 더불어 살자!"

이렇게 염불 외듯 중얼거려 본다.

끈의 굴레

◇◇◇

　어느 날 집에서 무료하게 지내다가 저녁 무렵 TV를 켜자 누굴 초조하게 기다리는 한 중년 남자의 주름진 얼굴이 화면에 가득 찬다. 나이보다 얼굴의 주름살이 깊고 넓게 패인 남자는 소년 같이 눈물을 글썽인다. 아주 어려서 자기를 버리고 집을 나간 뒤 영영 소식이 끊긴 그 희미한 그림자조차 기억해 낼 수 없는 엄마를 방송국 도움으로 찾고 또 찾아 마침내 재회의 기쁨을 갖게 되는 장면이다.

　핏줄은 생각만 해도 뜨겁고, 감동적으로 마음을 달구는가 하면, 다른 한편으로는 무섭게 분노를 끓어오르게도 한다. 핏줄로 모든 것을 용서하는 마음이 들다가도, 핏줄에 얽힌 분노와 증오가 폭발하면 골육상쟁이 벌어지는 것이 또한 인간사다. 핏줄이 모인 종족이나 민족 간 쟁투는 오늘날 이스라엘과 팔레스타인 간 관계에서 보듯이 집단 살육이나 도륙이 실감 날 만큼 무섭다. 핏줄이 집단화되면 종교가 달라지고, 정치, 경제적

이해관계도 대립한다.

서양에서는 줄과 끈이라는 말strings과 혈통strain이라는 말의 어원이 같다. 혈통을 잇는 생명줄의 끈은 태반에 뿌리를 둔 실 같이 매우 가는 줄로, 후에 우리의 살과 뼈와 신경조직을 정교하게 만들어 낸다.

젊어서는 주로 쇠줄이 연상됐기 때문에 줄이나 끈이라는 말 자체를 싫어했었다. 포승줄로 쓰이는 동아줄이나 특히 족쇄로 사용되는 쇠줄은 구속의 상징물이어서 삶의 쇠사슬로부터 해방되고자 하는 자유를 갈망하는 마음이 강했던 것 같다. 허나 인생 황혼 녘에 들어서 욕망이 사라지니 태어난 손녀를 보면서 탯줄이 신비스럽게 다가온다. 홀가분한 마음으로 태고의 원시 세계로 달려가는 듯도 싶다. 기시감旣視感에서 에덴동산의 아담과 이브의 모습을 보게도 된다. 태어난 후 문명사회에서 만들어지는 핏줄은 싫지만, 자연 상태에서의 탯줄은 생명의 경외감으로 마음이 설렌다.

아기의 배꼽에 연결된 탯줄은 태어남과 동시에 잘리게 된다. 그렇지 않으면 모체와 새 생명이 모두 죽게 될 것이기 때문이다. 생리적으로는 탯줄이 끊김으로써 새 생명은 비로소 새 객체로 탄생한다. 허나 문명이 형성되는 과정에서 정신적으로는 단절이 되지 않아서 핏줄로 이어지고 부모 형제와 다른 핏줄과의 유대가 형성된다.

서양 사람들은 태초에 탯줄을 이빨로 물어뜯어 새 생명을 객체로 독립시켰다. 새 생명을 살게 하기 위해서는 모체와 연결된 끈을 끊어 내야만 하는 자연법칙의 의미를 우리는 어떻게 받아들여야 할까? 서양에서는 '탯줄의 절단'에서 영감을 얻어 핏줄을 극복하고자 혁명도 일으켰다. 조상과 혈통에 관계없는 만인이 평등한 세상을 꿈꾸었다. 이에 반해 동양에서는 개인의 정신적 고통과 번민을 벗어나는 해법으로써 '핏줄의 절단'을 통해 해탈의 경지에 이르는 삶을 상상했다.

하지만 해탈은 신기루와 같은 이상이어서 범부들은 그 경지에 근접조차 못 한다. 연줄 연줄로 이어지는 인연의 끈에 꿰어져 혼인도 하고 새 생명을 잉태하기도 하면서 생업을 유지하다가 죽는다.

그런데 동서양을 막론하고 결단코 끊어져서는 안 될 끈도 있다. 그것이 끊어질 때 사회에서 도덕과 종교와 진선미가 파괴되어 전쟁과 아비규환이 횡행케 된다. 끈을 끊어서 새 생명을 탄생시키는 것과 신이 준 끈을 가슴속에 소중히 간직함으로써만 생명이 생명다워지는 모순을 인간사에서 맞닥뜨리게 된다.

고대 불교에서 유래된 것인지는 모르겠으나, 공교롭게도 동양에는 '마음의 거문고'라는 것이 있고, 서양에는 '마음속 하프의 현'이라는 말이 있다. 우리에게 매우 친숙한 말, '심금心琴, heartstrings'이 동서양의 같은 말이다. 그것의 줄은 절대로 훼손되거나 끊어져서는 안 되는 것이다. 그러면 사랑, 헌신, 희생의 정신은 전설이 되고 만다. 그 생명의 현을 울리는 것은 반드시 비극적인 순애보나 뼛속까지 아려오게 하는 핏줄의 슬픈 이야기만이 아니다. 중대한 인간사들이 우리의 그 현을 터치할 때 문명은 오묘한 끈의 굴레에서 진보해 나가게 되는지도 모르겠다.

22cm의 父情

◇◇◇

독일에 있는 큰애에게 좋은 규숫감이 있다고 하니 잠시 귀국하여 만나볼 것을 종용했다. "아빠, 부활절이야, 아빠, 알잖아, 일 년에 딱 한 번 꽃향기와 함께 놓치고 싶지 않은 짧은 휴일이 오는데, 보나 마나 안 될 게 뻔한데, 정말 왜 그래"라며 아들은 일시 귀국을 완강히 거부했다. 끝내 나는 전화통을 내동댕이치며 "네 멋대로 살아라"라고 미친 듯이 고함쳤다. 그러고 나서 나는 자정이 넘었는데도 잠자리에 들지 못했다.

춘분이 지나고 곧바로 부활절이 오면 유럽의 세상은 달라진다. 하늘 높은 곳으로 치올라 간 구름 사이로 햇빛이 반짝이고, 건조해지는 공기 그리고 여기저기 꽃망울이 터진다는 전령을 전하는 공원의 새 소리에 사람들은 웅크리던 가슴을 펴며 표정은 밝아지고, 걸음걸이도 활기차진다. 유럽은 위도상 윗자리에 있어 춘분이 지나면 낮은 하루가 다르게 길어져 세상은 온통 어둠에서 밝음으로 변한다.

그래, 글로벌 시대에서 배필이 서양 여성이면 어떻고, 다른 곳 여성이면 어떻겠느냐고 머리로는 그렇게 생각하면서도, 가슴으로는 그것이 쉽게 받아들여지지 않아 내 인격의 이중성에 부끄러움을 느끼기도 했었다. 아들은 태어나 아비의 직업 관계로 국내와 유럽을 일정한 기한으로 왔다 갔다 하면서 살아오다가, 20세 이후로는 대학 공부로 거의 독일에서만 지냈다. 따져 보면 33세가 되는 기간 동안 국내 거주 기간이래야 유년기와 청소년기의 절반가량인 10여 년도 채 되지 않는다.

이성으로서 서양 여성과의 대화가 더 편하고, 의사가 더 잘 통한다고 하니, 배필의 선택은 그에게 맡길 수밖에 없다고 체념하고 있는데, 갑자기 부활절 직전에 아들은 마음을 바꿨다. 엄마와 이모의 설득이 주효했던 탓인지, 혹은 아비의 마음을 헤아려서인지, 아무튼 나는 그를 맞으러 인천공항으로 향했다.

친지들이 왜 유독 큰애만 사랑하느냐고 물을 때, 한참 생각하다가 사실 나도 그 이유를 잘 모르겠다고 대답하곤 했다. 장남이라고 해서 그러는 것은 아니며, 그렇다고 부모의 속을 썩이지 않는다든지, 공부를 썩 잘해서 그러는 것은 더더욱 아니다. 차남이 오히려 속 썩이지 않았을 뿐 아니라 학업 성적도 우수한 편이었다.

사람들에게 속마음을 털어놓지는 않았지만, 그 이유를 나름대로 곰곰이 생각해 본 적은 있었다. 30세를 훌쩍 넘은 지금도 "왜 아빠가 널 이렇게 좋아한다고 생각하느냐?"라고 물으면, "아빠 새끼라서"라고 응답하는데, 이때는, 뗄 때가 지났는데도 고무젖꼭지를 쭉쭉 빨며 개구쟁이 짓을 하던 네 살 때 말의 억양과 말씨가 그대로 느껴져서 그런 것 같기도 하고, 국내에서 중학교 다닐 때 하도 청개구리식으로 말을 듣지 않아 "이놈, 넌 아빠 새끼가 아니야! 태어났을 적에 병원에서 바뀐 게 틀림없어!"라고 야단치면, 제 왼쪽 허벅지 바깥쪽 가운데 움푹 패인 곳을 보여 주며 아빠 것하고 똑같은데 거짓말한다고 역공당한 것 때문에 그런 것 같기도 하다. "이놈, 언제 아빠 왼쪽 허벅지에 패인 자국을 봤느냐?"라고 물으면, 아빠 목욕할 때 봤었다고 자지러지게 웃었다.

일주일 동안 제 이모가 소개한 여성과 세 번 만나고 떠났다. 공항에서 혹시 규수가 배웅 나오지나 않았을까 살폈지만 보이지 않았다. 실망스러웠으나, 애와 헤어지기 전 최종적으로 마음이 어떤지를 확인하자 "그 여자가 날 좋아한다면 아빠가 원하는 대로 결혼하겠어"라며 밝게 웃었다. 규수가 요즘 기준으로 하면 키가 작아 걱정했지만 개의치 않았다. 똑똑하고 자기 마음에 든다고만 했다.

독일과 한국에서 이메일과 전화로 교제하면서 7개월 만에 결혼하게 되었다. 나는 결혼식장에서 신부를 가리켜 "신이 주신 선물"이라고 말했었다. 성당이나 교회에 나간 적이 없는 나지만, 신의 존재에 관해 항상 생각하며, 다른 한편으로는 회의하면서 살아왔다. 그런 내게 며느리로 맞은 여성이 불현듯 '신의 선물'로 여겨졌던 것이다. 공교롭게도 며느리는 독실한 가톨릭 신자였다. 그런데 진정 신이 주신 선물이라면 그 징표가 있을 터인데, 나는 그것을 찾을 수 없었다.

　수일 동안 나는 골똘히 그걸 찾던 참에 섬광처럼 내 뇌리에 닿는 징표를 발견하고 환희에 차 내 아내를 포옹했다. "여보, 그 비밀은 22cm에 있어! 우리가 결혼할 때 나와 당신의 키 차이가 176대 154로 22cm 아니야. 그런데 우리 애와 규수의 키 차이가 182대 160, 똑같은 22cm란 말이야. 아, 신이 주신 선물이 아니고 뭐겠어!"

첫 손녀

◇◇◇

초봄 다소 싸늘한 아침, 아들 내외가 백일을 넘긴 첫애를 보듬고 들어섰다. 잠깐 열린 현관문 사이로 아파트 단지 내 작은 화단의 한쪽 귀퉁이에 선 여린 산수유나무 두어 그루 가지마다 핀 노란 꽃의 군집이 눈에 들어온다. 작은 포대기에 싸인 어린 것의 모자가 노란 색깔이다. 뺨은 빨갛게 상기돼 있고 눈은 초롱초롱한데 표정이 없다.

"엄마, 난 엄마와 떨어져 있어도 엄마와 함께 살고 있어! 얘 좀 봐! 엄마를 그대로 닮았지 않아?"라고 아들이 현관에 서서 웃는다. "얘들 좀 봐! 아직 추운데 새벽에 출발해 오는 거야?"라면서 아내는 잽싸게 아이가 들어 있는 포대기를 받아 안방으로 들어가 침대 위에 뉘였다. 충주의 한 공장에 장기간 파견돼 일하고 있는 아들이 오전 10시경 본사에 일이 있어 상경하는 길에 아내와 딸애를 함께 데리고 온 것이다.

어린 것이 뉘자마자 여린 팔다리를 뻗치며 위에서 어르는 엄마, 아빠를 쳐다보며 웃는다. 눈은 제 엄마 것을 꼭 빼닮았다. 나는 며느리를 향해 "할머니를 닮은 게 아니라 널 닮았구나"라고 말했다. 며느리는 "친정에서는 저와 아빠를 섞어서 닮았는데 아빠를 더 닮았다고 그래요"라며 내 말이 만족스럽다는 듯 흡족한 웃음을 띤다. 딸을 낳아 처음에 섭섭했으나, 첫 손녀를 막상 대하고 보니 사내애 둘만 키워 온 나로서는 신기함이 그 섭섭한 마음을 덮는다.

제 아빠를 더 닮았다는 말에는 동의할 수 없다는 생각이 퍼뜩 들었으나 내색하지는 않았다. 내 아들과 나는 얼굴이 길쭉하여 말상에 가까운 형상이나 손녀는 얼굴이 둥근 편이기 때문이다. 이마가 약간 튀어나오고 코 뿌리가 살짝 들어박힌 듯하면서 뺨이 동그스름하게 감싼 것이 할머니의 얼굴 윤곽과 비슷해 보이기도 한다. 웃을 때 한쪽 뺨의 보조개가 선명한 것도 유사해 보인다.

얼굴을 좀 더 자세히 뜯어보고자 포대기 가장자리를 젖히며 가까이 내려다보자 손녀는 눈자위를 찡그린다. 아랫입술을 턱밑 쪽으로 내려서 벌리는 것이 울음을 터트릴 태세여서 나는 황급히 굽혔던 허리를 펴고 한 발짝 물러섰다. 울지 않아서 다시 다가가 내려다보자 이번엔 고개를 돌려 버린다. 그러더니 한참 후 살짝 고개를 움직여 낯선 사람의 기색을 살피려는 듯 곁눈질로 훔쳐본다. 결혼 후 아내가 토라졌을 때 내게 했던 행동과 표정과 너무 흡사한 듯도 했으나 엄마가 좋아서 아들이 그렇게 말한 거겠지 생각했다.

중년 때까지도 나는 아내의 유아기와 소녀 시절 어떤 몸짓으로 살았을까 궁금해했던 것 같다. 장모님을 뵐 때면 종종 갓난아기 때의 모습과 초등학교 다닐 때 어땠는지 묻곤 했는데, "착했다", "공부 잘했다"라는 추상적인 말씀 외에는 들려주는 얘기가 별로 없었다. 기억에 남는 것은 찾아온 친척이 귀엽다고 뺨에 입을 맞추기라도 하면 고사리 같은 손에 침을 묻혀 닦아 냈다든가, 좀 자라서는 스스로 무명 헝겊으로 인형 같은 걸 만들어 혼자 그것과 종알거리며 웃거나 처연한 표정을 지었다는 정도였다. 한번은 옆에서 듣던 손위 처남이 "이 사람아, 갓난애 때부터 울보였어! 울보! 어머니를 밤에 잠도 못 주무시게 할 정도로 말이야…"라고 하며 자리를 떴다. 장모님은 처남이 다른 방으로 가자 갓난애 때의 일은 잊으셨는지 내게 "운 것은 배가 고파서 그랬던 거야. 6.25 때 서울엔 먹을 게 없어서 맹물 같은 죽으로 연명했었지, 그래서 키가 작게 된지도 몰라…"하셨다. 그 당시 네댓 살 되던 때 굶어서 울고 그 때문에 키가 헌칠하게 자라지 못했다는 말씀이었다.

헌데, 어느 날 통화 중에, 6.25 동란 때도 아니고 어디 아픈 곳이 있는 것도 아닌데 밤중에 울음보를 터트려 잠을 설치게 한다는 아들의 불평에 나는 귀가 번쩍 띄었다. 할머니가 그랬었다는 건 말하지 않고 애들이란 다 그래서 세월과 함께 자라면 괜찮아질 터이니 참고 지내라고만 했다. 아내가 아기 때 울음보였던 것은 배고파서가 아니라 천성이었을지도 모른다는 생각이 들기도 했다. 장모님이 계신다면 생김새나 하는 짓이 진짜 닮았는지 확인받을 수도 있으련만 이 세상에 안 계시니 그럴 수도 없는 노릇이다.

가는 세월이 무서운데 첫 손녀 때문에 내게도 산수유꽃과 같은 새봄이 찾아오는 것만 같다. 뭐랄까, 이 아이로 말미암아 세월을 거슬러 가면서 살 수 있는 희망이 싹튼다고나 할까. 산수유꽃 색깔의 모자를 덮어 쓴 손녀에게서 새봄을 느꼈으니 말이다. 아내가 산수유꽃 군락을 화폭에 담아 어느 전시회에 출품한 것도 우연만은 아닌 듯하다. 산수유꽃은 땅의 색깔이요, 소망의 색깔이다. 누런 황야는 산수유 꽃망울을 신호로 생명의 녹색으로 생동하기 시작하는 법이다. 봄에 재생하는 모든 생명은 밝은 태양을 향해 희망과 소망을 품는다.

소망의 씨앗, 첫 손녀가 할머니를 닮았다면 꿈만 같은 일이다. 세월을 거슬러 가면서, 이 아이가 성장하는 과정에서 나는 그렇게 궁금했던 아내의 어린 시절의 비밀을 생생히 살펴 볼 수 있게 될 테니 말이다. 이젠 가는 세월이 무섭지 않아진다. 아, 세월의 새 희망과 소망이 움튼다.

장모님 생각

◇◇◇

아내를 보노라면 장모님 생각이 날 때가 있다. 얼굴이 닮은 탓도 있겠지만, 살아계실 때 뭣 하나 잘해드린 게 없다는 회한 비스름한 감회가 솟아나기 때문인 것 같기도 하고, 그보다는 '왜 그렇게 믿고, 행복해 하셨을까' 하는 의문 때문인 듯싶기도 하다.

장모님, 당초 홀어머니에 여동생 둘이 딸린 외아들인 나와 딸이 결혼하는 걸 탐탁잖게 여기셨다. 게다가 첫 대면에서부터 어머니와는 믿는 종교가 달라 사이가 틀어져 버렸다. 어머니는 불교인데 반해 장모님은 기독교여서 두 분이 마주 앉아 말씀하실 때는 가시방석에 앉아 있는 듯했었다. 두 분 모두 남편이 먼저 세상을 떠난 과부이다 보니, '번듯한 아비 있는 규수를 맞고 싶었는데…'라고 어머니가 중얼거리시면, "인자한 시아버지가 있는 집에 시집보내고 싶은데…"라고 장모님은 되받으셨다. 우여곡절 끝에 결혼은 하기는 했다. 어머니가 마음을 바꾸신 것은 존앙하는 스님이 '지아비를 성공시키며, 아들 둘을 낳을 팔자'라고 한 사주풀이에 혹하신 까닭이었다. 지금 생각하면, 사내 형제를 둔 것만은 놀랍게 맞혔으나 나는 성공하지는 못했다. 그것은 전적으로 내 탓으로 여겨진다. 장모님이 나를 받아들이게 된 동기는 확연히 알지 못한다. 독실한 기독교 신자이시다 보니 사주 같은 걸 믿는 분이 아니어서 내 사주를 보고 그러신 것 같지는 않다. 다만 한 가지 짚이는 것은 내가 술을 전혀 마시지 않는다는 딸의 보고로 그러셨을지도 모른다는 추측이다.

1960년대 중반 종로 2가 '르네상스 음악다실'에서 처음 우연히 마주쳐 연애를 시작한 지 꽤 지나서 당시 여대생인 여성이 어느 날 갑자기 술을 함께 마시자고 해 당황한 적이 있었다. 청순한 이미지의 이 여성의 정체성에 혼란이 일었으나 또한 호기심이 동하여 그날 저녁 명동의 한 선술집에서 마주 앉았다. 점심 때 직장 근처에서 자장면을 먹은 게 잘못됐는지 배가 아파 여기서는 술을 한 모금도 들지 못했었다. 배 아픈 건 숨긴 채 "술에 관한 호기심, 이해할 수 있으니 마음 놓고 드세요"라고 너그러움을 가장하여 권했으나 그녀는 자기 혼자만 마실 수 없다며 사양하는 바람에 싱겁게 헤어졌다. 그 뒤 다시는 술 얘기가 나오지 않았을뿐더러 둘이 술을 마실 기회도 없었다. 직장 친구들과는 꽤 자주 어울려 술잔을 기울였지만 말이다.

결혼 후 장모님이

"저리도 술을 좋아하는데 한 모금도 마실 줄 모른다고?"

거짓 보고를 했다며 딸을 야단치는 걸 보고는 '운명이란 있는 것인가' 하는 생각을 했다. 결국 장모님은 사위가 된 다음 알게 되셔서 어쩔 수 없이 술을 마시기는 하나 주사를 부리는 걸 보신 적이 없고 색을 밝히지도 않으니 용인하는 쪽으로 마음을 정리하셨던 것 같다. 밖에서 기분 나쁠 때 술을 퍼마시고 늦게 집에 들어와 공연히 생트집을 잡아 애지중지하던 막내딸을 울린 적이 있다는 걸 아마 장모님은 모르고 눈을 감으셨을 것이다.

장모님이 예상한 대로 딸의 시집살이는 만만치가 않았었다. 열 평 남짓한 시민아파트에서 어머니, 여동생 둘 그리고 우리 내외가 기거했으므로 숨 막히는 공간이었다. 툭하면 마음도 부딪혀 멍이 들고 생채기가 났다. 중재 역할을 잘 해 보고자 했지만, 뜻대로 되지 않았다. 그래서 어머니에겐 '못난 놈', 누이들에겐 '마음 변한 오빠' 그리고 아내에겐 사랑을 거짓 고백한 '야속한 남편' 신세가 되었다. 가끔씩 장모님을 찾아뵐 때면, 왜 그때 그랬는지는 모르겠으나 아내의 갓난아기 때와 초등학교 시절의 몸짓과 모습에 관해 묻고 듣는 걸 좋아했다. 장모님은 지겹다고 하시면서도 똑같은 얘기를 즐겁게 되풀이하시곤 했었다.

손위 처남이 일찍 직장을 그만두고 양수리 어느 산골짜기에 들어가 농사지으며 양봉업을 시작하자 장모님도 그리로 따라가신 다음엔 뵐 기회가 적어졌다. 더욱이 당시 수출 첨병 혹은 수출 역군의 칭호를 달고 가족과 함께 해외 여기저기로 나가 살게 되었으니 수년마다 한 번씩 뵐까

말까 할 정도였다. 어머니에겐 해외 근무지에서 전화도 자주 드리고 멀리
에서나마 애써 보살펴 드렸으니 여한이 적으나 장모님께는 정말 해 드린
게 없어 아쉬움만 남는다.

　1986년 가을 스위스에서 임기를 마치고 귀국한 뒤 장모님을 찾아뵈었
다. 그날 처남댁에서 점심을 드는데 장모님의 교회 친구 몇 분도 초대되
었다. 모두 고희를 넘긴 할머니들인데 사위 구경을 하러 오셨다고 했다.
신혼도 아니고 내 나이 또한 불혹에 접어들어 황당하기만 했다. 뭐랄까,
이국에서 온 원숭이를 호기심 가득한 눈으로 보는 것 같아 무안하여 부
아가 치솟기도 했다. "장모께서는 사위가 딸을 끔찍이 사랑한다고 해서
항상 행복해 하신다오. 하나님이 내린 은혜라고 하셔서 우리가 보러 왔
지요."라며 한 할머니가 웃으면서 하신 말씀이다. 장모님은 왜 이렇게 믿
고 계실까? 장모님이 생각하시는 것처럼 딸에게 잘해 준 것이 없었기에
얼굴이 화끈거렸다.

　돌아오는 길에 차 안에서 아내에게 "어머님께 또 거짓 보고 드렸소?
술 한 모금 못 마신다고 한 것처럼…."라고 묻자, "당신이 술 마시지 않은
것처럼 가장하지 않았어요?"라고 쳐다보다가, "난 이렇다 저렇다 말한 적이
없어요. 엄만 당신을 보고 그냥 느끼시는 거겠지… 엄마의 소망과 그 느
낌이 결합되어서 현실화되는 거라고나 할까…"라며 아내는 얼버무렸다.
그러다가 원망스럽다는 눈빛으로 나를 흘겨보았다. 장모님은 아내도 모
르는 내 속마음을 진정 어떤 영감으로 꿰뚫어 보신 걸까? 타계하신 지
10여 년이 훨씬 지났는데도 장모님 생각이 새록새록 돋아날 때가 있다.

그리움의 여울목

◇◇◇

　그리움에 사무쳐 남몰래 눈물짓거나 밤에 잠 못 이룬 적은 없다. 외로울 때 문득 물감이 가슴에 뿌려지듯 그렇게 그리움에 젖고 먼 곳으로부터의 저녁 종소리가 점점 가슴 속에 메아리치듯 그렇게 그리운 음성이 들려온다.

　한겨울 저녁 인적이 끊긴 바닷가에서 지평선의 낙조를 보면서 어머니의 체취가 낙조의 물감처럼 가슴에 스며들던 기억이 있다. 지평선 너머 아주 먼 곳에 계시는 어머니는 전설 속으로 들어가 고운 모습으로 변한 듯이 보였으나 낙조의 빛깔로 출렁이는 물결에 부서져 그 보고픈 얼굴에 뺨을 비빌 수가 없었다. 해변의 암석에 부딪히는 파도는 어머니의 음성을 실어 실의에 빠진 나에게 "아가, 어깨가 너무 처져 있구나!"라고 전한다. 그러면서 어머니는 안쓰러운 듯 내 어깨를 일으켜 세우면서 다독인다. 까마득한 기억의 갈피에서 나오신 어머니의 모습은 젊은 시절보다도 더

고와 보인다. 그리움은 꿈속 전설이 되는 걸까.

때로는 빛바랜 먼 추억이 그리움 속에서는 석양빛으로 채색되기도 한다. 오늘의 주름진 반려자가 옛 모습으로 환생하기도 하니 말이다.

갑작스러운 고열로 병실의 창가 침대에 누워 있었을 때 날 어루만져 열을 낮춰 줄 흰 날개를 단 천사가 창문을 열고 다가올 것만 같은 환상에 간헐적으로 잠겼던 기억이 있다. 내 맘을 들여다보지 못하고 실망의 눈물을 보였던 아내에 관한 아쉬움의 환각이었던가. 때로는 나에게 등 돌리며 울면서 밖으로 뛰쳐나갔던 그대… 그대는 첫사랑 때 소녀 모습으로 시간이 정지된 채 머물러 있는데…. 옛날 그대의 귀여웠던 보조개가 때론 우리 손녀의 볼에서 겹쳐진다.

그리움은 때론 실개천에 떠 흘러가는 이름 모를 꽃잎처럼 기억의 갈피를 장식하기도 하고, 세월과 함께 켜켜이 쌓여 땅에 묻히는 낙엽의 문양처럼 기억의 갈피에 끼어 있다가 퉁겨져 나오기도 한다. 고향 마을 어귀 귀퉁이 소나무의 굵은 줄기에 그넷줄을 매달아 놓고 단오절에 그네 타던 누나들의 모습은 꽃잎 하나하나로 축소되어 갈피에 끼어 있는가 하면, 잃어버렸던 많은 것이 아쉬움의 문양으로 새겨져 흔적이 남아 있다. 잃은 것 중에는 친구와의 우정도 있고, 어렸을 때 살던 옛집도 있고, 강가 철길 모퉁이를 돌아갈 때의 기차 기적소리도 있다. 동네 앞을 지나 남쪽으로 멀리 뻗어가다가 산등성에서 끊기고 거기서 밤하늘의 은하수로 이어진 것으로 보였던 신작로의 기억도 있다.

밤하늘의 별 역시 그리움의 전설이기도 하다. 반짝이는 별은 천상에 계시는 어머니의 눈빛으로 보인 적이 있다. 이순이 지난 후에도 고향에 가서 밤길을 걸을 적에 어느 때는 이미 없어진 신작로를 하염없이 밤을 새며 걷다 보면 산등성이 위 아주 먼 어머니가 계시는 곳에 닿을 수 있다는 착각, 그땐 착각이 아닌 꿈으로 생각했었다.

어머니는 언제나 별빛 같은 눈으로 날 굽어보시면서 꿈과 희망의 영감을 주셨다. 내가 이렇게 버텨 온 것은 어머니의 사랑과 그리움 속에서 잃어버렸던 것들의 추억과 회한의 결과가 아닌가 여겨진다.

고독할 때 잠기는 그리움은 슬픔과 아쉬움 속에서도 별을 보며 꿈을 꾸게 하는 마력이 있다. 내겐 그리움은 별이요 꿈이다. 그리움과 꿈이 날 지탱하는 생명줄 역할을 해 왔다는 걸 깨닫게 된 건 얼마 되지 않는다. 정신없이 살아왔던 지난날을 되돌아볼 때 밤하늘의 별을 봤던 날은 그리 많지는 않다. 하지만 한밤중 귀가할 때 어쩌다 올려다보게 된 별들은 지친 내 영혼에 빛을 비쳐 줬었다. 윤동주의 '별 헤는 밤'의 시구詩句 때문일까. 이즈음 추운 겨울인데도 베란다의 창가에 기대거나 바깥에 나가 별을 헤는 날이 많다.

기적汽笛

◇◇◇

　기차는 산모퉁이를 돌아서 강가로 나오기 전 으레 길게 기적을 울렸다. 그 소리는 육중한 기관차가 시커먼 연기를 토해 내며 숨을 헐떡이는 소리처럼 들렸었고, 때로는 그 연기 한 오라기가 회오리바람에 실려 물가 모래톱에 서서 바라보고 있던 소년의 코에까지 스며들어 석탄 냄새를 풍겼다. 화창한 봄날 이렇게 강가에서 기적이 울릴 때면 갈대숲과 물가에서 예쁜 흰물떼새들이 날아오르며 기차를 따라갔다. 나는 앙증맞은 그 새들이 기차를 타고 어디 멀리 가고 싶은 것으로 생각했었다.

　초등학교 입학 전, 외할머니가 기차를 타고 별빛 쏟아지는 밤 오시던 날 어머니는 동구 밖에서 서성이며 내 손을 잡고 기다리셨다. 인력거 한 대가 어슴푸레 시야에 들어오자 어머니는 내 손을 놓은 채 뛰쳐나가셨고, 흰 고무신이 벗겨지면서 하얀 버선 뒤꿈치에서는 반딧불처럼 별빛이 물든 잔자갈이 튀어 올랐다. 이때 난생처음 외할머니를 뵈었다. 열흘 가까이 우리 집에 머무르셨으나 서울에 계시던 아버지는 내려오지 않았다.

외할머니를 맞이한 어머니를 보면서 그리움과 사랑이 무엇인지 어린 내 가슴에 진한 물감이 들여졌다. 초등학교에 입학한 뒤로 봄과 여름날에는 멀리 철길이 있는 강가에 나가 모래톱을 밟으면서 기차를 기다리곤 했었다. 다시 오시는 외할머니가 기차의 차장 밖으로 얼굴을 내밀며 손을 흔드는 모습을 상상할 때도 있었다. 또 어느 때는 어머니를 좋아하지 않던 아버지였지만 서울에서 내려오시는 걸 보고 싶은 마음도 있었다.

외할머니는 다시 오지 않으셨고, 아버지는 6.25 전쟁이 끝나고 휴전협정이 체결된 직후 불혹의 나이에 일찍 세상을 뜨셨다. 스스로 목숨을 끊으셨던 것인데, 그 이유는 지금까지 알지 못한다. 가세가 기울어 그리되었을 듯싶기도 하고, 아버지 나름대로의 말 못 할 무슨 철학적 이유가 있었을 것 같기도 하다.

말 못 할 이유가 있었을지도 모른다는 생각이 들었던 건 남은 가족이 고향을 떠난 다음 중고교 방학 때 고향에 들르게 되면 머리가 허여신 집안 어른들 중에는 내 손을 붙잡고 눈물을 보이시면서, "네 아범 덕분에 6.25 동란 때 우리 집안에서는 한 사람도 죽지 않았다"라고 말씀하시는 분들이 계셨기 때문이었다. 낮에는 군경 측에서 죽이고, 밤에는 빨치산 측에서 죽이던 시절에 집성촌 안씨 중 한 사람도 상하지 않게 한 분이 아버지였다는 그분들의 말을 그때는 이해하지 못했다. 장성하여 생각하니, 아버지는 좌우 경계인으로 사시다가 위기가 닥치자 그리되지 않았을까 추측될 뿐이다.

　아버지가 세상을 뜨신 다음 늦가을 강으로 갔다가 갈대를 헤치며 철길에 올라 산모퉁이에서 기차를 기다렸었다. 오래오래 기다려도 기차가 오지 않아 철길을 따라 걸었다. 강을 가로지르는 철교에 이르러서도 그냥 걸어갔다. 침목 사이로 수십 길 아래에는 강물이 여울지며 소용돌이치고 있었다. 순간, 기차가 달려오면 어떻게 될까, 강물로 뛰어내릴까, 아버지처럼 죽게 될까, 무서움이 엄습해 와 앞으로 조심조심 나아갔다. 물론 상당한 거리를 두고 사람이 숨을 갱坑 같은 곳이 있다는 건 나중에 알게 됐지만.

　철교가 끝나는 곳까지 갔는데도 기차는 오지 않았다. 땀이 식고, 추위를 느낄 때까지 기차는 오지 않았으나, 황혼이 질 무렵 기적이 숨 가쁘게 울리더니 기차는 산모퉁이를 돌아 모습을 드러냈다. 산기슭 오르막길에서 숨이 헐떡이는지 기관차는 연신 기적을 뿜어낸다. 그러면서 철교를 건너오자 나는 옆길에서 기차를 따라 달려갔다. 검은 연기가 휘감아 오면서 진한 석탄 냄새가 콧속으로 마구 들어왔다. 그 냄새를 더 들이마시고자 기차를 따라 내달렸으나 이내 기차는 시야에서 사라졌다. 흰물떼새도 보이지 않았다. 새들은 기차를 타고 간 건지 강가에는 한 마리도 보이지 않았다. 여린 가슴이 석탄 색깔로 물들여지고, 서쪽 하늘에서 붉은 석양 빛깔이 눈에 들어올 때 눈에서는 눈물이 고이다가 떨어져 내렸다. 돌아오지 않을 아버지가 미워서였을까.

세월이 흘러 그 강에 가면 옛 강이 아니었다. 흰물떼새도 오지 않는 강, 모래톱과 갈대숲도 사라진 강, 산모퉁이를 돌아 나오는 기관차는 기적을 울리며 석탄 냄새를 풍기지도 않는다. 기적은 돌아오지 않을 아버지가 돌아오신다는 신호로 들렸었고, 그러다가 석탄 냄새는 엄습할 때 감돌던 향내가 밴 아버지의 검은 숨 냄새 같았었다.

이제 기적과 석탄 냄새와 아버지의 실루엣은 그리움과 설움의 노스텔지어 문양으로 외진 가슴 한구석에 음각돼 있을 뿐이다.

함박눈

◇◇◇

소년기에 나는 겨울철에 내리는 눈을 무서워했다. 특히 새벽녘 들창을 열었을 때 푸르스름한 기운이 감도는 미명 속에서 밤새 도둑고양이처럼 소리 없이 뜰이며 나뭇가지며 온통 점령한 흰 눈이 덮여 있는 걸 보면 공포가 엄습해 왔다. 흰 눈 위에 튀기며 낭자하는 선혈이 더욱 선명해지는 것 같아 황급히 창을 닫아버리곤 했다. 물론 그 선혈은 환영이었으나 너무나 생생한 것이었다. 어머니는 눈 내리는 날 무서움에 떠는 나를 볼 때마다

"아가, 내가 널 거기에 데려가지 않았어야 했는데…."

눈시울을 적시며 나를 품에 끌어안곤 하셨다.

어머니는 17세 되던 해 한 살 위인 아버지와 결혼했으나 애를 갖지 못하다가 30이 돼서야 처음 나를 낳았다. 부모들끼리 약속해서 한 결혼인지라 부부 금실이 좋지 않아 그리됐다고도 하고, 아버지가 공부한다 뭐

한다며 서울과 동경만을 쏘다녀 그렇게 됐다고도 했다.

좌우간 내 아래로 딸 둘을 더 낳는 바람에 졸지에 나는 외아들이 돼서 귀여움을 독차지했다. 어머니는 어느 고승으로부터 사실은 아들이 하나 더 있는데, 그 아들은 보살님과 인연이 적어 바람처럼 왔다가 바람처럼 가버리지만, 그 아들 덕에 장수할 것이라는 알쏭달쏭한 말씀을 들으셨다고 했다. 집안에서 어머니를 좋게 보지 않는 어른 중에는 이 얘기를 전해 듣고 아버지 말투를 흉내 내 "멍청하고 모자라 사실은 가진 애가 지워진 것도 몰랐던 것 아니냐"라는 의혹을 제기하기도 했었다.

서양 사람들이 '한국 전쟁'이라고 명명한 1950년 6.25사변이 터질 때까지는 나는 행복하게 살았다. 간혹 아버지가 어머니를 학대하고 서울로 올라가 버리면, 나는 몇몇 또래 친구들을 모아 아버지가 할머니에게 주신다며 애지중지하는 뒤뜰 석류나무 가지에 주렁주렁 탐스럽게 매달려 있는 석류들을 모조리 훑어 따 버리는 등의 보복을 하더라도 외아들 지위 때문에 심하게는 야단맞지 않았다.

7월 하순이 되면서부터 내가 살던 정읍井邑에도 인민군 부대가 들어오기 시작했다. 정읍은 남도로 내려가는 길목이어서 그들은 새벽녘에 정읍에 도착하여 한낮 내내 내무서로 이름이 바뀐 경찰서 건물과 비교적 큰 읍내 가정집에 배정되어 아침 겸 점심을 배불리 먹고 낮잠을 자다가 석양녘에 주먹밥 한 덩어리씩을 배낭에 넣고 떠났다. 어른들은 인민군이 공습을 두려워해 밤에 행군하고 낮에 휴식하는 것이라고 했다.

우리 집에도 30여 명에서 많게는 60명까지 배정되었던 것 같다. 두어 차례 그들이 지나간 뒤 어른들은 이대로라면 곧 곳간이 비어 우리도 먹을 것이 없게 된다고 걱정했다.

한번은 1개 소대 병력이 우리 집에 와서 밥 먹고 여기저기 널브러져 잤는데, 한 왜소한 병사가 매우 아파 저녁에 함께 떠나지 못했다. 읍내 내무서 책임자가 그 병사를 우리 집에서 맡아 돌보라고 명령했다. 그가 만일 회복되지 못하면 처벌을 각오하라는 협박도 했다. 누굴 처벌하겠다는 것인지, 아버지는 홀로 부산으로 피신하시고, 집안일을 거들어 주는 친척 어른 몇 분이 우리 집에 출입했으나, 내무서원에게 한마디도 뭐라 말씀하지 못했다.

토하고 고열에 인사불성으로 그 왜소한 병사는 죽을 것 같았다. 집안 어른들은 이제 인민군 송장까지 치우며 누군가 처벌받게 생겼다며 걱정이 태산이었다. 그러나 며칠이 지나면서 그 가냘픈 병사는 어머니의 지극한 간병으로 기적적으로 회생했다. 말린 약초를 어디서 구하셨는지 탕약을 달여 먹였다.

어머니로부터 들은 바로는 그는 어머니와 같은 연안延安 이李씨로서 이름은 영철永喆이라고 했다. 성만 다르지 길 영永 자는 내 항렬의 돌림자여서 신기하기도 했다. 그러나 그는 못나 보였다. 나보다 10여 세 위 나이인데도 키는 불과 두 뼘 남짓밖에 크지 않아 장총을 어깨에 멜 때는 개머리판이 땅에 끌렸다. 9세의 어린 내 눈에는 인민군이 이 모양이니 전쟁에서 지겠다는 생각이 들었다.

그가 회복되어 떠나기 전 어머니에게 "어머니"라고 부르고 싶다고 말했다. 어머니는 미소만 지을 뿐 말씀이 없으셨다. 어머니는 그가 살고 있는 황해도에는 연안 이씨가 많다면서 아마 먼 혈족일 듯싶다고 하셨다. 그러면서 엄마가 낳자마자 죽어 생모를 모르고 자란 아이라고 하셨다. 그러면 어떻게 새엄마가 친엄마가 아닌 걸 알았겠느냐고 묻자, 어머니는 "친척이 말해 줄 수도 있고, 새로 태어난 동생들과의 어쩔 수 없는 차별 때문에 알게 된 게지"라고 짐작하셨다.

가을이 되면서 서울이 수복되었다는 괴소문을 놓고 집안 어른들은 숨죽여 쑥덕거렸다. 그 소문은 사실이어서 이내 인민군 세상은 다시 국군 세상으로 바뀌었다. 이 와중에서 많은 사람이 죽었다는 풍문이 떠돌았으나 시체를 직접 보지는 못했다. 겨울철이 되자 밤에 빨치산이 출몰하여 경찰과 전쟁을 벌이면서 진짜 잔혹한 살상이 자행되어 시체를 본 적도 있었다. 인근 내장산은 계곡이 우리의 내장처럼 얽히고설켜 빨치산의 주된 은신처가 되었다. 달빛이 없는 칠흑의 밤에는 어김없이 콩 볶는 듯한 총소리와 함성이 어린 나를 숨 쉴 수조차 없는 공포에 가두었다.

한겨울 눈이 쏟아지는 어느 날 빨치산의 공격이 가열하던 새벽녘에 누군가 우리 집 대문을 두드렸다. 어머니는 나와 내 동생 둘을 끌어안고 이불을 뒤집어쓰고 있었는데, 벌떡 일어나 귀를 기울이셨다. 그러더니 옷매무새를 고치고 밖으로 나가셨다. 어머니와 함께 들어온 분은 할머니의 조카 부인, 그러니까 내겐 당숙모뻘 되는 아주머니였다. 고위 경찰인 아저씨가 눈이 펑펑 쏟아져 별일 없을 줄 알고 몸에 미열이 있어 집에서 자다가 빨치산의 출몰로 경찰서로 복귀하던 중 누구 총인지 총에 맞고 집에 되돌아왔으니 도와달라는 것이었다. 어머니가 간청을 뿌리치지 못해 따라나서자 나도 울면서 어머니의 치마꼬리를 붙잡았다. 눈보라는 울고 있는 내 얼굴을 세차게 후려치기만 했다. 정읍은 겨울철 유난히 눈이 많이 내리는 고장이다.

아저씨는 대청마루에 누워 있었다. 어머니는 그리로 달려가 피가 쏟아지고 있는 아저씨의 어깻죽지 한곳을 헝겊으로 틀어막으면서 솜뭉치를 가져오라고 소리쳤다. 그 소리에 눈을 뜬 아저씨는 "의사를 불러오라고 했는데 누굴 데려온 것이냐"라고 투정하면서 다시 의사를 불러오라며 신음했다. 아주머니는 어디서 의사를 데려오느냐고 울부짖으면서 다시 밖으로 나갔다.

"여기요, 여기"라고 하는 소리가 들리더니 서너 명의 장정 발굽 소리가 가까워 오면서 대문이 활짝 열렸다. 아주머니가 바로 경찰서 앞까지 다가가 "고 경위 총 맞았다"라고 외쳐 데리고 들어온 사람들은 경찰이 아닌, 경찰서를 공격하던 빨치산들이었다. 벙거지 모자에 쌓인 눈 더미 사이로 빨간 휘장이 보이자 어머니는 내 손을 잡고 맨발로 좁은 마당을 가로질러 담벼락에 붙어 섰다. 제정신이 아닌 아주머니가 마루에 올라서자마자 연발의 총소리가 들리고 아주머니는 나무토막처럼 토방에 떨어졌다. 아저씨는 누운 채 몇 차례 몸을 꿈틀거리다가 늘어졌다. 피가, 선혈이, 튀기면서 마당의 흰 눈 위로 흘러내렸다.

한 빨치산이 내 손을 부여잡고 떨고 있는 어머니를 향해 누구냐고 묻자, "이 집 식모"라고 대답했으나, 저년이 거짓말한다고 총구를 겨눴다. 그리고는 총소리를 들었는데, "어머니, 빨리 집으로 가세요"라는 울음 섞인 말 이외에는 기억나는 것이 없다. 바람처럼 왔다가 간다는 아들이 어머니를 보호하고자 동료 빨치산에게 총을 쐈던 건가. 바람결인지, 눈보라 소린지, 어머니더러 집에 돌아가라는 소리 밖에 기억에 남아 있는 것이 없다.

그 집에서는 경찰 내외와 안방에서 숨죽이던 두 남매 그리고 빨치산 두 명도 함께 죽어 있는 시체가 이튿날 확인되었다. 지금도 나는 순백의 눈 위에 선혈을 뿌린 증오의 실체를 이해하지 못한다. 그러나 사랑의 실체는 지금도 뜨거움을 느낀다. 어머니는 그 고승의 예언대로 명을 이어 90세까지 장수하셨다.

이번 겨울에도 정읍에는 눈이 많이 내린다. 어머니가 저승에 가신 다음에는 눈발이 어머니의 소식을, 이승에서 바람처럼 왔다가 바람처럼 간 다른 아들과의 재회의 기쁨을 전하는 것 같기도 하고, "아가, 네 형은 아직 이곳에 오지 않았다"라는 소식을 전하는 것 같기도 해서 함박눈이 유난히 포근하게 느껴진다. 이제 바람 타고 눈발 내리는 소리가 그리운 어머니의 소리, 태고의 숨소리처럼 들리기도 한다.

접동새 누나

◇◇◇

    밤이 되어 베란다의 창문을 잠그고자 나가니 아파트 단지 내 정원의 꽃들이 눈에 들어온다. 컴컴해지는데도 꽃샘추위를 이겨 내며 피어난 자태가 선명하다. 서쪽 하늘에 빗겨 떠 있는 초승달 빛이 차가워서인지 낮에는 그렇게 화사하던 하얀 목련이 창백해 보이고, 진분홍 진달래는 새치름해 보인다.

    어둠 속에서 선혈鮮血 색깔이 선명한 진달래에 눈이 머문다. 진달래 피는 계절에는 사종四從 간인 영순이 누나가 생각나곤 한다. 어렸을 때 "순이 누나, 순이 누나"라고 하며 무척 좋아하고 따랐었다. '아, 순이 누나는 상냥하기만 했었는데…', 이렇게 생각하면서 이미 기운 초승달을 쳐다봤다.

    저 달은 이곳에서는 붉은빛이 안 나는데 사막에서는 붉게 보이는 걸까. 터키(튀르키예)와 이집트 등 중동의 무슬림은 초승달을 형제애의 상징으로 보아 전쟁에서 적군 부상자들까지 치료하며 돌보는 적십자를 적신월赤新月(붉은 초승달)로 정했으니 말이다. 사막과 같은 삭막한 세상살이에서 차오르기도 전에 속절없이 지는 초승달을 보니 순이 누나에 향한 마음이 새삼 더욱 애달파진다. 누나는 접동새가 되어 진달래가 흐드러지게 피는 춘삼월이 되면 야삼경에 고향 마을 주변의 이 산 저 산을 옮겨 다니며 선혈을 뱉어 내는 울음을 터트리고 있는 것 같은 환청에 사로잡힌다.

두견새 혹은 접동새로 불리는 특이한 새의 설화에 관해 알게 된 것은 고교 시절이었다. 고대 중국의 촉나라 망제望帝인 두우杜宇가 충신으로 믿었던 장인에게 배신당하여 국외로 쫓겨나 불여귀不如歸의 통한을 피를 토하듯 쏟아 내는 두견보다는 김소월의 시 ≪접동새≫에서 '오랍동생을 죽어서도 못 잊을' 시 속의 누나가 죽은 순이 누나의 참모습 같아서 나는 접동새 누나로 생각하기 시작했었다. 누나는 막내 사내 동생을 위해 살다가 꽃다운 나이에 죽었다. 오 남매 중 맏이인 누나에겐 세 자매와 막내인 오랍동생이 있었다. 아버지인 삼당숙三堂叔이 불혹의 나이에 죽어서 가세가 빈궁했었다.

어렸을 적에는 두견이니 접동이니 하는 새를 전혀 알지 못했었다. 단오 명절에 실개천이 휘돌아나가는 동네 어귀 한쪽 귀퉁이에 서 있는 몇 그루 소나무의 굵은 가지 두어 군데에 튼실한 줄을 매달아 놓고 그네 타는 누나들을 보면 진달래꽃 무리를 보는 듯했다. 울긋불긋한 치마저고리 탓이었는지 진달래꽃 무리가 춤을 추는 듯해서 어머니에게 왜 진달래가 단오가 아닌 춘삼월에 피어야 하는지를 따지며 초여름에 피게 할 방도가 없는지를 집요하게 캐물어 어머니를 어리둥절하게도 했다.

순이 누나는 소학교를 마친 다음 집에서 동생들 뒷바라지와 밭농사 일을 도왔다. 봄철엔 들에서 갖가지 나물을 캐어 읍내 시장에 내다 팔기도 했다. 코흘리개 막냇동생 다음으로는 날 예뻐했던 것 같다. 한번은 코흘리개의 뺨을 세게 때렸다가 누나가 울면서 그러지 말라고 해서 나도 따라 운 적이 있었다. 집에 와서는 어머니에게 "엄마, 난 왜 누나가 없는 거야? 왜 누나를 먼저 낳지 않았어!"라고 하며 생떼를 썼다.

소학교 사학년 때였다. 학교가 파하여 돌아오다 보니 동네 어귀에서 누나는 또래 처자들과 함께 그네를 타고 있었다. 실개천 가 나뭇가지 사이로 보이는 누나는 긴 댕기와 함께 머리카락을 날리며 높이 솟아오르고 있었다. 어귀에 닿아서 넋 놓고 누나만 바라봤다. 누나는 그런 나를 발견하고는 그네타기를 멈추고 다가와 내 손을 잡고 보자기가 있는 곳으로 갔다. 보자기에서 송편 같은 작은 수리취떡 한 개를 꺼내 내 입 속에 넣어 주면서 "맛있지?"라고 물었으나, 누나의 가쁜 숨에서 나는 냄새가 더 좋아 떡 맛을 느끼지 못했다. 건성으로 맛있다는 뜻으로 고개를 끄덕였을 때 누나의 저고리 소매 깃이 헐고 치마가 후줄근한 것이 눈에 띄었다. 집 대문을 들어서자마자 다짜고짜로 어머니에게 순이 누나한테 예쁜 옷 한 벌을 지어 주자고 졸라대기 시작했다. 하루 단식 끝에 가을 추석 때 그리하겠다는 승낙을 받아 냈다. 추석 명절에도 그네뛰기는 있었다. 색동 저고리에 진분홍 치마를 입은 누나가 그네를 탈 때 선녀와 같았다는 생각이 든다. 이듬해 장차 좋은 중학교에 진학하기 위하여 전주全州의 외가로 보내진 다음엔 누나의 그네 타는 모습을 볼 수 없었다.

당시 전국에서 열 손가락 안에 드는 전주 북중학교에 입학한 다음 고향 집에서 누나를 만났다. 누나가 축하하는 마음으로 나를 포옹했을 때 가슴 뛰게 하는 숨 냄새를 또 맡을 수 있었다. 누나는 입을 내 귀에다 대고 "막둥이를 너처럼 키울 거야"라고 속삭였다. 그리고는 서울인지 대군지 돈을 벌기 위해 섬유공장 어디로 떠났다. 이태가 지났을까, 중 이학년이던 가을에 누나가 폐결핵에 걸려 집으로 돌아왔다는 소식을 들었다. 겨울방학 때 고향에 와서 각혈하는 누나를 봤다. 허름한 누나의 집 건넌방에 누워 시뻘건 피를 토해 내는 누나를 보고 나는 정신을 잃었다. 후에 생각해 보니 내가 일류 중학교에 입학하지 않았더라면 막내에 욕심이 생기지 않아 공장에 가서 폐결핵에 걸리지 않았을 것이므로 결국 나 때문에 죽었다는 자괴감으로 괴로워했다. 이듬해 진달래 피는 초봄에 누나는 19세의 나이로 애절하게 숨을 거두었다.

베란다의 창문을 닫고도 거실로 들어오지 못했다. 초승달 너머 어딘가에 '천상의 산기슭 마을'에서 누나가 선녀가 되어 진달래 빛깔 치마저고리를 입고 긴 댕기와 윤기 나는 머리카락을 휘날리며 그네 타는 듯한 환영 속에서 한참이나 서 있었다. 소년기 가까이 얼굴을 맞대고 수리취

떡을 한입 넣어줄 때의 누나의 가쁜 숨 냄새가 아직도 콧속에 머물러 있
었다.

윤동주와 어린 왕자와 비극의 샘

◇◇◇

2015년 2월 8일 이른 아침 나는 김우종 원로 교수의 인솔 아래 '윤동주 70주기 추모식'에 참석차 일본 남쪽 후쿠오카에 갔다. 오전 11시, 교외로 옮겨가 지금은 없는 옛 형무소 터 뒷담 넘어 '모모치니시'라는 작은 공원에 꽤 많은 인사들이 모였다. 우리 추모단 이외에도 본국에서 개별적으로 온 분들과 현지 교민 그리고 양심적인 일본인 추모객들이 한데 모여 윤동주의 비극적인 삶에 눈물지으며 영전에 국화꽃 한 송이씩을 바치면서 시낭송으로 그의 문학정신을 기렸다. 추모객 중에는 미국의 동부지역 폭설을 뚫고 비행기를 세 번이나 갈아타며 오신 미국 보스턴 인근 거주 한인 노 귀부인도 있었고, 나와 같이 은발인 서양 여성도 눈에 띄었다.

적지 않은 인원이 모여 거행된 조촐한 추모행사였다. 그럼에도 기쁨 대신 내겐 '고독'과 '쓸쓸함'과 '슬픔'의 실루엣만 남는다. 을씨년스러운 날씨 탓이었을까? 우중충한 하늘과 살을 에일 듯한 칼바람이 콧물을 훌쩍이

도록 자극해 처음엔 그리 생각했었으나, 윤동주의 짧은 생애의 행적 그리고 '하늘과 바람과 별'을 노래한 그의 시가 그렇게 느끼도록 했던 듯싶다. 오후에 규슈대학 강당에서 '70주기 추모' 강연자로 초빙된 윤동주의 친조카인 윤인석 교수가 보여 주는 가족사 영상을 보면서 그 같은 감정은 더욱 밀물처럼 밀려들었다. 그 영상 중에서 시인이 감옥에 갇혔을 때의 후쿠오카 형무소가 보이는 도시 전경은 황량한 폐허 같았다. 온통 누런 모래 색깔인데, 폭격을 당했는지 않았는지는 불분명했으나 도시가 황량해 보였다.

윤동주의 확대된 흑백사진을 보면서 문득 작은 별들을 여행하다가 지구의 사막에 내린 소설 속 '어린 왕자'가 연상되었다. 청년기에 읽은 소설이라 줄거리는 죄다 잊어버렸으나, 그 어린 왕자의 이미지는 지금까지 내 기억의 갈피에 끼어 있다. 이 어린 왕자는 전래의 동화 속 왕자처럼 악을 물리치거나 죽음의 잠에서 공주를 깨어나게 하는 신통력을 가진 왕자가 아니다. 가냘프고, 나약한 왕자이나, 선하디선한 순수한 마음을 지닌 왕자, '선善의 상징'으로서의 왕자다. 윤동주에게서는 이 왕자의 이미지가 풍긴다. 윤동주는 피지배 현실에서 식민지 지식인의 고뇌를 앓으면서 어린 왕자처럼 항상 부끄러워했다. 그는 서시序詩에서 그렇게 수치심을 토로하면서도 "모든 죽어가는 것을 사랑해야지"라고 했다. 그는 고독 속에서의 순수성과 모든 생명에 깊은 사랑을 품으면서, "내게 주어진 길을 걸어가겠다"라고 다짐했다.

그의 시에는 유난히 별에 관한 이야기가 많아서 더욱 어린 왕자와 같은 모습으로 내게 다가온다. '별 헤는 밤'에서도 "밤을 새워 우는 벌레는/ 부끄러운 이름을 슬퍼하는 까닭입니다"라고 했고, "겨울이 지나고 나의 별에도 봄이 오면", 자기 무덤과 이름자 묻힌 언덕 위에도 풀이 무성해질 거라고 했다. 그러나 그가 떠난 후에도 사막에는 봄이 오지도 않았고, 풀이 돋아나지도 않았다. 동족상잔의 전쟁이 휩쓸고 간 곳에서는 여전히 칼바람만 윙윙 휘몰아치고 있을 뿐이다.

윤인석 교수는 이화여전 한 학당 앞에서 찍은 사진을 보여 주면서, "영어 성경 공부 모임 그룹 사진인데 당시 여학생도 세 사람 눈에 띄죠? 백부님의 장미가 있었을지 모르겠습니다."라고 했다. 그가 연정을 품었던 여인이 있었을까? '장미 병들어' 시를 보면, 장미가 병들어 옮겨 놓을 곳이 없다고 하면서 "비행기 태워 성층권成層圈에 보낼거나"라고 했다가 "이 내 가슴에 묻어다오"라고 한다.

어린 왕자는 두고 온 장미를 돌보고자 자기 별로 되돌아갈 결심을 한다. 그렇게 하고자 스스로 독사에 물려 죽어 승천한다. 윤동주의 장미는 아무래도 연인이 아닌 '조국'이었을 것이다. 병들었다는 건 당시 조국의 현실이었으니까. 윤동주가 매일 맞았을 것으로 의심되는 '이상한 주사'는 아마도 어린 왕자가 물린 독사의 독이었을 게다. 윤동주가 살아 있었다 하더라도 지난 70년간 조국의 분단 현실에 절망했을 것이므로 스스로 독사에 물린 소설 속 어린 왕자로 생각된다.

2014년 3월 나는 '비극의 샘'이라는 수필집을 상재했었다. 거기에서 '불합리한 사회에서의 인간이 겪는 투쟁, 불운, 허무, 전쟁, 죽음의 비극에서 고인 샘물이 역설적이게도 우리 영혼을 씻어 줘 그나마 문명이 망하지 않고 지탱되는 것'이라는 메시지를 전하고자 했다. 윤동주의 죽음과 시 정신은 내 가슴 한구석에 있는 그 작은 옹달샘에 눈물을 고이도록 한다.

어둠을 가르는 혜성

윤동주는 떠도는 로드스타(Lodestar)인가

◇◇◇

자연의 눈으로 보면 時代는 도도히 흐르는 강물처럼 보이지만, 인간의 눈으로 보면 時代는 어디로 뻗어 있는지도 모르는 길을 사람들이 걸어가고 있는 것으로 보인다. 끝이 보이지 않는 길을 선대가 함께했던 자취를 후대가 요약하여 기록한 게 역사인 듯싶다. 이리저리 난 길의 경사가 워낙 완만하여 당대 사람들은 지금 가고 있는 이 지점이 오르막인지 내리막인지, 혹은 당장 나락奈落으로 곤두박질칠지 모르면서 산다. 길은 때로는 구불구불하기도 해서 도통 앞이 보이지 않는다. 오늘을 사는 어떤 탁월한 식견을 가진 사람도 당대의 지점에서는 경사도를 정확히 파악하지 못한다.

1940년대 전후 엄혹한 시대를 살면서 적극적으로 친일을 했던 인사들, 특히 가미가제특공대를 예찬하며 조선의 청년들을 사지로 내몰았던

내로라하는 문인들이 머지않아 일제가 패망할 걸 알면서도, 그들이 그렇게 친일 활동을 할 수 있었을까. 삶의 가치를 헌신짝처럼 내팽개친 채 추구했던 개인의 영달과 명예가 한순간에 산산조각이 나야 올바른 길이다. 한데 길은 여러 갈래다. 나락의 낭떠러지에서 해방 후 북에서 괴물이 세력을 잡자 반공의 샛길이 트여 그들은 기사회생起死回生했으니, 길은 아이러니하기도 하다. 세월이 더 흐른 뒤 여러 길을 되돌아본 역사는 어찌 기록할까.

당시 일제의 가장 악랄했던 정책은 창씨개명과 언어 말살 시도가 아닌가 싶다. 특히 언어 말살은 그 언어에 민족의 얼과 문화가 녹아 있는 것이기에 민족의 소멸을 의미한다. 이 시대를 우리는 세월이 한참 흐른 뒤에야 '일제의 암흑기'로 정의하지 않았던가.

사실 당대 살던 사람들은 암흑기를 실감하면서 살지 않았을지도 모른다. 매일 해가 뜨고 밤에는 하늘에 달과 별이 있으니, 칠흑 같은 어둠의 연속으로 생각지는 못했을 터다. 식자들이 압제에 짓눌려 우리말을 버리고 일본어로 말하고 글을 쓸 때, 윤동주는 외롭게 우리말로만 시를 써 간직했다. 당대 일본어로 시와 소설을 썼던 많은 문인 중에는 아마 친일보다는 마음으로 스며드는 암흑을 걷어 내고자 하는 표피적 탈출 욕망에 사로잡혀 그랬을 자들도 적지 않았을 것이다. 그러나 윤동주는 암흑을 그대로 받아들이면서 자신의 미약함을 부끄러워한다. 그러면서, 우리말 시집을 낼 가망이 전혀 보이지 않는 상황에서 "내 길을 가겠다"라며 몰래 시를 써 오늘날 우리 앞에《하늘과 바람과 별과 시》를 선사했다.

그의 육필 원고가 비밀리에 보관돼 발간된 과정을 보면 기적이라는 생각이 든다. 그가 따르고자 했던 그리스도께서 그의 절친한 연희전문 후배에게 영감을 불어넣어 그리되었을까? 후에 국문학자로서 명성을 남긴 당시 후배이던 정병욱鄭炳昱이 부친으로부터 물려받은 남쪽 매화의 고장 광양의 고택 마룻바닥 밑에 어머니에게 부탁해 그 원고를 숨겨 해방될 때까지 보관했었다는 것은 범상한 일이 아니다.

그의 시《십자가》를 보면 태평양 전쟁이 터지기 약 반년 전인 1941년 5월 말 자신의 피인 '시인의 피'를 어두워 가는 겨레의 하늘 밑에 조용히 흘리겠다고 예언했다. 다음에 별을 노래하며, "내 이름자 묻힌 무덤의 언덕 위에도 풀이 무성해질 거"라는 작별시가 된《별 헤는 밤》은 이해 11월 초 그리고 일본이 미국에 선전포고하기 보름여 전인 이달 하순에 우리의 심금 한 가닥 한 가닥을 울리는《서시》가 쓰여졌다.

원로 평론가 김우종金宇鍾은 "일련의 이 시들은 전쟁에 관한 윤동주의 응답이며, 그 내용은 자신의 죽음과 희생을 통한 구원"이라고 해석했다. 그는 "윤동주의 시 정신은 지금 부활하며, 평화운동의 발화점이 되고 있다"라고 하면서, "이 정신은 한국과 일본뿐만 아니라 세계로 확산되어야 한다"라고 했다.

윤동주는 비폭력자이다. 식민지 지식인으로서의 자괴감으로 우수에 잠겨 있으면서도 장미를 사랑하던 그가 처음엔 소설 속 '어린 왕자'로 여

겨졌었다. 하나 달리 생각하면, 그의 시는 평화운동의 발화점이라는 점
에서 한반도 상공에서 맴도는 하나의 혜성彗星, 허리가 잘린 이 땅에서
겨레에게 이 길 저 길 중 선택하여 잘린 허리를 잇고자 걸어가야 할 정
도正道를 안내하는 로드스타Lodestar로서 부활하여 여전히 어둠 속에서
헤매고 있는 겨레에게 빛을 뿌린다.

백범, 겨레의 등불이시어

'별 헤는 밤'에서 백범의 별 발견하다

◇◇◇

　세상이 어지러울수록 역사 속 인물들과 맞닥뜨릴 때 비애가 엄습해 옵니다. 두 손을 벌려 포옹하는 자세로 사랑과 평화를 호소하며 고행하듯이 그 가치를 실천한 성현과 위인들은 한결같이 비극적으로 생을 마감했었습니다. 예수가 그랬었고, 링컨이 그랬으며, 간디도 그랬었습니다. 선생도 꿈같은 광복을 맞아 분단의 벽을 허물고자 온몸을 던지시다가 극우 광신자의 흉탄에 쓰러지고 말았었지요. 그 배후는 밝혀지지 못했습니다.

　선생은 허망하게 가셨지만, 영원한 우리 겨레의 등불이십니다. 꺼지지 않는 등불, 선생은 승천하여 별이 되셨습니다. 겨레가 캄캄한 어둠 속에 갇혀 있는 형국인 까닭으로 선생의 모습은 샛별처럼 빛납니다. 광복, 아니 '분단 70년'이라는 세월도 긴데 얼마를 더 기다려야 겨레가 하나가 될 수 있을까요?

선생이 남기신 어록 중에서 보석같이 빛나는 말씀이 있습니다. "오직 한없이 가지고 싶은 것은 높은 문화의 힘이다. 문화의 힘은 우리 자신을 행복하게 하고, 나아가서 남에게도 행복을 주기 때문이다."라고 하셨지요. 문화주의를 표방하신 선생의 이 지고한 철학에서 통일에의 꿈을 꾸어봅니다.

생활이 웬만큼 펴지고, 강력強力이 남의 침략을 막아 낼 만하면, 문화 융성만이 겨레가 하나 되어 행복하게 살 수 있도록 할 거라는 비전을 제시하셨다는 점이 놀랍습니다. 남쪽은 이제 그 정도에 도달하지 않았을까요? 광복 70주년을 맞아 바야흐로 남풍이 북쪽 동토의 땅을 녹이도록 불어야 할 시점에 이른 듯싶습니다. 그런데 남북 간 정치 싸움으로 휴전선에 높은 장막이 쳐져 남풍을 차단하고 있는 형국입니다. 남북의 정치 모리배들은 선생의 별을 보지 못하고 있다는 말입니까? 부디 그들에게 영감을 불어넣어 주십시오.

그들은 문화의 개념도 모르고 있는 듯싶습니다. 선생이 말씀하신 문화란 한반도를 담을 만한 겨레의 가마솥 같은 것이라는 생각이 듭니다. 겨레의 아픔과 갈등과 증오와 비극 모든 것을 녹여 공자가 말씀하신 화이부동和而不同의 나라를 만들고자 하신 비전, 그 비전을 실현하지 못한 채 별이 되셨습니다.

숭앙하는 미국을 보면서도 겨레는 깨닫지 못하고 있지요. 미국은 다인종이 섞여 살면서도 위대한 문명을 이룩하지 않았습니까? 그것은 문화의 힘이라고 생각합니다. 미국인들은 그들의 사회를 모든 걸 녹여 새롭게 창조하는 '가마솥 사회society as a melting pot'라고 자랑하지 않습니까? 그 가마솥에서 문화가 창조되고 그 문화를 바탕으로 문명이 일어서는 것이지요.

선생의 관점에서는 성현 공자께서도 문화주의자입니다. 논어 태백편 泰伯篇을 보면 공자는 "시를 읽으며 감흥을 일으키고, 예로서 감정을 진정시키며, 낙樂, 즉 미학적 감수성을 발휘하여 완성한다興於詩 立於禮 成於 樂."라고 가르치지 않았습니까. 문학은 어느 예술보다도 사람을 사람답게 만드는 문화의 핵입니다. 노벨상이 다른 장르의 예술은 제외하고 왜 유독 '문학만을 대상으로 삼았을까'를 음미해 볼 필요가 있습니다. 이 땅의 문학인들은 아프게 반성해야 합니다.

윤동주의 '별 헤는 밤'을 암송하다가 '나의 별에도 봄이 오면/ 무덤 위에 파란 잔디가 피어나듯이' 하는 대목에서 문득 밤하늘에 뜬 또 다른 별, 선생의 별도 발견했었지요. 선생의 별을 감히 《문화의 별》로 명명하고자 합니다. 남쪽으로부터의 훈풍이 북쪽으로 돌고 돌아 동토의 땅을 녹일 것을 기대합니다. 모든 걸 선생이 말씀하신 '문화의 가마솥'에서 녹여, 윤동주가 피 토하듯 노래한 '사랑과 평화'의 마음으로 온 겨레가 새벽을 맞이하기를 기원합니다.

문화가 문명의 운명을 가른다

◇◇◇

    문화와 문명이라는 말은 역사, 학문 및 예술에서뿐만 아니라 우리 일상생활에서 가장 많이 사용되는 언어 중 하나이다. 문명보다는 문화라는 말은 어디 갖다 붙여도 전혀 어색하게 들리지 않는다. 개인 문화, 가정 문화, 기업 문화, 사회 문화, 지방 문화, 국가 문화 등 개인에서 사회, 국가에 이르기까지 시대적으로나 개체별로 차별되는 무슨 특징적인 것을 말할 때 우리는 스스럼없이 문화라는 말을 접미사처럼 붙여 쓴다. 가치 기준에서는 도덕, 종교, 예술 등 고급문화가 있는가 하면, 저급 문화도 있어 사회악적인 퇴폐 문화나 조폭 문화도 거부감 없이 우리의 귓속을 파고든다.

    문화라는 말이 이렇게 광범위하게 쓰일 수 있는 것은 서양에서 이 말이 생겨날 때 '경작' 내지 '재배'의 뜻에서 유래되었기 때문이다. 라틴어의 어원을 보면 그렇다. 사람이 살면서 무얼 심고 가꾸고, 또한 무슨 생각을 하며 무얼 만들어 내는 것의 결과물이 문화로 축적된다. 이에 반해 문명은 어원적으로 시민civis과 도시civitas의 개념에서 비롯돼서 자연 상태 이후 사람이 만들어 낸 것의 이미지가 강하다. 사유로 말미암은 지식과 개발된 기술을 바탕으로 창조된 것이어서 로마 문명이나 기계 문명이 듣기에 훨씬 자연스럽다. 원시 문화라는 말은 매우 설레게 우리 마음속으로 파고들지만, 원시 문명이라는 말은 틀린 표현으로 거부감을 불러일으킨다.

고대 4대 문명을 보면 기원전 3,500여 년 전부터 메소포타미아 문명이 발아되기 시작하면서 뒤따라 이집트, 인더스 그리고 황하 문명이 꽃피었다. 인류학자들에 따르면, 큰 강과 주변의 척박한 자연환경이 있었기에 가능했던 것으로 본다. 이 시기에 지구의 기후가 갑자기 건조해져 사막이 늘어나자 사람들은 거대한 강가로 모여들어 집단을 이루고 문화적 유대를 형성하여 찬란한 문명을 일구게 되었다는 추론이다. 중국의 경우에도 수량이 더 풍족하고 사방이 비옥했던 양자강이 아니라 황하 유역에서 문명이 발생했던 것은 가까운 고비와 신장의 사막 덕분에 사람들이 이리로 몰려들었기 때문이라는 것이다. 고대 문화라면 집단적 생활에서 창조된 사회 제도, 학문 및 예술 등 정신 작용이 강조된다. 한편 고대 문명이란 문화를 바탕으로 웅장한 건축물 같이 만들어진 것에 방점을 두어 물질적인 면이 부각된다.

문화의 개념을 처음 학문적으로 정리한 사람은 19세기 영국의 인류학자 에드워드 타일러가 아닌가 싶다. 그는 그의 저서 '원시 문화'에서 문화란 "생활 양식, 지식, 예술, 신앙, 도덕, 법률, 제도 등 인간이 사회 구성원으로서 획득한 능력 혹은 관습의 총체"라고 정의했다. 문화는 유전되는 것이 아니라 사회 구성원들의 집단적 학습을 통해 습득되어 전승되는 것이라고 설명했다. 그는 문명을 "인류의 물질적 소산"이라고 했지만, 문화와 문명을 혼용하여 학문적 용어로 사용했다.

인간이 문화를 바탕으로 만드는 문명은 천재지변, 전쟁 혹은 내부 모순 등으로 망하게 된다는 게 정설이다. 9세기 멕시코의 마야 문명은 살인적인 가뭄과 기근 때문에, 역사상 명멸했던 나라들은 전쟁 때문에, 그리고 영원할 것으로 보였던 로마는 상층부의 도덕적 타락과 빈부격차 확대에 따른 내부 폭발로 멸망했다는 것이다.

전후 신생국 중 남한이 거의 유일하게 경제적 번영을 이룩하여 세계를 놀라게 하고 있지만, 남북 간 전쟁으로 한순간에 한반도 전체가 잿더미가 될 수도 있고, 내부적 갈등 증폭과 도덕적 해이로 몰락의 길로 들어설 수도 있다. 문화의 타락과 쇠퇴는 경제뿐 아니라 사회 전체를 나락으로 빠뜨릴 수도 있다는 경종이 울려야 하는데 그렇지 못한 현실이라 안타깝다. 사람들은 황금만을 좇아 눈을 벌겋게 뜨고 아귀다툼을 벌이리는 문화 퇴행적 행태를 보인다.

1차 대전의 참화 후 독일의 역사가요, 문학 철학자 오스발트 슈펭글러는 '서구의 몰락'이라는 저서에서 유럽을 한 덩어리의 단일 문화권으로 보면서, 문화를 유기체적 관점에서 '생성, 성장, 성숙 및 몰락'의 단계로 구분하여 곧 서구는 망할 것으로 예언하여 충격을 던졌다. 영국의 문명사가 아널드 토인비도 세계를 각각의 문화권으로 구분하여 유기체적 분석을 통해 '도전과 응전'의 과정을 거치면서 문명은 성장하다가 쇠퇴하게 된다는 견해를 밝혔다.

한반도는 그의 견해대로라면 중국 중심의 동북아 문화권에 속하는 소문화권에 해당된다. 크게는 동북아 문명의 운명, 작게는 한반도 문명의 운명 속에서 우리가 지혜롭게 대처하지 못하면 어느 날 갑자기 몰락할 수도 있다는 관점에서 남북문제에 접근해야 한다.

우리가 내부적으로 남북 분단을 극복하지 못하는 이유는 정치 이데올로기의 충돌 때문이 아니라 우리 문화에는 애당초 공익 우선의 공화주의적 요소가 존재하지 않았기 때문이다. 사익 추구의 문화적 요소만이 충만하여 남한에서는 경제 성장의 동력이 되었으나, 북한에서는 인민을 노예화하는 왕국을 탄생시켰다. 남북의 권력 집단은 그들의 사익을 위해 정치 이데올로기를 이용하고 있을 뿐이다. 김일성이 남한에서 사업에 성공했더라면 제1의 재벌을 꿈꾸었을 터이고, 남한의 최고 재벌이 북한에서 권력을 움켜잡았더라면 프롤레타리아 왕국을 꿈꾸었을 것이다. 구소련이 해체된 다음 러시아에서 옛 고위 공산당원들이 재벌로 등극한 현실을 보라. 러시아의 민주주의는 민주주의가 아니다. 공산주의나 민주주의나 정치 경제 이데올로기가 제대로 실천되지 못하는 건 구성원의 문화적 한계 탓이다.

2차 대전 직후 오스트리아가 분단되지 않았던 것은 공화주의적 문화 유산 때문이었다. 주 패전국인 독일은 분단됐었지만, 공화주의 전통으로 동서독이 전혀 상대에게 총질을 하지 않았을 뿐만 아니라 끝내 통일의 위업을 달성했다. 공화주의적 문화 요소가 우리 핏속에 스며들지 않는 한 어쩌면 통일은 불가능할지도 모른다.

다양성과 조화

◇◇◇

다양성과 조화는 자연 생태계뿐만 아니라 인간 문명의 성쇠盛衰에도 작용되는 듯싶다.

이젠 이름도 잊은 한 영국인이 런던 선술집에서 함께 술을 들면서 지껄인 우스갯소리가 생각난다. 영국인의 술인 위스키는 차가울 만큼 투명하며 독하지만, 무엇과 섞어도 맛이 좋다는 건데, 그것이 영국의 국민성이라는 것이다. 프랑스의 포도주는 어떤가? 감미로우며 오묘한 맛을 내는데, 그것이 프랑스 문화의 특징이며, 온갖 미학의 원천이라는 것이다. 한편 맥주는 쌉쓰레 텁텁한데, 거품이 가득 끼는 걸 보면, 독일인의 우직성과 욱하는 성격을 엿볼 수 있다고 했다.

재미있게 들었으나, 전적으로 수긍되지는 않았던 것으로 기억된다. 독일인을 두고 비하 비스름한 조크라는 느낌이 들었던 까닭이다. 독일은 서유럽의 후진 지역이었으나, 19세기 후반에는 철학, 신학, 역사, 과학 그리고 음악 부문에서 유럽 정상의 자리에 설 만큼 천재를 많이 배출한 나라다.

같은 게르만계이나, 독일인 중에는 이상하리만큼 영국인에 거부감을 표출하는 사람이 많다. 프랑스와는 민족도 다르고, 역사적으로 이웃에서 견원지간이었는데, 프랑스인보다 영국인에게 거부감을 보인 독일인들을 나는 더 보았다. 언어학자들이 말하는 독일어와 영어의 사촌 간 관계는 독일계 일반인들이 받아들이지 않는다. 영어는 잡탕 언어고, 독일어는 순수 언어라는 거다. 영어를 사용하는 족속은 도대체 추상적인 사고를 할 수 없어 음악을 만들 수 없고, 철학도 생각할 수 없다는 것이다. 미술에서 풍경화는 있으되, 그 밖의 그림은 볼품없고, 음악은 아예 저급하며, 철학도 경험론 이외에는 내놓을 게 없다는 것이다. 역사를 들여다보면, 황당한 논리는 아니며, 수긍되는 점도 없지 않다.

영어를 잡탕 언어라고 하는 건 맞는 말 같다. 문화적으로 말하면 잡탕은 다양성이다. 순수함도 다양성 토양에서 그 실체가 선명히 드러난다. 모든 걸 수용하는 언어인 영어는 20세기 미국의 득세로 세계인의 언어가 되었을 법도 하다. 현실적이고 실용적인 면은 학문적으로 경제학을 일으켰으며, 과학의 미지를 개척하는 도구가 됐음은 분명하다. 다른 한편으로는 다양성의 원천인 자연의 숨소리를 끌어들여 프랑스계 문인들조차도 감탄하는 탁월한 운율의 언어가 돼 19세기 낭만 시대 바이런, 셸리, 키츠 같은 시인을 배출케 했는지도 모른다. 순수보다는 잡탕이 문화적으로 더 영향력이 컸던 것은 그 다양성 때문이었을 게다.

누구도 자연 생태계가 다양성의 원천이라는 점은 부인하지 못한다. 자연은 다양한 생물 간 상호 작용을 통해 서로에게 유익한 방향으로 생태계의 기능을 유지시킴으로써 생명력과 아름다움을 보존해 나간다. 인간이 아무리 지혜를 짜내 인위적으로 뛰어난 조형물이나 예술작품을 제작하더라도 천연의 아름다움을 추호도 따라가지 못함이 그 반증이다. 자연의 생명력과 아름다움은 다양성과 조화가 그 원천이다.

유럽의 문명이 세계를 제패한 것도 자연의 이치처럼 그 문명의 다양성과 조화가 힘을 발휘한 결과로 본다. 특히 유럽인들은 근세에 들어서 지역적, 인종적, 언어별 다양한 문화를 일구었는데, 그리스·로마를 뿌리로 한 서구 문명이라는 울타리로 조화시켜 왔다.

20세기 중반 대전의 참화에서 태동돼 진행형인 유럽 통합 운동이라는 것도, 정치 경제적으로는 통합이지만, 문화적 언어로는 부조화의 참극을 치유키 위한 조화의 회복으로 정의될 수 있다. 종교분쟁 그리고 철학과 정치, 경제 이데올로기의 충돌은 물론 더 나아가 민족 간 우월성 다툼으로 19세기 말부터 서구 문명의 조화가 점차 깨져 1, 2차 대전이 발발했었다는 것이 나의 문명사적 견해다. 자연 생태계에서 부조화가 폭발하면 크나큰 재앙이 초래되듯이, 인간 사회에서도 문화의 부조화가 국가와 사회를 조각나게 하면 전쟁 같은 미증유의 참화가 유발될 수도 있다는 거다.

인간의 탐욕과 이기심으로 환경이 파괴돼 자연 생태계의 조화가 깨짐으로써 앞으로 1백 년 안에 대자연 재앙이 초래될지도 모른다는 우려가 시도 때도 없이 난무하는 시대에 우리는 살고 있다. 문화적 다양성이 소멸돼 우리들의 삶이 피폐해질 것이라는 경고도 생경하게 들리지 않는다. 1992년 환경 파괴를 방지하기 위한 유엔 리우 생물 다양성 협약처럼, 2005년 파리에서 유네스코 문화 다양성 협약이 체결됐다.

문화는 생명 유기체 내의 다양한 조직과 기능이 상호 유기적으로 작용하는 것처럼 그렇게 우리 사회의 조직과 기능을 조화롭게 작동시켜 문명을 창조해 나갈 수 있게 한다. 그래서 다양성과 조화는 문명 지속성의 원천이 된다. 그러므로 조화가 깨지면 파멸이요, 다양성이 파괴되면 생명이 소멸된다.

농촌과 선진 사회

◇◇◇

세계 방방곡곡 어디를 둘러봐도 선진국으로 평가받는 나라 중에서 우리나라처럼 농촌이 피폐한 곳은 찾아볼 수 없다. 사막성 기후인 호주나 연중 거의 절반이 춥고 컴컴한 겨울인 북구의 농촌이 아름답고 생명감 넘치는 것은 경이롭기만 하다. 무엇무엇 때문에 농촌이 황폐화 될 수밖에 없다는 말은 핑계에 불과하다.

미국의 노벨 경제학상 수상자인 사이먼 쿠즈네츠 박사는 "저개발국이 공업화를 통해 신흥국으로 진입할 수는 있지만, 농업과 농촌의 발전 없이는 진정한 선진국이 될 수 없다"라고 단언한다. 농업은 공업처럼 압축 성장이 불가능한 분야다. 나무 한 그루를 골라 경제목으로 기르는 데도 백년 이상이 걸린다.

우리나라도 이미 임무사林務士, Foerster 제도를 도입해 실시하고 있는 것으로 알고 있지만, 아직 그 기능이 효과를 보지 못하고 있는데, 독일의 이 제도는 수백 년간 꾸준히 시행한 끝에 세계에서 가장 돋보이는 직업군을 형성했다. 조림造林과 영림營林을 주업으로 하는 산림 관리 및 감시 직종인 임무사는 독일에서 의사와 변호사를 능가할 만큼 젊은이들에게 인기 있는 직종이 됐다. 소득도 최상위로서 자연과 더불어 생활하는 이 직종의 종사자들은 행복 지수가 단연 으뜸이다.

독일의 숲은 장엄하고 신비로우며, 그 속의 나무 한 그루 한 그루가 빼어나게 조화롭다. 독일에는 국화國花라는 게 없다. 나라꽃 대신 참나무계의 오크나무가 독일을 상징한다. 독일과 독일계인 오스트리아의 숲이 아름답고 신비롭지 못했더라면, 19세기 중엽 절정을 이뤘던 낭만주의 시대에 베토벤과 슈베르트, 브람스 같은 악성樂聖들이 출현치 못했을 것이다. 미국인 관광객조차도 "독일은 세계에서 숲을 제일 잘 가꾸는 나라!"라고 찬탄하는 말을 독일에서 살 때 들은 적이 있다.

크고 작은 섬들로 된 덴마크는 험한 북해의 바닷바람에 갈대만 무성한 황무지였다. 해변에 우람한 너도밤나무 숲이 가꾸어지지 못했더라면, 모래벌판과 황무지가 옥토로 개간되지 못했을 것이다. 산업 혁명 이후 해양과 육상 운송 기술의 혁신으로 신대륙과 러시아로부터 값싼 대량의 곡물이 서유럽에 유입됐다. 그동안 일군 농업이 타격을 받지 않을 수 없었다.

그러나 강인한 끈기를 발휘한 덴마크 농민들은 이에 굴하지 않고 축산과 낙농으로 구조 조정을 꾀했다. 19세기 중엽에 이미 낙농 생산과 판매를 공동으로 전담할 조합 운동을 일으켜 1882년 세계 최초로 '공동낙농 협회'를 창설했다. 곡물에서 낙농으로 농업 기반이 재편성되면서 덴마크 농민들은 산업 혁명 여파로 도시로 구름같이 모여드는 영국과 독일 노동자들에게 가공육, 버터, 계란 및 베이컨을 공급하여 부자가 되기 시작했다. 이웃 대국인 영국과 독일의 공업 발전은 그들에게는 축복이었다.

세계 농업 전문가들 중에는 21세기 중 또 한 차례의 농업 위기를 겪게 될 것으로 내다보는 자들이 많다. 지구 온난화로 농경지의 사막화는 늘어나고 강수량은 줄어 농업 생산이 인구 증가율을 따라가지 못할 것이라는 예측이다. 게다가 중국과 아시아 국가들의 경제 발전으로 육류와 과실 등 고급 식품의 수요가 급증해 갈 터인데, 공급 부족이 가격을 뛰게 할 것임은 자명하다는 결론이다.

기회가 우리에게 다가오고 있음에도 노인들만 모여 사는 농촌에는 희망이 없다. 최첨단 영농 지식과 기술을 갖출 인재들을 양성하여 농촌으로 끌어들여야 한다. 젊은 농부가 흘리는 땀방울이 보석보다도 더 영롱하게 반짝일 때 우리의 농촌은 일어서게 될 것이다. 정년 퇴직자의 귀농만을 손짓하는 농촌에는 희망이 없다. 희망을 키우는 싹은 젊은 피의 수혈뿐이다. 선진 사회로 갈수록 산야는 더욱 아름다워지고, 농촌은 더욱 풍요로워지는 것이 오늘날 지구촌의 현실이라는 점을 잊어서는 안 된다.

고대 역사가의 예언

◇◇◇

    2,500여 년 전에 살았던 한 역사가가 지하에서 관 뚜껑을 열고 지상으로 나와 키보다 더 자란 구레나룻을 날리며 예언한다. "역사의 진실, 즉 역사의 반복에 대비하지 못하는 자는 재앙을 맞으리…", 고대 그리스의 투키디데스Thucydides가 바로 그다. 헤로도토스보다 20여 년 늦게 태어나 '역사의 아버지'라는 자리는 내주었지만 20세기 중 서방 학계의 부름을 받고 현실 세계에 등장하곤 했다.

    역사에서 신흥 강국이 출현하여 기존 패권국과의 세력 다툼으로 판세를 뒤흔드는 형국을 후세 정치사학자들은 '투키디데스의 함정'이라고 정의했다. 고대 그리스에서 기존 패권자 스파르타와 신흥 도전자 아테네가 30년에 걸친 혈투 끝에 양자가 패망한 역사의 기록을 보면서 이 함정에 빠지면 어김없이 크나큰 재앙이 덮친다는 논거를 끌어낸 거다. 20세기 양차 대전의 참화를 겪고 나서 서방 학자들은 그를 불러내 어리석음을 한탄했었다. 일이 터지고 난 다음 늦게 깨닫게 되는 게 인간 사회의 비극인지도 모른다.

19세기 말 통일 게르만 제국이 신흥 강국으로 등장했으나 기존 패권 세력인 영국과 프랑스는 우왕좌왕하며 독일을 제어하지 못해 20세기 양차 대전의 참화를 겪게 되었다는 탄식이다. 비단 유럽뿐이겠는가. 동아시아에서도 19세기 말 일본 제국의 도약으로 중화 일극 체제에 균열이 생겨 비극이 초래됐었다. 그 비극의 와중에서 한반도는 일제 만행에 신음했으며, 오늘날까지도 분단 상태에서 통한의 고통을 당하고 있다.

21세기에도 중국의 부상으로 미국과의 양극 체제가 굳어져 세력 다툼이 전개될 형세다. 미국의 보수주의자들 중에는 동서양 문화의 이질성에도 불구하고 21세기 중국과 19세기 프로이센을 동일시하는 자들이 많다. 19세기 자유민주적 가치를 공유하지 못한 채 전체주의를 신봉했던 프로이센은 서유럽의 이단자였듯이 21세기 지구촌 운영자인 미국 주도의 서방측 관점에서 보면 중국은 이단이어서 함께 가기 어렵다는 판단이다.

이 판단이 세를 얻으면 전쟁이다. 센카쿠 열도를 둘러싼 중일 간 분쟁을 보면 1차 대전의 도화선보다 더 심각하다. 오스트리아 제국 속령 보스니아의 수도 사라예보에서 제국의 황태자가 암살당한 사건이 도화선이 돼 대전에 휘말렸듯이 중일 간 전쟁이 벌어지면 미국이 개입하게 돼 있다. 이때, 한반도는 어떻게 되겠는가? 상상하기조차 두렵다.

20세기 중 강대국들은 크게 깨달은 바 있으니 어리석음을 되풀이하지 않을 거로 믿고 싶다. 3차 대전은 핵탄두를 비롯한 대량 살상 무기의 가공할 위력으로 보아 인류의 종말을 불러올지도 모른다. 중국의 전체주의적 체제를 변화시켜 동반자로서 끌어들이는 전략이 서방세계의 최우선이 돼야 한다.

유로존이 회생되어 지역 통합이 단계적으로 성숙돼 가는 것도 세계 평화에 기여하게 될 것이다. 동북아 지역 협력 증진에도 영향을 줄 뿐 아니라 세계 경제 통합을 선도해 나갈 터이니 말이다. 적어도 동토의 땅 북한을 녹이는 훈풍을 불어넣기 위해서 남한은 '투키디데스의 예언'이 '요한묵시록' 이상으로 우리의 운명을 좌우할 계시일 수도 있다는 점을 깨닫고, 남북 간 화해 협력의 물꼬를 트도록 가일층 힘을 모아야 할 것이다.

미래의 금광은 북방에 있다

◇◇◇

매일 동해의 푸른 물결을 헤치며 솟아오르는 붉은 태양은 "너희들의 미래 금광은 북쪽에 있다"라는 계시를 전하는 메시아의 상기된 얼굴로 떠오른다. 북쪽에는 아직도 동토의 땅인 북한과 만주벌판 너머 사막화가 진행되고 있는 네이멍구 지역과 인구가 줄어들며 황무지가 되고 있는 극동 시베리아 지역이 펼쳐진다. 땀 흘려 개발하는 자에게 메시아의 서광은 따뜻한 볕을 쬐어 줄 것이다.

세계를 지배한 초강국에게도 미래의 금광은 있었다. 18세기 유럽 대륙이 세력 쟁탈전으로 상쟁을 벌이고 있었을 때 영국은 금맥을 찾아 대양으로 나서 인도와 북미와 아프리카로 진출하여 해가 지지 않는 제국을 건설했었다. 19세기 미국은 '서부로! 서부로'의 프론티어 개척에 나서 대영 제국에 이어 20세기 세계 최강자의 발판을 구축했었다.

핵에 발목이 잡혀 남북 관계는 파탄지경에 빠졌다고 해도 과언이 아니다. 역사상 사전 조건을 달아 협상이 성공한 사례는 세계 어느 나라에서도 찾기 어렵다. 상대를 통째로 제압할 만한 힘을 보유하지 못한 자의 사전 조건은 종이호랑이에 불과하다. 조건을 숨기면서 상대를 회유하고 달래며 접근할 때 조건을 성취하는 경우가 많은 법이다.

이제 남북 관계와 한중 관계 접근 방식의 전환이 필요하다. 러시아와의 관계도 마찬가지다. 궁극적으로 북핵을 폐기시켜 갈 수만 있다면 미국에도 이익이 되는 일이다. 정치적 가치관은 숨기고 경제적 이해관계로 접근해야 한다. 경제가 잘 풀리면 정치도 잘 풀리게 돼 있다. 전후 유럽 통합 운동도 경제 분야에서 출발했었다. 그것은 프랑스와 독일 간 2백여 년 넘는 앙숙을 풀면서 진행되어 오늘에 이르렀다.

북한의 철광석과 마그네사이트가 보이지 않는가. 굳이 호주에서 철광석을 먼바다를 건너 실어 올 필요 없이 북한에서 들여온다면 비용이 얼마나 절감되겠는가. 북한의 마그네사이트는 전 세계 매장량의 50%에 달하고, 철광석 매장량은 세계 7위라고 하지 않는가. 북한의 인프라 개발과 광산 개발이 바로 북방의 금맥을 찾는 길이다. 한반도 종단 철도가 글로벌 최장인 시베리아 횡단 철도에 연결된다는 것은 시베리아의 에너지 및 광물의 맥을 캐는 길이기도 하다.

또한 중국의 서북부 광대한 사막화 지역의 녹색화에 참여하는 것은 한국 농업의 부흥기를 맞이할 수도 있다. 중국 전 국토의 27.9%, 면적으로는 267만 Km2(한반도의 26배)가 북서부에서 사막화가 진행 중이라고 한다. 한국 농업의 단기적 피해에도 불구하고 한중 자유 무역 협정은 한반도에서 가까운, 황사의 주된 발원지인 네이멍구 쿠부치 사막의 녹색 산업에 과감히 참여할 수 있는 길을 열어 주게 될 것이다. 이곳은 지하수가 흘러 그걸 개발하여 나무를 심으면 옥토로 바꿀 수 있는 지역이다.

　전라도와 충청도 서해안 지역은 어떤가. 한중 자유 무역 협정을 겁낼 필요가 없다. 중국의 산동과 상해를 거쳐 홍콩과 광동에 이르는 해안 지역은 인구 밀집 지역이며 번영 지역이다. 이곳들은 황해를 건너 지척이다. 고급 육류와 낙농품 그리고 고급 농산물을 개발하면 중국 내륙보다도 물류 면에서 경쟁력이 있다. 덴마크가 19세기 유럽의 산업 혁명 여파로 노동자들이 도시로 몰려들 때 독일과는 육로 그리고 영국과는 해상의 접근성 이점으로 가공 낙농품을 개발하여 팔아 오늘날 부국으로 일어설 수 있었다. 동해에서 떠오르는 태양은 북쪽 금맥 줄기를 우리에게 비쳐 주고 있다.

프린팅과 문명

◇◇◇

    서양의 중세 말 근세 여명기를 연 이탈리아의 천재 예술가와 천재 사상가들을 우리는 지금도 맞닥뜨린다. 그들이 출현하지 않았더라면 역사에서 르네상스와 뒤이은 근현대 유럽 문명은 꽃피어 오지 못했을 거다. 오랫동안 이 범부는 예술과 인문적 사상이 과학 발달의 불쏘시개가 되고 경제 번영의 초석이 됐다는 점을 이해하지 못했었다.

    내가 유럽에서 일하던 1990년대 초던가, 우연히 프랑스 남부 리옹의 유서 깊은 인쇄 박물관을 방문했을 때, 선승이 바깥 회오리 바람 소리를 듣고 문득 깨달음을 얻듯, '아, 바로 이것이었구나!' 하는 나름의 깨달음이 섬광처럼 뇌리를 스쳤다. 인쇄된 서적은 오늘날의 언어로 표현하면 그야말로 혁신적인 정보 혁명이었을 거다.

    당시 천재 예술가와 천재 사상가들의 작품은 전 유럽으로 퍼져 나가 대중의 눈을 뜨게 하여 그들로 하여금 천지개벽의 새 세계를 상상토록 자극했을 것으로 유추한다. 14세기엔 독일의 구텐베르크 금속활자가 발명되자 유럽 각지에서 제지소가 우후죽순처럼 생겨났었다. 2차원의 평면 인쇄술이 세상을 바꾸기 시작했던 것이다.

천재들의 사상과 예술을 인쇄하는 기술은 또한 범부들의 실생활 속으로 퍼져 나갔다. 상인들은 날염 기술을 개발하여 형형색색의 아름다운 천의 대량 생산을 추진해 나갔고, 공인들은 갖가지 형판과 주형을 개발하여 각종 공산품의 부품을 만들어 냈다.

20세기 초 미국의 포드가 자동차의 대량 생산 체계를 최초로 이룰 수 있었던 것도 2차원 평면 프린팅 기술의 진화 덕분이었다. 수만 가지, 아니 수십만 가지의 부품과 반제품이 평면 프린팅 기술로 찍어 내지지 못했더라면 아마 20세기 거대한 조립 장치 산업이 주도하는 '규모의 경제'와 그에 따른 '풍요한 사회'가 도래하지는 못했을 것이다. '인간 중심'의 르네상스 사상은 평면 인쇄 기술에 편승하여 오늘날의 20세기 문명을 완성했다고 해도 과언은 아니다. 중세 시대에 살았던 사람들이 상상하지 못했을 세상에서 우리는 지금 살고 있다. 중세 말 여명기에서 4~5백 년 세월이 지나면서 세상은 이렇게 변한 것이다.

프린팅 기술의 혁신이 또다시 천지개벽의 새 세상을 열어갈 건가. 바야흐로 등장하고 있는 3차원 입체 프린팅 기술의 진보가 '인간 중심'의 사상과 예술에서 '생명 등가'의 사상과 예술로 진화하는 토대 위에서 세상을 바꿔 갈 걸 꿈꾸어 본다. '인간은 평등하다'에서 '생명이 있는 모든 존재는 평등하다'로 우리의 인식이 바뀌고 있다고 봐야 한다.

멸종된 동식물의 복원을 꾀하는 데 열정을 불태우는 과학자의 치열한 눈빛과 길가에 핀 이름 모를 야생화에서 생명의 시심을 불러내는 시인의 투명한 눈빛에서 미래를 본다.

입체적 프린팅 기술의 진보 없이는 멸종 동식물의 복원은 불가능하다. 이 기술은 실생활에서는 치과용 정교한 틀니에서부터 각종 식품에 이르기까지 찍어 내게 된다. 원 성분을 화학적으로 합성한 재료를 투입하여 과일류에서 고등어, 조기 같은 생선에 이르기까지 실물과 똑같은 식품을 만들어 내게 될 것이다. 아무리 과학이 발달한다 할지라도 모든 생명을 사랑하는 시인의 마음이 없이는 새 세상은 열리지 않는다. 대량 살상 무기에 다른 인류 멸망의 벼랑 끝에서 우리는 방황할 뿐이다.

미 항공 우주국NASA은 과거 115개의 부품으로 조립된 로켓 엔진의 연료 주입기가 3차원 프린터로 제작한 단지 두 개의 파트로 완성됐다고 했고, 중국은 12미터짜리 3차원 프린터에서 단거리용 비행기의 날개와 동체를 찍어냈다고 했다. 자동차를 찍어 내는 3차원 기계는 훨씬 작아질 수밖에 없다. 수만 개의 부품을 조립하여 자동차를 생산하는 공장은 필요 없게 된다. 도시마다 소비자의 기호에 따른 디자인과 성능 설계로 복잡한 부품 없이 간편하게 자동차를 만들어 낼 거라는 말이다. 대량 생산 체계가 이렇게 주문 생산 체계로 변하면 대도시가 해체될 것이다.

인간의 집단이 커지면 반인간적으로 변한다. 이젠 고전이 된 '작은 것이 아름답다'의 저자 프리드리히 슈마허가 그렇게 말했다. 자유와 평등을 실현코자 했던 근현대 사회에서 오히려 1, 2차 대전과 한국 전쟁과 같은 미증유의 국가 폭력이 난무해 온 역사를 기억하라. 대도시, 대기업, 나아가 국가의 거대 집단이 소규모로 쪼개져 다양성이 숨 쉬며 조화가 이뤄지는 글로벌 거버넌스를 구축해야 평화가 정착된다. 현재 진행형인 유럽 통합 운동이 그 모형이 된다. 유럽이라는 지역 거버넌스가 추진돼 오는 동안 반세기가 훌쩍 지나도록 그곳에서는 국가 간 분쟁으로 단 한 발의 총성도 울리지 않았다. 이 같은 거버넌스가 완성된다면 3차원 프린팅 복제로 화석이 된 동식물들도 되살아나서 우리 앞에 나타나게 될지도 모른다.

세계 경제, 21세기 방향이 바뀌고 있다

◇◇◇

　전후 세계 경제는 두 번의 커다란 변화의 바람이 있었다. 1953년 세계 대전에 버금가는 한국 전쟁의 휴전이 성립된 후 구미 그리고 일본의 경제는 평화 체제의 경제 구조를 회복하면서 미국이 주도한 GATT(관세 및 무역에 관한 일반 협정)와 IMF(국제 통화 기금)의 양축 토대 위에서 자본주의 사상 유례없는 선진국 경제의 장기 호황을 구가했었다. 특히 1960년대 그들의 평원에 휘몰아쳤던 바람은 연평균 5%대의 고도성장을 일으키면서 잔풍을 저개발국에까지 흘려보냈다. 이 시기 한국호라는 일엽편주가 물건을 싣고 대양을 건널 때 적도에서 회오리치는 무역풍貿易風은 폭풍우 대신 훈풍이 되어 밀어 주었다. 당시 공산품에 관한 한 선진국의 독점 분야라는 고정 관념을 깨뜨리면서 한국, 대만, 홍콩 및 싱가포르의 네 마리 용이 부상할 수 있었던 것은 이 같은 바람을 이용했었기 때문이다. 그 바람에 둔감했던 중남미 국가들은 오히려 퇴보의 길을 걸었었다.

두 번째 변화는 1973~4년 오일 쇼크 때문에 석유 가격이 갑자기 4배 이상 폭등하고 덩달아 다른 광물과 곡물 가격이 뛰면서 선진국 경제는 생산비와 임금 간 상호 상승 작용에서 소위 스태그플레이션이라는 악성 침체의 늪에 빠지자 1929년 대공황 이후 약효가 먹혀 왔던 케인즈식 처방이 무용지물이 되었다. 유효 수요 진작을 위해 아무리 정부 재정을 풀어도 물가만 앙등할 뿐 경제는 살아나지 못했다. 19세기식 자유주의를 모델로 한 폰 하이에크 이론을 승계한 시카고학파의 신자유주의가 영국의 대처 및 미국의 레이건 등장 이후 대세로 자리 잡았다. 내적으로는 작은 정부와 규제 철폐 그리고 외적으로는 우루과이 라운드를 통해 WTO(세계 무역 기구)를 결성함으로써 세계화 바람을 일으켰다. 선진국들이 원가를 절감코자 아시아·태평양 지역으로 러시를 이루자 장차 이 지역이 세계의 중심이 될 거라는 신화가 만들어졌다. 신자유주의 정책과 세계화 바람이 휘몰아치지 않았던들 한국 경제의 선진국에 근접하는 도약도, 중국과 인도 및 인도네시아 등 거대한 이머징 마켓도 출현하지 못했을 것이다. 물론 이 바람은 세계 각지에서 사회 계층 간 양극화 내지 빈부 격차 확대를 초래한 부작용을 동반하기도 했었다.

세 번째 바람의 방향이 바뀌는 징조는 대공황에 버금가는 2008년 뉴욕 월가 발 금융 파탄 이후 나타나는 것처럼 보인다. 10여 년이 지났는데도 선진국과 개도국 경제가 모두 나쁘지만 개도국 경제가 더 나빠지고 있다. 20년, 30년이 지나도 그렇게 될지도 모른다. 개도국의 성장률이 해마다 더 둔화되고 있으니 말이다. 21세기 초 7, 8년간 호황기에 중국은 세계의 공장이며, 인도와 인도네시아 등 다른 신흥국들도 중국 못지않게 성장하여 반세기가 지나면 OECD(경제 협력 개발 기구) 회원국의 평균 수준에 도달할 수 있을 거로 예상하는 전문가들이 있었다. 지금은 IMF의 장기 전망만 보더라도 불가능할 것으로 보인다.

중국의 임금 상승 속도가 빠른데 투자가들이 계속 몰려들 수 있을까? 물론 그동안 중국이 축적해 온 자본과 기술로 내수 시장만 살려 나간다 하더라도 중국의 전망은 어둡지는 않다. 인도와 동남아 및 중남미 지역은 열악한 인프라와 교육 후진성의 문제로 전망이 밝지 못하다. 그들은 19세기 구미 선진국이 대량 생산 체제에 적합토록 일군 효율적 주입식 교육 제도도 제대로 운영하지 못해 문맹자와 저지식인 및 저기술자가 아직도 절대다수다. 서구는 주입식과 줄세우기식 교육 시스템을 탈피한 지 오랜데 한국 같은 중진국들도 여전히 그 고답적 관습에서 벗어나지 못하고 있다.

세 번째 바람은 개발 지역으로, 인구 많은 아시아 지역으로 오던 것이 선진 지역 쪽으로 역선회하지는 않을까 하는 생각이 든다. 개발 지역이 선진국 기업들의 아웃소싱 시장 역할은 여전히 변함없이 해 나갈 것이나, 떨어지는 이윤은 선진국 기업들의 디자인과 엔지니어링 기술이 창출하는 부가 가치의 1/10도 안 되는 수준으로 줄어든다고 추계하는 전문가들이 있다. 경제를 지탱하던 거대한 장치 산업은 사양길에 접어들며,

컴퓨터와 아이폰의 연결망을 통한 3차원 프린터와 인공 지능 개발로 상징되는 4차 산업 혁명의 디지털 기술이 세계 경제를 이끌어 갈 시대가 도래한다.

20세기 기계 혁명 이후 21세기 도래하는 디지털 혁명은 도대체 어떤 모습으로 세상을 변모시켜 갈까. 인구가 줄고 노령화가 가속되더라도 생산량과 소득을 늘려 나가는 혁명이 될 것인가. 지능을 갖춘 로봇을 자유자재로 부릴 줄 아는 노인은 가난해지지 않을 것이다. 센서의 촉수를 단 기계를 작동하며 비전을 실현하는 자들은 더 부유해질 것이다. 하지만 빈부격차의 골은 더 깊어질 건데, 그것은 정치가와 정부의 몫으로 남는다. 전 국민에게 기초 생활비를 보장하는 특단의 조치가 필요한 시점이 올지도 모른다. 인공 지능 개발에 따른 실업 확대 문제를 해결할 방법이 보이지 않는 까닭이다.

환경 정화 문제 또한 심각하다. 1백 년 안에 탄소 방출 비율에 따라 거래 상품과 기업과 개인에게 세금을 매기는 신세제 개혁이 단행되지 않고는 지구 환경이 보존, 유지되지 못할지도 모른다.

대단한 변화의 바람이 이쪽저쪽으로 바뀌며 불어온다 하더라도 무역풍에 돛을 맡기는 무역선은 디지털 혁명을 전파하는 주 운송 수단이 될 것임에는 변함이 없을 것이다.